2010—2012年度

赵树理

文学奖获奖作品集

THE ZHAO SHULI
PRIZE FOR LITERATURE

❖━━◄❖►━━❖

山西省作家协会编

山西出版传媒集团 ⟁ 北岳文艺出版社
BEIYUN LITERATURE & ART PUBLISHING HOUSE

·太原·

图书在版编目（CIP）数据

2010-2012年度赵树理文学奖获奖作品集 / 山西省作家协会编. —太原：北岳文艺出版社，2018.1
ISBN 978-7-5378-5536-5

Ⅰ.①2… Ⅱ.①山… Ⅲ.①中国文学—当代文学—作品综合集 Ⅳ.①I217.2

中国版本图书馆CIP数据核字（2018）第001182号

| 书名：2010-2012年度赵树理文学奖获奖作品集 | 编　　者：山西省作家协会 责任编辑：陈学清 | 装帧设计：张永文 印装监制：巩　璠 |

出版发行：山西出版传媒集团·北岳文艺出版社
地址：山西省太原市并州南路57号
邮编：030012
电话：0351-5628696（发行部）　0351-5628688（总编室）
传真：0351-5628680
网址：http://www.bywy.com　E－mail：bywycbs@163.com
经销商：新华书店　印刷装订：山西人民印刷有限责任公司

开本：720mm×1000mm　1/16　字数：246千字
印张：18.5　版次：2018年1月第1版　印次：2018年1月山西第1次印刷
书号：ISBN 978-7-5378-5536-5
定价：49.80元

目 录

contents

2010-2012年度赵树理文学奖获奖作品

长 篇 小 说 奖

裸　地

葛水平

颁奖词：葛水平的《裸地》，努力体现了一种文学精神与现实社会相互融为一体的原汁原味，粗犷与柔美，模糊与清晰，形成了小说的魅力，充满了新鲜感。同时，作者把家族命运悲剧的叙述，渗透到对人与人、个性与个性之间存在着的冲突中，最终达到探讨人类整体命运走向的大主题上，颇具认知价值。

沟头溪雷多。雷雨过后，蛙声聒噪，大有"奔霆迸电，驱雷走风"之势，于是人们都叫它河蛙谷了。河蛙谷来了一位逃荒的山东人叫聂广庆，他的妻女在1918年的大旱中相继死去，于是他一路乞讨来到这太行山间安身立命。一次返乡后，他的独轮车上多了一个水灵的女人，河蛙谷也因了这个女人的名字叫了女女谷。不久女女便产下一个男婴，但这孩子长了一副黄发蓝眼的猴怪模样，起名叫作聂山，小名唤作大。

太行山间潞水环绕处孕育着村庄上土沃、下土沃、暴店。上土沃财主原姓、下土沃财主皮姓、暴店的大户盖姓，三家互有联姻。暴店镇每年九月十三有历时半月的庙会，每五年有一次大的迎神赛社，热闹会持续一百天，各种交易也借着大会如火如荼地进行，其中最为瞩目的就是来自全国各地的药商们的药材交易。大户盖姓在暴店南街开有药行和盛堂，外面流传："一条街，一片铺，一个王八"说的就是暴店的盖运昌。北街的柴姓柴晚生开着住宿店，从家业上比起盖家气势就小了些，但看似财大气粗的盖家也有道不出的"痛"：不缺钱财，单缺子孙兴旺。

盖运昌的精力都用在了房事上。他的大老婆原桂芝与他门当户对，原家是三世财主，家业权势能攀上的全县也没几户。原桂芝婚后生下三个女儿。二房武翠莲是从大同府的晾脚会上娶来的，但肚子一直不见有动静。三房是当地"鸣凤班"的台柱李晚棠，外号"六月红"，她被盖运昌娶来后生了两个女儿。四房娶的是青海药材老板的女儿梅卓，嫁过来第二年就生下儿子盖家生，但这孩子体弱多病，不说将来要他继承家业，现在怕是命都不保，这成了盖运昌的心病。看风水的说要改变人气不旺的气数该另立坟地，于是盖运昌找了阴阳李圪渣来寻坟地。

李圪渣看中女女谷做新坟，并告诉盖运昌那里住了一个好面相的女人。然而盖运昌心心念念的新坟却被聂广庆的狗给冲撞了，只得作罢。但他却发现那女女果然美得不可方物。这女女刚又诞下一个健壮男婴，小名唤作二。盖运昌的脆弱神经就被刺痛了，他多想子孙兴旺、家业有承啊！于是，他动了女女的心思。

五年一度的迎神赛社轮到暴店办赛，而盖家自当大力主办，盖运昌早早就开始准备起来。九月十三一早的祭祀是整个大会的开幕，按理应由主办家的长子来上头盏香，但盖家生体弱不能见外人，盖运昌也怕人笑话，遂说自己梦见聂广庆家那一脸猴怪相的大是佛前童子转世，以一头驴子作为交换借大来代上头盏香，并借口孩子小要娘陪，趁机要把女女也接进盖府。女女想起当年爹爹将她抛下，自己万念俱灰寻死之际聂广庆救下她并发誓以后同甘共苦、永不分离的情形，不禁悲从中来又无可奈何。

大会在即，为防不速之客光顾，盖运昌从"形意拳故乡"太谷请来三位身手不凡的拳师以保大会安全。刚到不几天，大师傅就把当街撒泼的皮大皮二教训了一顿，这弟兄二人是上土沃原家的外甥，原家又和盖家连着亲，横行霸道是由来已久的。这皮家二兄弟受了羞辱便到原家添油加醋地胡说一通，闹得原、盖两家心生嫌隙，积下怨恨。原家老爷原添仓去三峻庙送宝贝铜鼎，结果与盖运昌闹得不愉快，加上原添仓不小心被形意拳误伤胳臂，两家的积怨便愈来愈深。原家长子原德孩把对盖运昌的一腔怒气发泄在妻子，盖家长女，盖秋苗身上。哪知这秋苗性子贞烈，不堪丈夫对自己父亲和家族的无端羞辱竟吞金自尽了，事后原家只派了一个不疼不痒的人来报丧，说是害病死的。盖运昌将愤怒强压心底，这也为日后两家关系彻底决裂埋下伏笔。

暴店镇上越来越拥挤，除了生意人还有不少外来找活计的人，其中有一位叫耿月民的青年遭小人陷害流落至此，他凭了些小聪明买下了李圪渣家的中窑，并常随其到盖府揽些活计。九月十三的迎神赛社前夜，女女母子被接入盖府，女女言行举止谦逊有礼、不卑不亢，着实让几位姨太太吃了一惊。次日，化了装的大在三峻庙完成了上头盏香的礼仪，他佛前童子的身份和不似凡胎的长相成为人群议论的焦点。晚上庙内演《霸王别姬》，女女听得忘情落泪，盖运昌由此知道了面前的是一个内心柔软有故事的女子。

大赛第二天暴店来了大人物，盖家在省城天主教会学校念书的二小姐盖腊苗带着天主教神父米丘回到家乡，加上昨日那佛前童子，一时突然出现两个西洋面孔，整个暴店轰动异常。而女女对那神父的反应极为反常，一向平静如水的她竟暴怒起来，这一切盖运昌都看在眼里。祭祀完毕，女女母子便回到谷里，盖运昌竟有十二分不舍。不几天聂广庆被叫去盖府，盖运昌告诉他聂大并非他的骨肉，而且女女不是寻常女子，不能跟着他受苦。接着盖运昌起草了典妻文约，以府上婢女秋棉及一份厚重嫁妆加上供聂广庆抽一辈子的烟膏来将女女换到盖府做针娘。聂广庆昧着良心答应了。女女得知后伤心欲绝，打算投水自尽，但突然到来的米丘让她心里生出一股骇人的愤怒，她觉得命不该绝，遂带着二进了盖府，而大被聂广庆留在谷里当帮手劳力。

米丘来暴店是为了得到土地建一座教堂以征召更多教徒，盖运昌答应将女女谷那片原打算做坟地的土地给他。与此同时，暴店镇出了一件大事。柴家次子柴守孝在赌局上把自家的骡马大店输给了原家次子原德库。盖运昌料定是原德库耍了"倒棺材"，但这赌局是县长小舅子设的，又赢的是柴家的家产，便也不好说什么，那柴家更是哑巴吃黄连把苦咽下了。盖运昌又转念一想：原家人做这事是想进入暴店压制自己呢！

盖家老掌柜盖丙生忽然过世了，盖府上下一片雪白。其实这盖丙生并非盖运昌的生父，早年是晚清宫里的一个太监。在宫内他认了大太监魏锁福当干爹，这魏锁福在宫外已安家置业，还娶了女人。同治皇帝登基后要减少一批太监，盖丙生被送出宫，魏锁福念旧情安排他去看守家业。哪知盖丙生私下看中了魏锁福的小老婆春红，于是变卖了魏家家产卷了钱带着春红回到暴店。殊不知春红和他人偷情已有身孕，不久便生下儿子盖运昌。盖丙生知道儿子不是自己的，但自己失了能耐也只能认命。盖家的药材铺子在两代人的经营下生意越做越大，渐渐成了暴店最大的财东。盖运昌17岁那年他的亲生父亲投奔而来，顾及母亲情面，盖运昌让他做了盖府的下人，那人就是喂骡子的吴老汉。母亲春红也因心疾过早离开人世了。

丧事办完后药材大会也结束了，新年接踵而至。除夕这天，盖府所有人齐聚一堂共享晚宴，女女也身居其中。神父米丘留在盖府过中国年，他表达完祝福后一一拥抱大家，当他的手臂张过来要拥抱女女时，女女瞬间拿出一把剪刀插向米丘腹部。在场所有人都惊慌起来。米丘短暂地惊愕后一边拔出剪刀，一边自嘲脂肪厚而身体安然无恙。女女一时情绪崩溃到极点。原来女女这般行为背后藏着不堪回首的往事！她自小跟着教私塾的爷爷和贤良淑德的娘读书、做女红，父亲在遥远的天津工作，但在外有了女人，好多年都不回家，娘决定带着女女去找回父亲的心。女女陪娘天天在漆黑的胡同口等待父亲，有时等得到，但大多时候都是空等。但那个夜晚等到的却是一个暴戾的黄毛鬼子，他残忍地将单纯美好的女女强暴了。之后母亲小产离世，无情的父亲将她像丢弃旧家具一般抛弃了，幸而轻生时被聂广庆救下。每当看到米丘那张脸，女女就被噬人的往事折磨得痛不欲生，她什么都做不了，她只求同归于尽！盖府的新年在人心惶惶中过完了。

李圪渣的邻居耿月民认了盖府吴老汉当师父，跟着一起帮忙打理和盛堂的药材生意。一次进货时耿月民得罪了皮二要被讹钱，但他一个穷伙计哪有什么钱啊！他不敢跟吴老汉讲，恰巧碰见原德库借了一两银子，但这也欠下了原家人情，以致后来他做下让盖府受到重创的事，这都是后话。

二月二龙抬头之日，原家老掌柜原添仓过世。临死之际他交代三个儿子，赢来的骡马店是原家通往暴店的缺口，要把握机会把盖家踩在脚下。盖运昌闻讯前去吊丧，原德孩要求下一五年大赛由原家来主办，盖运昌明白这是原家压制盖家的一步棋，但嘴上还是爽快答应了。大会后盖运昌请的形意拳仨兄弟来暴店开了镖行，第一单生意就是为盖家押运药材，老大老二出门押镖，老三牛来有看店。近两天盖腊苗受了米丘影响要当修女，遭到家里阻碍后竟离家出走，闹得盖运昌心焦不已，吴老汉看不得这洋鬼子耍人耍到老爷头上，于是找牛来有帮忙将蛊惑人的米丘惩戒一番。这牛来有答应后便设计侮辱米丘，眼看要得逞了，那皮大却记起之前形意拳教训自己的仇来，挑起事头召集了一波泼皮流氓要为米丘寻仇，跑到镖行里争斗，结果一群人失手把牛来有打死了。原家暗地帮皮大买通了安县长，只赔了点儿钱财，大师傅二师傅也关了镖行带着师弟的棺材离开了暴店。

春天来了，河蛙谷的大更想娘了，秋棉骂大是养不熟的狼崽子，于是他半夜出逃去找娘。大在路上捡到三只狼崽抱回谷里，聂广庆想着狼野性大，找绳子拴紧了三只狼的脖子。连续几天晚上母狼都在周围嗥叫，而三只狼崽相继死去，是母狼叼它们离开时被系在脖子上的绳子勒死的。狼皮被剥了下来，狼肉被怀孕的秋棉吃进肚里。报应还是出现了，秋棉刚诞下的女婴被母狼叼走了。秋棉伤心过度，变得痴傻。

米丘来河蛙谷看盖教堂的地，却看到满地罂粟，他要拔掉这些害人的作物，结果与栽种者聂广庆大打出手。盖运昌闻讯赶来，故意偏袒聂广庆并收回了送地给米丘的承诺。原德孩听闻后，取了县长看上的那口铜鼎决定去县里走一趟。一是告诉暴店盖家违反朝廷戒烟令大种罂粟；二是探听一下捐官的事情有眉目了没有；三是明年的庙会由原家承办，要请安县长来捧场。

安县长来暴店同意了米丘画地的申请，因之前收了原家的铜鼎，准备来挫挫盖运昌的锐气。

哪承想刚进暴店，官道就被堵上了。柴晚生匍匐在地大喊冤情。都知道柴家的冤是因为原家赢了的骡马店。原家大大小小也赶过来黑压压席地坐了一片，加上越来越多的围观者，官道整个被堵死。安县长觉得这官司是个烫手山药，假如站在原家的立场上，暴店镇人显然不服；假如站在柴家这边，原家的人情、自己那设赌的小舅子又顾及不上了，一时不知如何是好。这正是盖运昌和柴晚生准备的一台好戏。这时盖运昌站出来说："原家不差柴家一座骡马店，我与原家亲上连亲，原家的事也是我的事，我愿买下原家这座骡马店送给柴家，因为我实在不愿看到乡里乡亲为了银钱而这般苦苦纠缠！"围观的乡亲们被盖运昌的行为感动，但原德孩的脸面挂不住了，他只好硬着头皮说："这店铺我原家归还柴家。不是因为我原家做了亏心事，是因为上土沃与暴店同吃一条河的水，暴店的富户都知道用怜悯来换取和睦，我原家更是责无旁贷。"原德孩不叫盖运昌岳父了，盖运昌变成了暴店的富户，原、盖两家的关系也彻底破裂了。

柴家的骡马店要了回来，但世道却变了，外面要打仗了。九月初三安县长被人杀了，原家在县城的店铺被人抢得精光。原德孩还正在准备办赛，一夜之间原家权财皆受大创，紧随而至的大赛也冷清地过去了。

趁着暴店还未大乱，盖运昌赶紧给独苗儿子娶了亲，娶的是何家闺女何柳。世风日下,此后祸事便一桩接一桩地涌向暴店。先是太行山一带大旱,乡亲们颗粒无收。接着镇子里突然来了一队人马说是要来发展"三三铁血团",实际上是来征购粮食和兵员,闹得整个暴店鸡飞狗跳。征兵征到了河蛙谷,聂广庆为了躲避征兵,生生剁了自己的拇指,痴傻的秋棉吓得不轻,跌落在池塘内溺死了。米丘一直想把有欧洲血统的大带走,大乞求他把河蛙谷的地留给聂广庆,米丘答应后大便跟着他离开了。秋棉死了,聂广庆找不见大了,他不敢告诉女女,于是主动跟着征兵的队伍走了。女女再回到河蛙谷时发现一家人早已七零八落,不禁泪如雨下。灾祸还在继续。盖家独子盖家生走丢了,吴老汉带人出去找了两个月都未找见,外面兵荒马乱,盖家生生还希望渺茫。

1940年的头场雪后,日本人进驻暴店镇。日军长官金井章二让盖运昌在暴店成立"新民会"宣传亲日政策,并三番两次要求盖运昌穿上制服动员人们做顺民,都被盖运昌拒绝了,金井章二异常恼怒。接着发生了一件怪事,一夜之间暴店的狗全死了。日本人借机主持公道,不久就抓来了铁匠王胖孩,查到狗是食大烟土而死。这时原德孩站出来一本正经地"解谜",说王胖孩是为共产党做武器的下线,他从和盛堂买来生烟膏给共产党做伤病手术用,进出镇子怕狗叫坏事,于是把生烟膏包了食物扔进了所有人家的院子里。台下做了亏心事的耿月民瑟瑟发抖,因为他恍然明白了这是原德孩陷害盖运昌的计谋。原来耿月民无意间得知县长死后原家送的铜鼎的下落,念及曾经一两银子的旧情,他将其告诉了原德孩,闲聊间原德孩得知耿月民偷拿了和盛堂的大烟膏急于出手,于是找了一个外人天黑进镇说服王胖孩买下耿月民私藏的大烟膏,并告诉王胖孩是共产党托付要买的。王胖孩哪里知道啥叫共产党?得了小实惠后却走漏了口风。原家人想把事闹大,于是用买来的大烟膏药狗,待人们发现狗亡后去找日本人"告密",再让日本人假迷三道主持公道。

吴老汉为保全盖运昌，扛下了提供大烟膏给共产党的罪，与王胖孩一并死在了日本人枪下。然而无耻的原德孩让日本人以女女的生死来要挟盖运昌，就在女女被逼无奈准备跳崖时，米丘前来阻止并和日军交涉。日本人碍于米丘的身份放了盖运昌。回到盖府盖运昌让二和何柳成了婚，将二视如己出。

　　十月时许多从南飞来的飞机让日军死伤惨重，月底日军驱逐当地神父，大和盖腊苗跟神父米丘回了荷兰。十一月，暴店外的黄阳关前发生了一场恶战，很快日本人就离开了。盖府内人丁越来越稀少，大太太、二太太去世了，四太太回青海娘家探亲后音信全无，盖家生走丢了，吴老汉死了，盖腊苗当了修女后再也没回来。

　　1945年的土地革命来得猛烈，原家、柴家、盖家所有的家财都分光了，人也被抓走了。六月红给一个农民当了老婆，女女与二、何柳两口子紧着一片薄田过日子，何柳诞下一名男婴，过满月时盖运昌被释放回家，给孙子起名叫作盖土改。

　　土地裸露着，日子过去了。"深耕概种，立苗欲疏。非其种者，锄而去之。"盖运昌念着《耕田歌》突然就断了声音，女女将他背回暴店。出殡那天，天气出奇好，微风不起，艳阳高照。人家说，死人遇上这样天气，说明此人命硬。

（孙蓓佳　缩写）

甘家洼风景

王保忠

颁奖词：王保忠的《甘家洼风景》，以二十个单元构成一部长篇小说，延展了小说的内部空间，远和近、内和外、上和下、旧和新等元素，共同营造出一个文学史意义的景象：甘家洼。作品着笔在传统乡村的现实状态，最终意指现代人精神世界的变化，深入探索人性的复杂性，使得整部作品充满着尊重人性的品格。

活　物

很多时候，他们望着死火山发呆。偶尔，老甘动一下，小皮也跟着动一下，似乎急着表明自己是个活物。

村子几乎走空了，老甘却走不了，说到底是他不想离开。他很想有些事做，可村子里没几个活物了，他这个村长没啥可干的。

他想起了自己的女人。女人走了有五六年了，他常常坐在碌碡上等她回来。

手机响起来时，他才明白衣袋里还装了个活物。电话多是张秘书打的。说不准二老也会打来，让他给小驴小羊捎东西。爹妈陪孩子进城上学，他们的瓜棚跟着就荒了。

手机忽然响了，是张秘书，说村子要撤并了。他叹了口气，摸了摸小皮的脑袋，你想离开甘家洼吗？小皮摇了摇头。老甘说，咱们不走，死也不离开。

他想，等二愣成了亲，村子里就会多一炷烟，会热闹几天。

该回家了。两个活物，一前一后、一瘸一拐地朝村子走去。

闹　喜

我爹要给叔叔办喜事了，他叫上了喜倌老张头闹喜。

爷爷说，早些年办事全红火了个喜倌，喜倌说几句，人们跟着凑几句，场面就不一样了，现不行了。

老张头一出口就是叮当响的四六句。他喊了起来，催媳妇，抬媳妇，摸喜糖，接着拜堂。在老张头的号令声中，院子里欢笑声一片。

典礼结束了。我听到了划拳声，酒杯碰撞声，笑闹声，我们村好久没这么热闹了。

夜来临了。吃过对面饭，老张头安顿我们听房，又让我进去抱几件衣服出来，挂在了院里的老树上。他说明天可得来早点，你爹常出去做夜活儿，说不准就把衣服抱走了。

第二天，衣服早不见了。我没看到我爹。他和小皮，正坐在火山脚下发呆呢。

夜活儿

老甘的膝头搭着根大辫子，这是他的女人留下的。

他摸着辫子，听着小皮的鼾声，想着心事。他甭说是走进精怪们的梦中，就是自己的梦也进不去了。

老甘从辫子上抽出几根头发，缠在手上，对小皮说，走，跟我干夜活儿去。两个身影在村街上晃悠，这就是给甘家洼巡逻了。

女人跑了以后，老甘从他爹那里承继了这个营生，像他爹一样走在村街的梦里。

老甘停在月桂的门洞前，从手指上解了根头发，将门环牢牢拴了。

堂门吱扭一声，老甘忽然听到了女人的撒尿声。欲望潮水一样膨胀着，他点了支烟，狠吸了几口，把烟头烫在手背上。

院子里没动静了，老甘看了小皮一眼，回吧，以后谁家都不用去了。这是他最后一次夜活儿了。

他回了屋，一头就撞进了那根大辫子的梦里。

浮　石

月桂总想起山后的水库，想起青莲。青莲跟别人好了，被沉进水塘，她没死，绑在身上的是一块浮石。

月桂不止一次想象过沉塘的情形。菊花老太说她生得跟青莲有点相似。青莲的影子就常常挤进她的脑子，跟她说话。

青莲又嘀咕了。你们不是偷偷会过吗？月桂，你喜欢那个人吗？

月桂不敢想了。她忽然想给男人打电话，天成忙着，很快挂了。

她想去水库看看。看来，她想那个人了。他会在那里吗？

她又跟青莲说话了。你跟那人相好不后悔吗？

你呢，就知道你喜欢他。你就不怕天成知道吗？

月桂愣在那里。电话响了，是天成。她又问怎么不带她进城，男人说要去忙，挂了电话。

她向崖下看去，没看到熟悉的影子。她又看去，这不是那个人吗？再睁眼时，早没了影子。也许她真的看错了。

她捡起一块浮石，猛地甩了出去。等了半天，没见漂上来。

向日葵

阳光打到娘儿俩身上，她们眯起了眼睛。

饭店的台阶上坐了一排服务员，像灿烂的向日葵。

天霞回去叫男人晒太阳，一家人升到了地面。天霞想甘家洼的太阳，男人叹气说，在乡下没钱花，城里有钱赚却得住地下室。

天霞跟男人说了小雪的事，要请她吃饭。他们进了家小餐馆，小雪却有事过不来。天霞不愿意吃了，抱了孩子往回走，男人被老板劝下了。

她正要做饭，男人拎着酒菜也回来了。男人有些醉意。再赚点钱，我给你在县城买套房。

哥，我要有阳台的楼房，每天晒太阳。

妹，我还要带你到海边，晒日光浴。

男人睡着了。天霞做了个沙滩日光浴的梦，醒来时，男人又在忙活，眼角布满了血丝。

孩子醒了，哦哦哦跟她说话。天霞便教她念字。向日葵，我们都是向日葵。孩子跟着念时，她的思绪就回到了甘家洼。

天霞听到男人也凑了过来，跟着念：向日葵，我们都是向日葵。

普通话

那个小郭和介绍人来了。

我泡茶让他们喝，小郭目光里掠过一丝惊讶。爹把我叫出去，我才晓得又说了普通话，害他丢了人。

你普通话讲得真好，小郭出了声。我说起土话，觉得一下矮了几分。他说很喜欢听普通话，曾想考播音员。说到北京，我又说起了普通话。

小郭问以后怎么打算。我想在北京再干几年，我喜欢活在梦里。小郭忽然结巴起来，其实我也喜欢做梦。

他要我带他去看火山。站在山顶，我向远处望去。小郭喊了几嗓子，朗诵起了诗。他的普通话不怎样，可我还是被吸引了。

他想在这里建个公园留住我。村子都这么破败了，我会回来吗？

晚上吃饭时，爹和老郭都醉了，我用普通话劝他们少喝，爹又训我，老郭却偏着我，没想到他说的是普通话。

小郭突然握了我的手，小雪，我想跟你一起去北京。我挣开他，想出门，却被爹叫住了。我老半天才明白过来，爹说的竟然也是普通话。

雪　国

雪片子越旋越大，我跃上去，随风而起。

我就是那个叫小皮的狗。

我在村庄上空飘荡，在雪野疯跑。累了，就坐在老甘身边，一起望着雪出神。他会跟我唠叨他的女人、孩子、爹妈，还有那些出去的人。

我发现了街巷里的雪人。我在他们之间走来走去，跟着他们走街串巷。

一个下午，一群陌生人闯进了雪国。他们扛着照相机，拍进村了。

树顶上盘旋着许多红嘴鸦。老甘的脸色暗了下来。红嘴鸦俯冲下来，他蜷缩起来，把我揪过去夹住。

老甘向村委会走去，捡了根棍子。到小广场时，那群人刚好给击散了。他救下一个晕倒的女人，却被当成了流氓。大胡子抡起棍子砸向老甘，那伙人把我们团团围住。

红嘴鸦又一次压下阵来，那伙人逃走了。

门前的雪人都倒下了。老甘叹了口气，掏起一捧捧雪，堆了起来。主人你就堆吧，把巷子都堆上雪人，我们的雪国又会生机勃勃。

空城计

一想到后晌村里要热闹，我怎么也坐不稳了。

我拦住收破烂的大老王，让他也来。你给谁唱戏？他跟我打赌，顶多回来四五个。

自打订下鼓匠班子，我不停地打电话，要他们都回来。

我托富仁租的女人到了。身边有个女人，我这心情好多了。我领她回家吃饭。

鼓匠班的头儿马乐放了个曲子。小驴小羊、我妈、月桂、三铁匠、老张头、富仁的老娘、老葵和他的哑巴侄子出来了，全村人差不多都出来了。马乐又放了半天曲子，问，开始吗？

我知道不可能有人回来了，镇长也不会来了。我讲了几句，说唱这台戏是想给大家找个热闹，找回从前的热闹。好啦，开戏吧。

马乐的《空城计》唱得好，我看到他手持扇子站在城头上唱。

镇长这时进了村。他脸一沉，怎么就这几个？这不是给我唱空城计吗？说着朝小车走去。

日头要落山了。马乐和女人都急着回去，我心里狠狠骂了一句，挥了挥手，不唱了。一台戏就这么散了。

我站在刚才的热闹处，喉咙里冒出了《空城计》的唱词。

唱得好，有人鼓起了掌，是大老王。

看西湖去

尽管还只她一个人，婆婆却觉得跟以往不一样了。这一切，或许因了儿子富仁说，过了年就带她坐飞机到杭州看西湖去。

婆婆贴了对子，挂上灯笼，太阳快到中天了。她做了糕泡肉，找出老头子的相，把他请了回来。

婆婆想到垒旺火了，她忙乎了半天，满意地笑了。

过了这一夜就可以跟儿子去看西湖了。想着，婆婆禁不住抬起头来，这不是飞机吗？她沉浸在了遐想中。

年夜得好好过。婆婆剁饺馅，捏饺皮。吃下了包着花生米的饺子，她也有福啦。想着，她的心思飞到了儿子家。

要交子了，婆婆到院里发了旺火。交过子，她转了旺火，给财神爷上香换蜡，这才睡了。

半夜里，婆婆被呛醒，她一阵眩晕。火浪涌进了屋，她使劲地喊着。

婆婆在火光里看到了富仁的脸，她叫了声儿子，还叫了声杭州或者西湖——那本来离她越来越近的天堂。

城　市

手机唱了起来，青被绑票了。

小凤的魂都吓飞了，去哪才能筹到钱呢？

步行街上，一个七八岁的女孩正蹲着叠纸鸽子。

手机又响了。小凤想到两年前刚来时，大青救过她。我不能没有你，我一定救你。小凤心里吼了起来。

她又看到那个女孩，脑子里冒出了个念头。她给女孩叠了纸鸽子，带她回宿舍，问出了电话。打完第二通电话时，她忽然记起忘了锁门。女孩真的跑了。她也得跑，给警察逮住了就什么都说不清了。

手机又响了，是大青，问她筹到钱没。她眼一酸，你一定要挺住，我一定会筹到的。

她开始逃，又不知怎么逃出这个城市，拦了辆出租车，只是让往前开。

车竟开到了大青上班的店。她推开宿舍门，看到大青正和几个人在摸牌。她尖叫了一声，扭身就跑，出来拦了辆车。

她发现自己又被拉回了这座城市。

结　婚

我看了麦子一眼，扭身就跑。

清华你跑啥呀。

我跑得更欢了。我俩相跟着上学，有人起哄说我俩好上了，我嫌丢人，才不结伴了。

麦子追上来了，手里捧了个饭盒，是她妈让给老师带的饭。

下大雨，我们跑去学校，饭盒却不见了，我们一下午都没找到。

麦子哭着说，爹要知道了非打死我不可。

太阳落山后，麦子还不敢回家，望着我，要不去你家吧，躲过今天我爹可能就没火气了。

夜里怎么睡？要是跟她生下娃娃怎么办？我害怕。

麦子又不去了。我又没和你结婚，不能去。

村庄黑漆漆的。

要不我们结婚吧？麦子小声说。我好害怕，结了婚就能去你家睡觉了。

我真不知该咋办，这时，巷子那头传来了她爹的吆喝声。

酒　国

尊敬的各位领导，各位来宾，甘家洼的广大村民同志们，大家好！今天，我们隆重召开——亲爱的小皮，告诉我，召开什么会呢？

我好像飘到了仙界，酒国。我要去大戏台，给同志们开个会。

尊敬的各位领导，各位来宾，甘家洼的广大村民同志们，大家好！大家热烈呱唧一下。

今天我们隆重召开会议，传达镇里的工作会议精神。

今天我们隆重召开会议，表彰为革命事业做出重大贡献的老甘同志。

……

现在我宣布，散会！好，大家呱唧一下。

补记：

我是一个偷窥者。没人听，没看，他照样讲得有板有眼，几乎讲了一下午。他这两年就是这么过的。

快走进窑院时，老甘朝戏台看去。小皮同志，明天我们继续开会，热热闹闹开个会。

宋城泪

宋城灰扑扑的。北大记起了二叔，他就在这个城市，听说混得很好。

北大要去延安街秀才巷拜访作家王往，一个戴了副大墨镜的三轮车夫要带他去。他说应该体验生活，北大就上了车。

那人被几个穿制服的揪了出去，踢倒在地。怎么还跑黑车？北大替他出头，却被反剪起来，他大喊，王往老师救我！看在王往的面子上，他被放了，那人也因为他被放了。

那人带北大吃了包子，把他拉回火车站。孩子，这是为你好，甭写小说了，好好念书吧。

你这个软蛋，凭啥对我这么说？

凭我是你二叔。那人慢慢摘下了墨镜。

你为啥要装？为啥不敢认我？

那人蹲在了地上，捂住脸抽泣起来。

老瓜棚

月桂要去问他，为啥冷落她。她朝山下的老瓜棚走去，约会地点选在了那儿。

那个人几番推说有事，月桂就吓唬他，要跟他老婆挑明，又要烧死在瓜棚里。

月桂在沙子上画那个男人。画着画着，两条腿中间就多出了一条人影。

那个人来了。月桂问他这些天为啥要躲着，是不是又有了相好的？

就算真的有了，也不关你的事，懂了吗？

他真的变了。她摆了摆手，你走吧，那个人就真上了车。

月桂的心慌了，她在瓜棚里划着了火柴。这时手机忽然响起。天成说，你一定要小点心，千万别出啥事。她吹熄了火苗，泪水夺眶而出。

再出瓜棚时，月桂看到了她在沙地上画的那个人，一抬脚，轻轻擦去了。

回　家

天成和二旺准备坐晚上的火车回家。

二旺说本来不想要孩子，没想到上次回去出了问题，秀巧不舍得流，肚子就大了。天成就明白他早知道自己戴了绿帽子，一定什么都想妥了。

二旺要去洗澡，出了浴园又要去烟花巷，可一见警车就跑了。他又要喝酒。

二旺醉了，言语也乱了。老哥我们这样到底为了个啥？我们在这里死受，她们却不守规矩，这值得吗？我回去咋见人？二旺趴在桌上哭了起来。

天成摇了摇头。这娃就是你的。你不是回去过一次？咋就忘了。

真是我的那就干杯。

天成一仰脖，把泪水也干了。

要走了，二旺忽然说，回去要对月桂嫂好点，不管她有啥事你都得对她好。天成听了炸雷似的响。他装着要撒尿，没有一滴尿，泪却淌了一脸。

天成让二旺先回，说着推了他一把，好像这就把他推回了甘家洼。

知　己

女人让她男人来送一趟货。得知明天开业，老甘说，我给送个大花篮。

第二天，老甘一早就进城买了花篮。他找到了那家杂货店，看到了要找的人。

女人笑了，说今天开业是男人要笑他呢。要他送花篮，也只是玩笑话。

我不跟你开玩笑，老甘说。

女人发了火，要赶他走。

我把你看成知己，你们都把我想歪了。老甘的心凉透了。

他碰到收破烂的大老王，讲了他和卖货女人的故事。大老王笑了起来。人家那么说，也就是想从你腰包里多掏几个钱，你倒好，把她当成了知己。

病了几天后，老甘醒过来了。他嗅到了一股香味，篮子里的花还活着。

她说不准今天开业呢，该把花篮送去。毕竟，他把她当成唯一的知己。他使劲嗅了一口，泪水夺眶而出。

杂　种

秀巧慌了神，你打死我吧。男人摇摇头。他问孩子的爹是谁，秀巧没脸说也不敢说。她想自杀，想离婚，都被男人制止了。男人答应她，离开甘家洼。

秀巧说出了那人的名字，二旺惊叫一声。

秀巧怀上了，找周大讨个说法，他不认账，躲了再不回村，也不在城里。后来她想把娃打掉，可已经过了时候。

秀巧想跟他讨了钱就离开村子。于是，她和男人进了城，天天给周大打电话，可他根本不接。男人要回，因为旅店费太贵了。

秀巧不死心，坚持站到十字路口等。一次她看到周大的车，便急急向路当中奔去。周大却一踩油门跑了。秀巧摔倒了，血流了出来……

护士抱着孩子进来。秀巧眼里有泪，脸上漫着笑。转过身时，却不见了男人的影子。

鸳鸯枕

我是个鬼魂，生前叫天成。

我没和二旺一起回去，不想干傻事。

工地掘出银圆，我参加了哄抢，之后躲进了旅店。我把银圆藏到绣了一对鸳鸯的枕头里，裹上行李塞进蛇皮袋。

我搭车回去时，半路上没钱了就被扔在半道上。我看到一家店，老板是个年轻女人。她下了面，又端上酒。炕角蜷缩着她的男人，打工残废了，像一堆干草。

我进了房间，把袋子放在身边，又把枕头换在头下。

女人靠了过来。我的身体起了变化，但我不能。可再瞧她时，眼前分明是月桂，我不顾一切地将她扑倒。

女人要钱，我才发现钱丢了。她抢过枕头，逃到了外面的屋子，被我逼向炕角。突然我的双腿被"干草"抱住，一口咬上。接着后脑受了枕头一击，倒在了女人脚边，眨眼间就成了鬼魂。女人尖叫了一声，手里的枕头甩了出去。

那对鸳鸯还在彼此亲爱着。我记起了月桂，该回去看看了。

弹力裤

女人总算回来了，穿着白羽绒服，肉色弹力裤。老甘觉得她有些陌生了。

女人收拾起了屋子。她脱了羽绒服，被弹力裤紧裹的腿和屁股暴露在老甘眼前。他想要她，她一下都不让碰，说紧张，得等她愿意。

女人这些年在城里做工，说出去就不能回了。他真希望她留下来。留下来，这家就有个样子了。

女人陪老甘喝起了酒。她敬了他三杯，敬他照顾孩子、爹妈，为村里做事，老甘一仰脖都喝了。女人喝下一杯，说这些年真对不住你和孩子们。

女人让他跟她去那个城市，说这么守着有意义吗？老甘说死也不离开，他一走这村子说不准一下就完了。

喝着喝着，老甘伏在女人怀里抽泣起来。他想好好睡一觉，即使看到弹力裤在灯光下闪烁着，可眼皮再也撩不起了。

老甘醒来时，女人早已离去。他叹了口气，并没打算去追，但还是出了门，朝着老火山下望去。

香　火

老葵带着哑巴侄子宏声到老庙上香，不巧碰到了磨粉。

老葵问他这些年在城里究竟做啥？磨粉说他们杀人未遂，东躲西藏。他得往远处走了，回来再看一眼。

警察摸了上来。磨粉情急之下掏出了刀，凶狠地逼葵爷和宏声进庙。

一时老庙被围住了。磨粉一脚踢倒拉门的宏声，让老葵把他绑在柱子上，然后挟持老葵下山。磨粉虽杀过人，胆子却不大，路上一条蛇掉到肩头，他一怔，刀就掉了，老葵一头撞倒他，死死抱住他的腰。孩子，去伏法吧。磨粉无法，狠心对老葵下了手。

葵爷，我不是有意的，磨粉站起来，像是要哭了。

老葵摆摆手，不怪你，孩子，出去伏法吧。说完又无力地看着宏声。记着，每天都得到庙里来，别断了香火。说完，头歪到了一边，脸朝向菩萨，微笑着。

葵爷，我真他妈不是个东西。磨粉终于扑通跪了下来。宏声也呀呀地吼起来。

这时，门砰的给撞开了。

（姜卓　缩写）

中篇小说奖

白杨木的春天

吕 新

颁奖词：吕新的《白杨木的春天》，既是他个人小说写作历程中一部重要的转型之作，也是21世纪以来中国文坛难得一见的优秀知识分子小说。作品的思想主旨，是要表现特殊时代强力挤压下知识分子的不幸命运，真切地展示人性的复杂性，由此而思考社会环境对人的思想的制约。在艺术表现形式上，既保持了吕新一贯风格的特点，又有一定的拓展，显示出他不断追求的精神。

一

用手电筒一照，看见至少有六七只狗在疏松的白杨木栅栏外整齐地排着，黑夜的锋刃截去了它们的后半截身体，只剩下的六七个毛茸茸的头安静地排在栅栏最上面的一道横档上。烟山南麓下的水库那边似乎有马达的声音，却没有雀山煤矿鼓风机的嗡嗡声更近一些。

十几块橡皮那么大的肥肉正在油锅里泪花闪闪地游走着，在高温中时不时互换着位置，都以为别人那里清凉宜居。那几只狗就是在闻到这种空气后才聚拢过来，有礼貌有信心地等待着，无限悠长地呼吸着。

曾怀林很想捞几块油渣让它们惊喜一下，但是不行，东西太少了。冬冬还指望着用这些来包饺子呢。

二

一年前，在这个举目无亲的小城里，曾怀林忽然凭空有了一位兄弟——在食品公司工作的杜加禄，对方不避嫌，执意要与他以兄弟相称。

杜加禄是怎么认识的，曾怀林已经想不起来了。杜加禄有一位做大官的远房亲戚，尽管从未见过面，但仍然让杜加禄引以为荣。当他说出那个光荣的名字时，轮到曾怀林吃惊了，那人正是曾怀林的岳父。就这样，杜加禄抓住他后就再不撒手了。

但是，有一个事实却是其岳父已于一年前的一个雨夜里倒毙在一个农场。

杜加禄给曾怀林家里送过两次猪下水，还带着多多参观食品公司。炎热的七月，冷库的大铁门一拉开，多多顿时觉得进入了一个神奇的冰雪世界。

"以后不许再去给杜叔叔添麻烦了。"曾怀林对多多说，"你去得多了，会让他犯错误。"

多多不解地看着曾怀林。一直到临睡前，还在想着那个冰冷的世界。

作为回报，曾怀林带杜加禄去宣传队看过一次彩排，也是仅有的一次。只因彩排被杜加禄突然情不自禁的哈哈大笑声给打断了。宣传队的魏团长很是恼怒。

三

几天以后，杜加禄还跑来和曾怀林说："你们那些节目真是笑死人了！"

不应该呀？杜加禄到底是怎样理解的呢？他终于想起来，在执笔过程中，他本人不也数次笑过吗，只不过不像杜加禄那样没有遮拦。

锅里现在炼制的这些油就是杜加禄送来的。

除了这些，另外一块雪白的质量上乘的板油也得益于杜加禄，不过，他是付了钱的。

要不是因为冬冬和多多，他断然不会接受馈赠。两个孩子明显营养不良，尤其是冬冬，月经极不规律。每个月总有一段时间，女儿的眉头紧锁着，看上去像遭了灾，脸没有光泽。

要是她妈明训在就好了……曾怀林经常这样想。冬冬使用的那种粗疏的黄纸丝毫不具柔韧性，更谈不上绵软和舒适，上面还残留着草秸，如果用它们为婴儿擦拭眼泪，一定会划出血痕。在热心人的帮助下，曾怀林才买到两刀莎草纸。

终于等到冬冬的生日，那天中午，他在木板和塑料搭成的小厨房里愉快地奋战着。烙着一张张香气袭人的饼。两个孩子回来惊讶得不敢相信。这是他们来到这里以来吃过的最好的一顿饭。

多多的班级里有一个很厉害的同学叫二和尚，自从吃过多多的一块板油饼，二和尚如同脱胎换骨，处处罩着多多。一个星期天，二和尚竟出现在院子里，帮他劈柴。

四

鼓声又响起来了，把胡琴声压进了深深的地里。而琴师手里的弓弦依然梦游般地来回扯动着。

起初很长一段时间，每当鼓声突然响起，他都会受到不同程度的惊吓。他总把它与战事联系起来，而忘记了它真正的作用只在宣传，或娱乐。直到一年以后，他才终于习惯了。

每个月的最后一个星期二，他都要撰写一份思想汇报。一年多后，忽然被改为一个季度一次。得到通知的当晚，他给两个孩子包了素馅馄饨。在那道疏松的白杨木栅栏四周，浅绿的小草羞怯地打量着未知的世界。

　　也许是稍显轻松的原因，曾怀林渐渐喜欢上了这个有些冷清的小城。城墙下的荒草不由自主地摇晃着，干枯的腰被迫弯下去。曾怀林对"折腰"一词也有了更深一层的理解。何为折腰？顺势倒下，然后再想办法起来。

　　命运的马车把他卸到这座小城后，并未放松对他的驾驭。好在他明白，从某种意义上来说，所有的人都活在一种枷锁或布局之中，所不同的只是明暗之差。

五

　　他们刚来不久时，由于内城里没有住处，就被安排到城北一带开阔的原野上。这里有个养马的人叫老宋。有一天，老宋却忽然被马踢伤了，昏迷不醒。他家人跑到曾怀林这儿要多多的童子尿。老宋得救了，第二天就出来走动。

　　在老宋的帮助下，三道白杨木栅栏从东、南、西三个方向把曾怀林的那两间房子围了起来。那片荒草萋萋的旷野突然就变成了院子，他们一家人心潮起伏，感觉就像在做梦。

　　两个孩子沿着木头味十分浓郁的栅栏跑来跑去，野狗也不再在他们的窗户下撒尿了，没有陌生人再蹲在他们的墙下面吃干粮了……

　　一年以后，老宋又在两边的栅栏前移种了两棵夹竹桃树，两棵无花果树。一两只鸟飞来，落在夹竹桃的树枝上。曾怀林心头不禁一热，"春天好！"他觉得它们在对他说。

六

从城北的原野上往城里走，有很长一段路没有灯，曾怀林就送冬冬去医院值夜班，等到有路灯的地方，他才回家。越往城北折返越黑，但他感到平静和幸福，因为冬冬正走在一条有光亮的路上。

原野上的那一扇透出微弱的昏黄亮光的窗户就是他们的家。冬冬和多多两个孩子每天一走进那道白杨木的栅栏就知道到家了。反倒是大人迟迟对这里的一切还保持着相当的距离和警惕。

七

与此同时，宣传队不断地接到新的任务，有壮大兴旺之势，一时间，宣传队的人成为小城里最骄傲的一群人。到处受到邀请，固然有口腹之乐的享受，但更重要的是证明了自身的价值。

不过，这一切都与曾怀林无关，离开烟雾缭绕的排练大厅，所有的节目都会暂时地不复存在。燕子在城外的原野和河流上低飞，飞进城里，也从不在宣传队的屋檐下筑巢。

八

东门生产队的卷心菜地里，能看到远处烈士陵园里的松柏。车耀吉就住在那儿旁边的一间矮小的房子里，周围是零散的杨柳、粪堆、水渠和半空中嗡嗡作响的变压器。曾怀林是在那儿避雨时偶然认识60多岁车耀吉的。

车耀吉的屋里十分简陋。没有炕，长期睡在一张不知从哪里找来的门板上。在当地有一个习俗，人死后，家里的人会摘下一扇门，将尸体停放在上面，等棺材做好以后，再入殓。这个习俗他难道不知道吗？

再一次见到了车耀吉时，他正在劈柴。车耀吉拿着斧子，喘得很厉害，浑浊而疲惫的目光里，还有阴霾飘过。

有人说保外就医是自由的前夜，是一次人道的松绑，但曾怀林觉得那更像是一个没有消毒就包住的伤口，也许在它的深处正酝酿着更大更深的溃烂。只有车耀吉本人清楚，他和别人是不一样的。

难道就没有想到过逃跑吗？在他们第二次见面的时候，曾怀林想到了这个问题。车耀吉听到曾怀林的话，像是被一根刺扎了一下。

"跑？往哪儿跑呢？"

"我不行，我不能跑。"曾怀林说，"我有家，还有两个孩子没有长大。"

刚说完，曾怀林就猛然意识到自己幼稚得像个孩子。好在车耀吉只是看了他一眼，没再说什么。这位昔日的县委书记端起奇脏无比的搪瓷缸子，坐在那块石头上开始吃药。

九

对于车耀吉来说，这个世上再没有哪个地方能比眼前这座小城更令他魂牵梦绕！许多年来，外面的哪一场运动没有在这座小城留下印记？无论从哪一个方面来说，跑肯定是不对的。或许，只有等待才是最应该做的，也是仅能够做的。

"等待什么呢？"曾怀林说。

"当然是形势的变化。"

"形势会有变化？"

"世界时刻都在运动着的。运动有时会以一种极其缓慢的方式进行，那也只是我们用肉眼观察到的一种现象。"

现在再看起来，整个事情就像是一场运筹宏大的苦肉计，只是他们这些身处计中的棋子们事先并不知道……如果能被事先告知，相信大多数棋子都能像黄盖一样积极配合。从这个意义上来看，事情又不像是一个苦肉计。

直到解放初期，这座小城里还有暗藏的敌人。也正是车耀吉，把一个个残渣余孽都挖了出来。可是，某一天，他被突然告知：他与那些人竟是一路货色。

从此这座偏远的小城把另一面呈现给他，不再张开双臂欢迎他，街上的黑暗狰狞地挑衅他，只因为他不再是人民中的一分子。

只有他当年亲自带领人们修建的那八座水库有时还会悄悄地向他招手，它们那波光粼粼的表情证明着它们并没有把他忘了。

曾怀林、车耀吉，他们像两个遇到了难题的小学生一样，苦思冥想没有答案，在各自的位置上过着接近于窒息的日子。

十

老曾：

对不起！两个孩子只能留给你了……

你的妻她不贪生，不怕死，只是不想再坚持下去了。

都说女性的忍耐力要胜于男性，那是因为她们实在没有可以依赖的，若有一线可依赖的，她们还是喜欢安逸和享受的。比如我，有你在，我就不需要再忍耐再坚持下去了。老曾，再次向你说声对不起！

……

明训绝笔

四年了，每次看到那封信，曾怀林的心都会如一口幽凉的丛草湮没的古井。

渐渐成长起来的多多以为母亲是一次意外事故走的。去年清明，曾怀林带着冬冬和多多去大灰梁上的"一亩地"祭奠明训，两个孩子哭得就像当日的淫雨霏霏的天气。

一年前，当曾怀林第一次来到这座偏远的小城时，专门负责他的案子的叫明海的干部曾这样对他说：

"像你们这种人，要不是因为有问题，还不会来到我们这种小地方呢。"

"我喜欢这里。"曾怀林说。

"别说那些没用的了，你们喜欢的还是敌人的那一套，喝咖啡，穿漂亮衣服，看有害的书，写有毒的文章。真不明白是怎么回事，一有点本事，就会成为人民的敌人。"

曾怀林立即闭上了自己的嘴。他从窗户上看到院子里的一株白海棠开得有些美丽非凡，像是从虚无缥缈的仙境里移来的，开在这么一个专门审人、临时关押人的地方。

这时，那个名叫明海的人已经到里面的一间办公室里打电话去了。

"是呀，这些人就是这样，您猜他在干什么？他不停地看外面的树！对，对，我也是这样想的。所以，我建议还是按照规定，从头到脚地检查他一下。"

两名带枪的办案人员开始了对他的搜查。曾怀林对此并不惧怕，有时候居然会有异性在场，这是让他最不能忍受的。

"我看还是你自己动手比较好。"

于是，他像准备沐浴一样，脱到只剩下一条内裤。

明海冷冷地问道："在省里的时候，你也是这样的吗？"

十一

曾怀林很快把内裤脱了下来。

"这就对了，"明海点点头说，"不要因为地方小就小看。"

得承认，他本人确曾以为这里会马虎一些，随便一些。

从外面走进来一个50多岁的女人，曾怀林下意识地转过身去，用手捂在小腹以下。进来的女人把刚脱下来的衣服拿出去检查。

明海伸开五指，在曾怀林的头发里犁了几个来回，两处腋下也没有发现什么。前年，明海听说邻近有一名特务嘴里藏着一台微型的发报机。检查临近尾声的时候，他用一把透明的尺子伸到曾怀林的两条腿之间检查，仅仅是例行公事。

穿好衣服，临出门时，明海对曾怀林说：

"不要怨恨党，一切都是为你好，一切都是为了我们的革命事业。"声音温良而严肃，犹如刮在三四月间的春风。"看看你的穿戴，光一件上衣就那么沉，吴大嫂挑了半天都没有挑起来，不是普通的几毛钱一尺的布料；看看你所戴的那表，要是换成钱或吃的，够乡下的一家人过好几年的……无论怎么说，也不能把自己算成是普通的劳苦大众中的一员吧？还有怨恨吗？"

明海的话，如同一排松木的钉子，一个个钉进了曾怀林的心里。明海也并不是在言过其实地张嘴就来，那些吃不饱穿不暖的劳苦大众委实令人唏嘘。

十二

来到这座小城的第一年，在烟山林场接受监督劳动期间，曾怀林见到的就是那样的一些孩子和大人。

森林里的蘑菇属于谁的？当地自编自演的小演唱很好地回答了这个问题。"……不属于你，也不属于他，属于我们伟大的社会主义……"

17岁的伍桂梅总是能发现那些被漏掉的蘑菇。曾怀林在林场附近第一次见到伍桂梅的时候，她正带着两个弟弟搜寻前几天大规模采集后遗漏的蘑菇。看到有人在注意他们，头发蓬乱的伍桂梅从深厚的落叶里走出来，提着一个篮子，像是在挖野菜，不时地蹲下去，不时偷偷地飞快地朝四周观察一下。

曾怀林就是在那时猛然看到了她的鞋——两只露出全部脚趾的鞋。

这片理应富庶的山林，仿佛受到了不祥的诅咒和摆布，让生活在其间的人们过着截然相反的生活。曾怀林一直觉得冬冬是个可怜的孩子，看到伍桂梅后，他顿时安慰了许多。

不过，等曾怀林再次回到林场的时候，伍桂梅已经有了自己的鞋。

十三

原因只有一个，她出嫁了。

林场里的人们说，现在伍桂梅至少有三套以上的衣裳，鞋自然也在三双以上，全都是新的。未婚的姑娘看了大多数想到了自己的将来。已婚的女人看完，都想起了自己的当年聘礼，简直就好像是一场骗局，越想越觉得难过，回到家里，饭不做，鸡也不喂了。

十四

初升的朝阳像是上面派出的神秘工作组，居高临下地察看着各地的劳动情况。有时，深厚的乌云又会使这里变得肃穆。熟悉天气变化的人们都知道那不过是暂时的，但目光短浅的人以为世界从此就将如此的布景。

曾怀林摘下草帽扇风时，肩头上被木头压伤的地方会因凉风的舔舐而生疼。本来是两个人抬一根原木，有一天，他的搭档，阎松长，被突然调到场部，成为一名政工干部。

再见面时，阎松长已不大能想起他了，他那张洗得白净的脸上显示出一种复杂的心情：这些人，至于戴那么一个既不能遮阳又无法挡雨的破草帽吗？除非是用心不良地给社会抹黑。不行！下一步，要郑重地向上级提议……不过，有一点他确实是忘记了，他本人的头上也曾戴着那样的一顶不三不四的草帽。

十五

油锯班的几个工人说，阎松长的真实身份是一名政工干部，他以工人的身份来到林场，是为了完成一个秘密的任务。但也有人说，没有那么神秘，他就是一名工人，靠成天竖起耳朵，收集别人的问题，打小报告才爬上去的。他有没有在平时与你闲聊什么？比如对社会的不满，对形势的分析。你接他的话茬，就钻进他的圈套里去了。

曾怀林也不知哪一种说法更接近真相。光是这么浮光掠影地想一想，就让曾怀林感到背后和周围阴风习习。

他的话多吗？应该说在某些特定的时刻，比如说坐在木头上闲聊，或在饮下小半瓶高粱烧的时候，话会非常之多。他针砭时弊，能够让他称赞的东西少之又少。有一次他甚至问曾怀林，依你看，那个什么的主义能够实现么？曾怀林吃了一惊。他觉得自己都没有勇气把这样咻咻冒着火星的话再重复一遍，便有意地逃避了。

有一次阎松长终于忍不住生气了，对沉默不语的曾怀林说：

"我就是随便说给一棵树听，树上的叶子也会抖动几下。为了和你聊天，前前后后抽了我多少烟？"

曾怀林很是惭愧。

倒不是因为曾怀林天生敏感和有一颗防范他人的心，只是他知道应该更苛刻地约束自己，这样对身后的那个家庭就越有好处。

十六

什么时候学会了保护自己？连他本人也感到吃惊不小。就像一只怕冷的从南方捉来的鸟，蜷缩着不动。仅让阎松长一个人在那里或慷慨或悲愤或婉转地唱着独角戏。

在那种情况下，谁还能再继续表演下去？

一年以后，当曾怀林从密林深处走出来，奉命回到县里去宣传队报到的时候，回荡着林涛和风声的岁月已在他的身上和心里烙下了深深的印记。

十七

宣传队的领导是团长，副团长，好多位略有姿色的女演员都与几位领导有着说不清道不明的复杂关系。曾怀林没有想到从密林深处走出来，却一头闯入了这么一个龌龊的团体。

在宣传队，他将继续接受监督和审查。不过，从林场到宣传队，本身就是对他的一种阶段性的小结和鉴定，是一次表扬和奖赏。

这座夜深人静后时常有怪声怪气的响动出现的院子，屋檐上的一棵草，屋脊上的一丛紫蒿，都要比占据着它们的宣传队更为年长，有些野草，也许在一个世纪以前就已经在这里扎根了。

十八

有一段时期，宣传队的人以在皮鞋底下钉铁掌为美，走路时发出清脆的、轻佻而不无得意的咔咔声。他们还喜欢把穿在里面的红色、粉色的练功服露出一点点，代表着一种时尚和前卫。曾怀林的鞋上没有铁掌，仅凭这一点，宣传队的人也很难将他引为同类。倒是另一名曾犯强奸罪的庞士龙，被宣传队的演员视为兄弟亲人。

每天离开宣传队，走在回家的路上，是他一天中最为高兴的时候。

城北原野上那个简易的家，是他人生旅途中的一个再真实不过的停靠点，弯弯曲曲的白杨木栅栏，一天都在等待着有人回来将它们轻轻地打开。它们因长久的闭锁而关节变形，静脉曲张，线条不再流畅，身影不再挺拔，叶子不知流落到了何处。从屋门口通向栅栏入口处的是一条远看如同一根银色飘带一样的沙土路，他们从河边一筐一筐地运回来。下面是一层粉红色的沙子，上面一层灰白色的沙子，真的就像是一根洗得非常洁净的飘带。

十九

挂在门楣上方的打籽的老黄瓜和老丝瓜是别人送的。他们倒是很想用劳动的汗水洗刷耻辱，但他迥然不同的身份使他不敢种瓜。多少年来，他深知不要让自己的生活等于甚至高于周围人的生活，这是换取平安的一个重要的因素。

这处简易的院子在治安联防队的眼里，几乎是一目了然的。如果栽种了这些，院子里绿荫如盖，便不再能坦白清楚。因而不如寸草不生，才能让他们放松警惕。

二十

星期天，上午他去那间装有铁窗的办公室汇报思想，连附近树上的鸟都已熟悉了他的身影和脚步声。汇报一直持续到中午一点，听的人终于感到不耐烦了，曾怀林呈上去的那份不知重复写了多少遍的材料，就被人随手扔进了一个文件柜里。然后对曾怀林说：

"今天就这样吧。"

走到第二级台阶上时，曾怀林听到那个人一边奋力关上窗户，一边自言自语地说道："真是烦死了！"

那时候，曾怀林的心头不禁掠过一阵短促的惊喜：他感到烦了，这应该是一件好事。

回到家里后，发现没吃饭的冬冬和多多都已经走了。他有些愧疚，也没有单独吃饭。他找出两个孩子的衣服，蹲在门前慢慢地洗着。

曾怀林想起了遥远的童年时代。他和哥哥妹妹在湿淋淋的衣服下面跑来跑去，每当有凉凉的水珠掉进他们的脖子里时，他们都会大声地尖叫。害怕水珠滴到脖子里，却又在湿淋淋的衣服下面逗留不去。那时候，世界对他们来说，可以用皮尺轻而易举地丈量出大小、深浅。

后来，就越来越难了。大还在其次，最主要的是深不可测，世界不再有答案。

听完一席情真意切的话，你是否就以为对方的心灵已向你敞开？

直到现在，曾怀林也还是经不住诱惑。经历了那么多的不幸，怎么就不长一点记性呢？多年来不断地跌倒，落入陷阱，本人难道就没有一点点责任吗？

早知如此，当初也许就不应该有家室，妻子儿女就成为他身上最软弱的部分，让他不能成为一名亡命天涯的孤胆英雄。

事实上他没有被完全剥夺得一干二净，还为他保留了一双儿女。站在寂静的原野上的白杨木栅栏前，有时他觉得能够听到一种来自空中的密语："把他变成一无所有的人是最不好控制的。"

有些书里常把儿女比作父母手中的风筝，渴望他们飞翔，却又时刻担心，害怕他们飞走。但曾怀林的感觉正好相反，他觉得自己才是一只风筝，而线头就在冬冬和多多手里。

二十一

尽管专案组的明海一再强调这个偏远的小县与全省全国的标准是一样的，但曾怀林发现还是有很多不一样。比如，在旧党校院子里第一次搜身时，没有专门检查肛门！这座偏远的貌不惊人的小城，并没有用过去的羞辱来迎接他。

曾怀林也想让孩子们从心里喜欢上这里。一旦有点空闲，他就会带他们去看城墙、骆驼、青蓝高远的天，原野上的小花……内城里的日本人时期建造的车站和医院，因为有太多的优点，所以至今一直还在使用，尽管让所有的人都感到美中不足。

甚至内城里的一段青石板的路，也是日本人修建的。再好也不能老走在敌人给我们铺就的路上吧，很快那条青石板路转眼变成了泥泞不堪的沙土路。这是车耀吉任县长时干的一件事，没有人不为之欢欣鼓舞。

曾怀林一家人来到小城时，那条沙土路已经铺上了沥青。夏天中午，脚下软软的，颤悠悠的，热乎乎的，感觉像走在刚出笼的年糕铺成的街上，每走一步，都像是在糟蹋粮食。

两个孩子很快喜欢上了这座行人稀少的青灰色的小城。人其实是能够存在于任何环境的，就像一粒种子，要是不能生长，不要怨土壤或气候，那多半是由于自身的问题。

二十二

有一天，冬冬讲了一件事，多多在外面受了委屈，和当地的孩子们说："我本来就不是你们这里的，我们迟早还是要走的。"曾怀林听后吃了一惊。一直以来，他都认为自己已经够小心的了，多多这样口无遮拦，让他的神经再一次绷紧。

洗完衣服以后，他又去劈柴。抬头看看，没有人从白杨木栅栏外经过。

前天，有个人牵着一头瘦瘦的小山羊从白杨木栅栏外面急匆匆跑过，几名联防队员连喊带骂地在后面追赶。就在一人一羊快要进入前面那片树林里时，联防队员也赶到了，其中一人飞快地将牵羊的绳子抢到了手里。"老子姓贾！不服就到城关公社来闹！"那个人躺在湿地上号啕大哭。

老宋说，那只羊已经是第二次被牵走了，第一次托了人，要回来了，这一次够呛。

二十三

我曾经问一个人："你吸过别人的血吗？"那个人一听，脸色就变了，"你在说什么呢？当然没有。"

"好。说说你自己，你又是如何当上政工科长的呢？按照你的级别，你的家里不应该装有电话，但是，就因为你做的事情特别，所以你享受着和你的上级一样的待遇，电话直通到你的家里。"

他狠狠地看了我一眼，然后咬着牙转身走了。

如果我没猜错的话，他一定又是报告去了，说有人向革命干部反攻倒算。任何一个组织、政府，任何时候都需要他这样的人，给予他们工资、奖励，然后，他们像虫子一样到处吸血，为自己，也为政府。

明训，别为我担心，我并没有真正地质问过那个人，这只是我无数次的想象。

冬冬大了，知道为别人担心了，哪一天我回来得晚，她都会在白杨木栅栏前四处张望。

每天，当我走向家中时，我感觉自己紧紧地夹着一条伤痕累累的尾巴，像极了没有同类、四处流浪的狗。

说点儿高兴的事吧。

这一年，我学会了制作月饼。要是没有两个孩子，我也不会去学这些的。

油是大家共同面临的一个难题。

中秋节的前一天，我去专案组谈话，不能回家。冬冬带着多多去大灰梁上的"一亩地"看你，你见到月饼了吧？让你见笑了。

这样的书信，更多地存在于曾怀林漫长纷繁的思绪之中，它们从未以书面的形式出现过。常常是在他独自坐着、走着时，与妻交谈。甜蜜的和苦涩的记忆会交替而来，童年的，青年的，中年的……

二十四

宣传队驻扎在一个叫云崖的地方已经六天了，路上的积雪结了冰，所以宣传队滞留了下来。

曾怀林最初听到"云崖"这个名字时，心里也立刻升起一种即将就要在天上行走的感觉，一路的颠簸似乎也正是一次痛苦的剥离肉身、升天的过程。

云崖其实是一个盆地，盆地里有森林、有煤矿。当它极为平静地将外面来的人纳入它的寒冷的怀中时，几乎冻僵了的人们痛切而清醒地体会到了主观主义的危害。

有两个晚上，有人发现魏团长不见了，但天亮以后却又披着大衣站在门前，把冰雪踩得吱吱响。没有人问他昨夜去了哪里。人生在世，刨根问底充满凶险。

女演员们结伴去木场剥桦树皮，桦树皮最里面柔软细腻、光洁且最薄那一层，可以用来制作书签。出手很快的，竟然带回来整整六十四张，说是要给儿子订一个充满森林气息的笔记本。

曾怀林也惦记着家里，不知道两个孩子这几天怎么样了，最担心的是怕夜里孩子们被煤气熏倒。不知道这几天他们有没有按他嘱咐的去做。

二十五

雪后的云崖，清冷凛冽，太阳就算明晃晃地出来了，也是一副遥远的冷面孔。光线比较暗的地方，闪着一种蓝幽幽的光芒。站在远处一看，有蓝莹莹的薄雾展开在那里。过于洁白就会孕育出蓝色，是因为它们已白到了极致。

一场革命过后，犹如积雪覆盖着的大地，先前的东西纷纷被掩盖。

许多论述里常道：历史在这一刻——甚至这一瞬——偏离了她的航向。但曾怀林觉得，历史从来没有偏离过自己的航向。什么是她的航向？即使是最不堪最黑暗的岁月，也是必经之路，脱离了任何一个环节，都将难以为继。因为只有那一条路。历史之所以成为历史，就在于她忍辱负重，从未见风使舵，从不避重就轻，走的是一条荒芜悲壮的路。

当所有的人都忽然后退一步，你就会被立即凸显出来。那些退回去的大多数，他们从来不会感到悔愧，无论他们做了什么或没做什么。你会发现对他们怎样的防范都不为过，甚至怎样的努力，都会显得乏力而不够。

而有些人，他从来也没有防范过他们，比如那个车耀吉。从一开始起，曾怀林就一见如故，不相信对方会是一个饵。说来也奇怪，那和见到阎松长时完全是截然不同的感觉。

时光使一切褪色，某一个当初最为钻心的伤口，再重新正视它时，很难再想到它曾经的剧烈，看上去更像是一次不懂事的文身。

宣传队驻地前面的积雪被来来往往的行人踩踏得一片狼藉，新踩出的路，像一条黑色的小溪。

二十六

一名云崖当地的干部，正与魏团长恳求或交涉着什么。那位干部面有菜色，两只脚陷在雪里。说着说着，魏团长忽然有些激动了，禁不住提高了声音，大声说：

"竟然称我们是戏班子，管我们的演员叫戏子。我忍了很久了……我今天再强调一遍：我们不是剧团，更不是什么戏班子！我们是宣传队，播种机——毛泽东思想文艺宣传队！"

看见魏团长认真了，那位干部便知道自己一些认识和说法是不对的。农村人的嘴笨得像磨盘一样，甚至过日子的方式和目标也都是有问题的，一代又一代的人们就那么稀里糊涂地过着。要是问他们咋过呢？他们就总爱说，瞎过呗。

那干部不断地向魏团长点着头。"好，好！你们就是上级派来的宣传队。路还没有开，再给我们宣传宣传吧。"

"规定的演出任务已经结束了。"魏团长说。

"我们像欢迎当年的八路一样欢迎咱宣传队呢。这两天反正你们也走不了。"

"天气太冷了，演员们在台上又不能多穿衣服。"

"那有啥哩，那就让他们多穿点儿。是看戏呢，又不是看衣服。"

"那哪儿成呢？总不能让她们穿着棉袄在台上洗衣裳，送斗笠吧？一来跳不动，二来也不真实，革命文艺的真实性在哪里？"

云崖当地的干部看了一眼不远处的临时搭起来的戏台下一派劫后余生的荒凉破败，又看看面前的这位出于某种原则、咄咄逼人的魏团长。他本想说"即使不穿棉袄，也没看出有多真实"，但最终却说：

"演员同志们多穿点儿，没有人会挑剔……其实，台上演的是啥，人们并不在意。人们要的就是那种气氛和场面。"

"王果才同志！"

魏团长突然大喝一声，两个眼睛瞪得像摄人魂魄的龙潭虎穴，名叫王果才的干部不由退了两步。

"太不像话了！"魏团长脸色铁青地说道，"竟然说出这种反动的话，真不知道你是怎么当上这个干部的。你很危险，照这样下去，你迟早是会犯大错误的。"

现在王果才明白自己错在严重地低估了宣传队的重要作用，甚至把他们等同于民间的吹鼓手班子，精心给你们准备的内容，你们却只看重锣鼓声和唢呐声。王果才感到愧疚。在云崖的这几天，不知把魏团窝囊成啥了。

是的，宣传队的意义更重要的是教育、宣传、鼓动。可是天地良心啊，下面的老百姓们就喜欢热闹，一听见锣鼓声就来劲，还把分散在远近各处的亲戚们都招来去看戏，少有人关心真正的内容是什么，为什么要演。

二十七

对于大多数觉悟偏低，对生活和世界缺乏最基本的认识，不知道该怎样活，还不愿意听别的人告诉他们该怎样活的人们来说，看宣传队的节目，让他们多了一份拘谨与迷茫，少了一些亲切和随意。

作为一名基层干部，王果才在宣传队刚一到达，便感觉像是在投入并经历一次神圣而重大的祭祀，必须勤快、规矩、尽心尽力。眼下他最盼望的就是这把人架在半空中的祭祀活动一结束，他就又能重新回到粗粝而踏实的地面上了。他恳求宣传队再额外演出一场，并不是他本人想看，他其实一点儿也不喜欢。但魏团长却宁可让宣传队的人都闲着，去剥桦皮、闲聊、"争上游"，也不答应再多演一场。

二十八

七十多年前，在那风雪严寒的远方，列宁第一次向俄国社会介绍马克思和恩格斯的时候，顺便看似不经意地把一种制度作为一种理想提出来。在序言部分快要结束的时候，他又仿佛自言自语地轻声嘀咕道：

"……我们有办法做到这一切。"

是什么办法呢？却并没有说。

一切都是依靠后来的行动一步一步地完成并最终实现了的。

在东门外生了虫子的卷心菜地里，生产队的人在捉虫子。每一个捉虫的人蹲在每一棵菜前，像给婴儿洗脸、换衣服那样，小心地剥开每一道缝隙，轻拿轻放。

由于就在菜地边住，每次捉虫子、浇水，都少不了车耀吉。下一次再来的时候，曾怀林就看见车耀吉在向他招手。

二十九

车耀吉从篮子里面拿出一个用报纸包着的圆形的东西，打开后，是一个叶片上有很多虫眼儿的卷心菜。看过后又重新包好，放到了曾怀林的身边。

"一会儿走的时候拿回去吧，你有孩子，正是长身体的时候。"

曾怀林说："你留着吃吧。"

"我一个人不吃菜。"

说得是那样的轻松、高兴，笑的时候脸上出现了一种不属于老年人的沧桑的东西。

他卷了一根烟，小心地吸了一口，却突然招来一阵猛烈的咳嗽，一时停不下来，剧烈的振动让他的身体变形，腰弓了起来，脖子前倾，不可遏制的气流把他的脸都憋红了，眼里闪烁泪花。

人生有如驾辕拉车，一旦套上去了便难再挣脱，前面的路如诡异的长卷一样一尺一尺地在你的脚下铺开，有关的内容早在你一落地时便已绘制好了。

三十

就在见面一个星期后，车耀吉死了，死于雨中坍塌的土坯房子。那房子像被抽掉了筋骨的面粉，在连阴雨中，终于跪地求饶了。

东门生产队奉命埋葬了车耀吉。料理他后事的人们很轻松，不到一个小时便做完了。

再来到东门外的时，那间土坯房子永久地不见了。最能作为旁证的卷心菜地也都不见了……眼前的景象，陌生的让人怀疑自己是否真的曾来过这里？

送走一个人，是否意味着一个时代的远去呢？他问自己，但心里却并没有一个明确的答案。前前后后倒下去那么多人，真的就一块砖一片瓦也没有松动吗？

　　存在于他内心深处的重重阴霾大约就是从那时候开始向外飘散，并逐渐减少的。他开始为车耀吉感到欣慰，因为他卸下了此前压在身上的一切，在某一个地方又重生了。

　　这样看来，世界，一切的生命，岂不是一个圆溜溜的东西？没有起始，也没有结束，没有正面，当然也不存在反面，生与死，好与坏，轻与重，长与短，本身并不存在，而是一个又一个时期的人们自己发明创造出来的。其中还包括各种巫术般的政治、经济、文化、军事和习俗的魔方，把这些一代又一代积攒、传承下来的人的心智与技巧，以图文和固体实物的形式镶满整个世界，遮住其本来的面目和规律，用一双双匠人之手，一颗颗阴暗叵测之心，塑造出一个自以为伟大文明，实则却是把利益作为唯一航向的世界。

三十一

　　"这是要去哪？"

　　"红星农场。"

　　"长途班车不经过那里。"

　　"我步行去。"

　　和他说话的是一位曾经的化学教师，姓熊，眼睛深度近视，人称熊瞎子。据说能用化学试剂配制出炸弹。不过，在广大的人民群众监督下，他已经有好几年不接触化学了，被放到学校的总务科负责扫帚、发放黑板擦。

三十二

从城北的原野上出发，东去十五里，就是红星农场。农场里偶尔会有价格很低廉的蔬菜出售，谁碰上，谁走运。

农场仿佛是一座取之不尽用之不竭的金山，散落在它四周的很多人都想去沾一沾光。要是运气好，恰好又赶上他们没耐心，随便给一点钱，就能拿走一堆菜。当然，质量不一定好，曾怀林说，那么，什么样的人才能够有那样的机会呢？老宋说，没那么复杂，谁都行，只要你正好赶上了。

老宋说，那儿从不看人下菜。这句话就像一股暖流！他实在想象不出那是一幅怎样的情景，每一个前去的人，在那些菜堆面前，都被一视同仁地看待。

人世间竟然还有那样的地方？

他对理想国式的那座农场充满了向往，因此决定一定要找机会亲自去一趟，看看老宋描绘的那种暌违已久的人人平等的人间图景。

平心而论，曾怀林觉得自己这些年来的改造并不成功，在他的内心深处，他从来没有把那些靠自身的力气和手艺养家糊口的劳动者看作朋友。就说老宋，可是真心把他当兄弟的，但是，他把老宋看作是朋友了吗？他拷问自己。他内心深处的那道老宋帮他修过的白杨木栅栏从来没有放老宋进来过。

明训呢？自视甚高，在她的心里更有着对普通的粗俗无知的民众的蔑视。

不过，他心里会感到愧疚，觉得有些对不起老宋。

三十三

早就说好了要找个机会与老宋一起去一趟红星农场，老宋总是说，等一等。等老宋说可以去了，曾怀林这边又走不了啦。

但是老宋突遭意外，让他们再也没有一起结伴去红星农场的可能。

曾怀林刚听说了此事，就立即往老宋家赶去，曾怀林不相信侠肝义胆的老宋会说死就死。

走进屋里，曾怀林看见了老宋的遗体！

刚刚烧过的纸灰像一封封黑色的来信，在一张老宋生前亲手制作的山榆木的桌子前飘舞着。

老宋是在帮助一户从察北一带迁移来的没有居所的人家打窑洞的时候被埋进去的。

三十四

从岔路口向南斜插二里地，就是红星农场。按照老宋生前的描绘，进了农场的大门以后一直往深处走，直到看见一口锈得褐红色的大钟和特大号的高音喇叭，向左转，沿着沙土路，再走一会儿。

十有八九，沙土路上会突然跳出一个人来拦住去路，很严肃地对你说："能看看你的证件吗？"凡是第一次去的人都会被吓住。其实，你不理他，他也就再不要了，马上又换一种表情态度，关切地问你：

"伤口还疼吗？"

那是一个有名的疯子。农场是宽宏大量的，这么些年一直还让他留在农场。只有上级领导来视察时，他才会被暂时关押起来。

不要与他纠缠，你还得继续往里走。他在你背后大声地背诵马列主义毛泽东思想，不要管他。

走着走着，草垛之间的空隙处穿过去，有一扇常年不锁的小门，推开小门，是另外的一幅景象：阡陌纵横，沃野千里，巨大的水车慢慢地从容不迫地转着。

不过你不要下去，沿着小门旁边的小路，走不了多远，就会走进一个辽阔的大院子里，好多拖拉机停在那里。

三十五

农场的花自由自在地开放着。

在铁丝网消失的地方，一片白杨树和山杨树混合生成的林子让人在瞬间忘记整个农场。相互攀连的灌木，像是彼此都沾亲带故的家族。再走一会儿，就能看见林中有密集的木屋。曾怀林的心跳不由得加快了。

至此，能不能买到便宜的菜，他觉得已经不重要了，内心深处涌上来的是一片浩瀚无边的既像陆地又像海洋般的情感，那其中就包括对老宋的感激之情。

眺望着林中那些密集的木屋，他像一个背着父母偷偷跑出来的贪玩的孩子。

三十六

离开树林，沿着农具修理厂附近的那一条路走。坏了的农具木讷地看着拖拉机大声地吼叫，一桶一桶地喝油，神气活现地奔跑，戴红花，受表扬，而它们却再也没有亲近田野的机会。

按照老宋生前的描述和指引，曾怀林终于找到了那个时常有低价菜出售的地方，一个人正趴在桌上打瞌睡，一只手按着一个秤砣。

曾怀林从外面刚一进来，他就抬起头，冲着门口说道：

"没有了。就剩下这了。"

那个人站起来，指着一小堆残缺不全的萝卜，又指了一下旁边的一小捆甜菜。曾怀林弯下腰看了看。

"我要了吧。"曾怀林说，"多少钱呢？"

"也不要过秤了，留下一角钱，你都拿走吧。"

曾怀林蹲在地上捡菜，磅秤员的宽宏大量实在出乎他的意料，这也让他越发感到拘谨和不安。

最后曾怀林拿起一把扫帚，帮着仔细地清扫了一下。第一次来这里，一定要给人家留个好印象。那位磅秤员平静地看着，没说感谢，也没有说不用扫了。

正打算沿来时的路回去时，磅秤员却指着一扇门让他从那里出去。一出门，他吃惊地看见了坐落在不远处的农场的大门，不久前，他就是从那个大门里进去的，在里面绕了一大圈，却万万没想到他千辛万苦地要找的地方竟然就在路边。这说明自从这个临近大路的门开通以后，老宋还没有来过。

老宋啊！

青蓝的天空下，一排雁阵刚刚过去，没有民兵从寂静的原野上走过。

他看看篮子里的菜，萝卜虽然都是半个半个的，但其实没有什么。他要给甜菜做一次手术，用剪刀把边缘上溃烂的部分剪去，就会是一捆新鲜的菜。

（温晓慧 缩写）

挣挣扎扎

韩思中

颁奖词：底层叙事是中国文学界进入21世纪之后出现的影响力极大的创作思潮。韩思中的《挣挣扎扎》正是这样一篇有着一定超越意味的底层叙事小说。作品真实地写出了女主人公艰难的生存处境，也凸显出了一种理想主义的情怀，能够让读者从中体味到难得的精神温暖。叙述风格充满现实主义的探索性，表明作者在努力超越自己过去的方式。

一

马兰花是在28岁的那年，方才动了婚姻。

她的夫家，是邻近侯家疙瘩村侯金山的二儿子侯二小。

双方正式见面的那天晚上，马兰花万万没有料到，侯二小偷空子就把她给抱住了，给亲了。

第二天，侯二小提着一大兜水果，提着象征定亲的"三金"，热热络络称呼马兰花他爹马灯"大伯"，亲事就这样定下来。

二

马兰花是后沟村的公办教师，六年前，她不甘心地留在了这里。大学毕业前夕，有个名叫郑一的男同学以嫁给他为条件要帮马兰花留在省城，犹豫之时被同班女同学捷足先登。一天下午，马兰花到学校打扫教室。侯二小来告诉她去县城小学工作和她爹到煤矿当会计的事。马兰花不忍心看着村里娃儿们上学的条件这样差，于是在戏言中侯二小答应她盖学校。

三

学校的工程已经如期动工，马兰花守在工地上，经常来工地看施工进展的，还有他的本家伯马奎。

一个多月前，侯二小准备去省城的那天下午，马兰花把自己交给了他。但是，侯二小却凭空地消失掉了。这些天来，马兰花经常会躲在没人的地方让眼泪把自己搞得一塌糊涂。就在马兰花把脸上的泪抹过一把，强做颜笑冲马奎叫了一声"伯"的工夫，一块砖头从天而降一路飞翔到了马兰花的脑袋上。

四

上午，马兰花来到县城。她拨通郑一留给她的手机号码，郑一答应帮她去找侯二小。马兰花在县政府大门口看到乡人大的杨主席在跟一群人急巴巴地说话，这些人都是来告侯家的状。马兰花好心给众人买水喝。此时她才得知为了巴结一个副县长，侯二小又和副县长的闺女订婚了。郑一也告诉她侯家在省城宾馆的办事处也搬走了。

五

一条从侯家疙瘩村方向拓宽过来的路面，延伸到了马兰花家的门口。就是这条正在拓宽的路面才导致了那么多人去县政府门口告状。她决定去侯家疙瘩退还订婚礼物。

这时，侯二小来了。他的车上，还坐着一个女孩子。马兰花把装在塑料袋里的手机、"三金"丢给侯二小，转身走开。这时坐在副驾驶的人喊了她一声。马兰花上了侯二小的车。

六

从侯家疙瘩开始拓宽的路面，要占用后沟村的地皮，于是侯大头来到马奎家商量给村民的赔偿事宜。马灯家的五间窑洞都要被占，侯大头提出马兰花家的赔偿费，他要亲自给。说侯二小为马兰花修建了学校，并且斥责马兰花因为婚事被退就去装病告状，在告状的人面前假充善人，还收下乡人大杨主席的200元。同行的马灯告诉他自己就是马兰花的爹，想要解释真相。不料高大结实的侯大头一连甩了马灯二十几个耳光，瘸腿马奎上前制止无效，马灯匍趴在地，毫无还手之力。

七

婷婷说她就是想看看马兰花，因为她曾经和侯二小定过亲。提到侯二小为她修了一座学校，并且问马兰花是否知道侯二小被提拔成县煤炭局副局长，马兰花无语。婷婷又告诉她"有病就慢慢医治嘛，这种病，又不是没有办法治"。马兰花不明白婷婷这话的意思。

八

马奎提议马灯家一万五的赔偿款由村委会出。劝诫马灯不要和侯大头治气。马灯明白侯大头真正想动手打的人并不是他，而是自己的女儿。他暗自盘算，要把马兰花诓出后沟村。

第二天，马兰花忐忐忑忑来到县城，找到一家诊所，心里虚怯着凑到一个老中医面前。又去县医院做了次尿检，结果，不是怀了孕又是什么？

九

恍恍惚惚返回后沟村。一辆小轿车上面钻出来了郑一。马灯手举菜刀奔他冲过来。马兰花拖着尖锐的哭腔止住了他爹。

马兰花把她爹马灯挨打、她和侯二小的事，还有侯二小之前因为她的一句玩笑话，为后沟村修了一座学校的事，约略告诉了郑一。想让郑一帮帮她。

这时，大门外忽然响起一连串汽车的喇叭声音。来人连喊"郑处长"，经介绍才知道是张副县长和政府办公室主任、县教育局局长。郑一介绍马兰花，教育局局长附和说马兰花很快就可以正式到县中。几人进屋看被打的马灯。

十

马兰花得知郑一如今在省政府工作，分管文教。她爹马灯兴奋地数着副县长他们给的钱。马兰花还是决定到乡政府去讨一个说法。

路过侯家疙瘩村，有人很快把她的行踪告诉了侯大头。侯大头驾车撵上来。马兰花才知道原来侯二小为了退亲，把她编排成"石女"。她号啕大哭，捏在手里的两张纸片借了微弱的风势跟跄翻飞。这两张纸片，一张是老中医号脉之后开给马兰花的保胎药，另一张是直接证明马兰花怀有身孕的化验单。

十一

　　马兰花去马奎家，看到她爹马灯和她伯马奎挨靠着说话，脸上都挂满了深深浅浅的笑意。马灯说侯大头向自己道歉，因为误会动手打人，盖学校的事情侯家以后不会再提，但马灯认为还是欠着人家一份大人情。可是他并不知道马兰花怀孕的事。

十二

　　眼看学校就要开学，马兰花不能再拖。到了县城医院妇产科。负责做人流手术的大夫居然是个男人。护士漠然，马兰花浑身哆嗦起来，最后慌不迭退身出来。

　　马兰花站起身准备去趟厕所。出来时惊奇地发现，从手术室里出来的一个谢了顶的老男人居然是侯二小的爹侯金山。

　　马兰花立马转身，呜呜咽咽就往楼梯口处跑。还没跑出几步，就被赶上来的侯金山一把拽住了。马兰花看到侯金山居然是：泪——流——满——面——

十三

返回后沟村，走进家门，马灯表情迟滞地坐在一把小木凳上。

侯二小的娘想要亲近马兰花，她一别身子爬上炕头，蜷曲着匍趴下去，再用一块毛巾把头脸遮盖住了。侯金山别别扭扭又叫了声"亲家"，说："别的话我就不多说了，照顾好马兰花。"

侯金山两口儿离开后，马灯把事情的缘由告诉了马兰花。

原来：侯二小自从认识了婷婷，很快就和她打得火热。胡编理由要和马兰花退亲。侯二小和婷婷订婚后不久便出事了，是一个放羊的汉子发现了死在越野车上赤身裸体的两人……

十四

学校开学后搬进那栋簇新的小二楼。马兰花强颜欢笑去了几天学校。但是不行，她给学生们上课时脑子老要走神，身边还有一个形影不离的保姆吴妈跟着。

有一天，校长告诉马兰花她要从后沟村学校调进县中学。而且正赶上县中的教职员工分配住宅楼房，校长说学校经过慎重研究，准备给马兰花留一套呢。

十五

马兰花打电话感谢郑一，也把她怀孕的事以及侯家的情况和盘托出。

吴妈是侯家打发来照顾马兰花的，后来因为侯家替马兰花交了县中购房款，马兰花和爹起了争执，吴妈站在马兰花一边，马兰花才逐渐把这吴妈看得重了。

屋子里，爹和吴妈还在有一搭没一搭地说话。吴妈说："新年过去都这么长时间了，春节眼看着也快到了，咱俩的事，你看怎样操持才好?"几次对话后，爹急巴巴捏着嗓门，他说："呀哈，我是一个光棍，我一个光棍还能怕了你一个寡妇?"

这时候，马兰花感觉肚子里的婴孩有了动静。暗忖：小冤家啊，你这个小冤家啊!

（樊萌 缩写）

车 祸

小 岸

颁奖词：小岸的《车祸》，站在现实生活和艺术创作的高点，将一次寻常的车祸演绎成为现代人的精神冒险，从一个简单事件，深入到复杂的精神世界，探求人性的本质，阐述现代人的信念危机感。无论在思想层面还是艺术角度，小说都达到了较高的境界。精细的笔触、一波三折的情节、对不同人心灵的剖析，都使作品具备了一定的品质。

一

袁小月是"青青"美容院的美容师，正当她给客人做护理的时候，手机发出一阵阵嗡鸣，她却一直不理睬。涂满了按摩膏的手在客人的脸上点穴、按摩。客人发出轻微的鼾声。

美容院装潢考究，产品以保养型为主，袁小月深谙美容、化妆品的行道，但她自己只用最普通的护肤品。还好，她皮肤底子不错。你的皮肤好了，顾客才会信赖你。

手机安静了一会儿，再次发出嗡鸣。在顾客的劝说下，袁小月掏出手机，是弟弟袁小亮打来的。家里房子要拆迁，他和母亲找了处房子过渡，先交半年租金，还差两千。袁小亮虽在国企工作，但却攒不下钱，工资大部分都输在赌桌上了，为此媳妇也和他离了婚。

袁小月忍不住叹气，心知这月的工资又有去处了。

二

袁小月上边还有一个领养的姐姐，年长他们八九岁，与母亲关系不好。20岁就嫁去了外地，丈夫开装潢公司，日子蛮阔绰。直到袁小亮结婚，她才千呼万唤回来一趟，母亲想与她拉拢关系，她却冷冰冰地说，您是看我有钱了，说得母亲目瞪口呆。每年春节，姐姐都会给母亲寄一笔钱。起初是一百，后来涨到一千。母亲毫无感念。

袁小月心里佩服姐姐心肠够狠够硬，她虽是亲生的，待遇也不见得就比姐姐强。袁小月与弟弟是双胞胎，因为剖宫产先取出了她，就成了姐姐。升学时，母亲让袁小月退学，让成绩不如她的弟弟读完高中，念了一所三流大学。毕业后，弟弟进了父亲原先的单位，袁小月却是在服装店打工，后来报名学了美容美发。

袁小月结婚时，母亲朝男方索要了一笔数目可观的彩礼。为这个，婆家的人低看了袁小月。

李伟是铝冶公司的工人。快到中午，袁小月给李伟打了个电话，提醒他热饭吃。

我不吃了，我妈叫我过去吃饭。李伟懒洋洋地说。婆婆心疼儿子，三天两头叫儿子过去吃饭，却很少关心媳妇。

刚结婚时，他把钱全都交给袁小月。可后来就不这么做了。他埋怨她没有存下钱。对此，她也很惭愧。这期间，弟弟结婚，和她拿了不少钱。母亲隔三岔五买药，也朝她要钱。袁小月也顶撞过母亲，可母亲立刻扑到父亲的遗像前哭诉。袁小月只得百般安慰。

李伟的怨怼在情理之中，他们夫妻现在就各花各的钱。袁小月想，也许是因为他们没孩子。

三

婚后，袁小月怀过孕，第一次是两只手一天到晚沾精油，导致孩子流产。第二次是宫外孕。年龄渐长，她想要一个孩子的希望日渐渺茫。七年过去了，他们的爱情就像一块将熄的炭，稍有热度，看上去却灰扑扑。

下班回到家，李伟不在，空荡的房间更显冷清。袁小月躺在沙发上边看韩剧，边等李伟。凌晨一点，李伟还没回来，袁小月就给李伟打电话，李伟说，同事请假，得连一个夜班。袁小月抱怨，那怎么不早点告诉我？不知道我在等你吗？李伟不耐烦地说，谁用你等了。然后，就把电话挂了。

袁小月独自上床躺下，心绪难平。第二天起床后，就发现额头冒出两三个小疙瘩。始料未及的是，此后的几天，不管采取什么办法，疙瘩由前额浩浩荡荡地蔓延至鼻翼，令人触目惊心。

店长反映到老板青姐那儿了。青姐皱起了眉头，说，你今天先不用工作了，让她们给你拆一盒消痘灵试试。

四

消痘灵一瓶都用光了，脸却丝毫没有好转。心情沉重的袁小月大哭了一场。上网查询，觉得自己疑似内分泌失调，遂赶紧出门去看中医。

李伟回到家闻到中药味，瞅了两眼袁小月，嘲弄地说，你的脸都成这样了，可见美容院是个骗钱的地方。袁小月呆呆地，眼眶里蓄满了泪。

中药连续喝了几天，依然于事无补。青姐忽然打来电话，说"青青"美容院在林县开了家分店，让她去教两个学徒工，工资照发，加出差补助。袁小月爽快地答应了。

晚上，李伟回来，袁小月告诉他自己出差时，丈夫的反应平淡，令袁小月鼻子酸酸的。晚上睡觉时，袁小月特地把床头灯调暗，气氛变得暧昧，可李伟装似疲惫，躲开了她的搂抱。

林县不算远，临去之前，青姐看着她脸上的疙瘩说，你到底是怎么搞的，干我们这行的，怎么面对顾客？

袁小月听得懂青姐话里的意思，也很清楚自己的处境。

林县是个小县城，美容院分店老板姓唐，比袁小月小一岁。小唐为了表示热情，邀她住到自己家里。

店里招聘的两个女孩正是学什么也快的年纪，连续一周下来，两个小姑娘该掌握的都掌握了，剩下的就是日积月累的练习了。

五

转眼已过一周，青姐打电话督促小唐付清8000元的加盟费。袁小月正好也到了返回的时候，小唐便让袁小月把这笔钱捎回去。

从宾馆到林县的客运车站，她特意叫了个出租车。车程中，袁小月的手机接到了一条意外的短信：小月姐你好，你不认识我，但是我知道你。我怀了李伟的孩子，本来我不想要这个孩子，可是李伟恳求我生下孩子。我想听听你的意见。袁小月没看完就愣住了。

这是个什么样的女人？态度不卑不亢，却含着盛气凌人的气势。

李伟竟然有外遇了，李伟终于有外遇了。袁小月的拳头攥得死死的。然而，另一方面，她好像早就预料到了这一天会到来。

车站到了，李伟打来了电话。她的心蓦地跳了起来，强作镇定后摁下接听键。哦，万幸，李伟只是问她什么时候回来。

袁小月翻来覆去地思考着，她应该勇敢地站起来捍卫自己的婚姻。可是，不知怎的，她觉得自己更像是心虚的第三者。她没有抓住丈夫的筹码，爱情、子女、财富，她两手空空。

轮到她买票了，低头往出掏钱，挎包竟然只留下了带子，她反应过来是失窃了。包里有身份证、钱包、钥匙、手机……她头皮一炸，马上想到了那8000块钱。怎么办？

袁小月步履踉跄地从车站走出来，如果回去找小唐，小唐又打电话告诉青姐，她的饭碗就朝不保夕了。

她翻起了行李包，终于摸出了几十块零钱，先找了家不起眼的旅店住下。这时，她听到旅店的人员热烈地议论一件事，今天下午，林县开往市里的一辆客车出了交通事故，翻下山崖后自燃。部分受伤的乘客被活活烧死了。她听得目瞪口呆。出事的不会就是她准备乘坐的那趟车吧？

她从失窃的沮丧中摆脱出来，转而变成了劫后余生的侥幸。她想给青姐打电话报个平安，转念想到丢失的款项；给李伟打电话吗？那条短信又晃到了她的眼前。

她终于没有打电话。

如果她死了，就用不着担心离婚的事，也不用担心失业，更用不着偿还那8000元钱了。

六

是的，从现在起，她完全可以自由地脱离原来的生活轨道。一切的责任、义务、烦恼，全部抛置脑后。真的可以这样吗？

袁小月将手上的一枚牡丹花型的金戒指卖了2500元，足够应付一段时日了。她现在无牵无挂，想去哪里就去哪里。曾经梦想有一天能去江南小镇生活，现在她携带简单的行李，上路了。

她不断地告诫自己不要多想，不要回头。但是，有些情景还是会固执地闯到她的脑子里。潦草的葬礼，母亲的哭声，李伟的眼泪。有一次，她按捺不住，用公用电话拨打了家里的电话，"喂"，竟然是个年轻女人的声音。她屏住呼吸，难道那个女人已经迫不及待，登堂入室？

七

后来，袁小月去了一个名叫清水的小城，白墙黑瓦，环境清幽，颇像一幅水墨画。她决定留下来。说也奇怪，在这趟长途旅行中，三餐不继，脸上的疙瘩却神奇地好转了。

到了清水市，袁小月直奔几家装潢考究的美容院应聘，在一家名叫"紫美人"的美容院觅到空缺。

老板娘康姐在附近有一处房产，三室一厅，租给了一个女人。女人要找房客分租，于是袁小月便住了进去。女房客名叫冯燕，是一位自由撰稿人。对她也算热心。

八

冯燕对袁小月充满好奇，究竟什么原因，把自己弄得身无分文？袁小月说，失窃了，身上的东西丢了个精光。冯燕很是同情。冯燕年长袁小月七八岁，离过婚，多年独身。在袁小月看来冯燕是个热爱生活的女人，然而不久，她无意间发现冯燕手腕上有一道疤痕，方知她曾经割过腕。

后来冯燕忽然迷上了基督教。袁小月被她虔诚的样子打动了，心里蠢蠢欲动。

令她没想到的是，冯燕又改弦易辙信奉了佛教。时常开着音响放《大悲咒》《地藏经》。袁小月听得纠心，她那颗因宗教而清明透亮坚定的心，再度变得浑浊暗淡摇摇欲坠。而另一个念头，则一日日强烈起来。那就是回家。她想光明正大地做回袁小月。

九

这天早晨，袁小月终于拎着行李离开了清水，风尘仆仆地回来了。下了火车，已经是夜里八九点钟。她提前给母亲和弟弟打了电话，刚一开门，就被他们拉进了屋里。母亲和袁小亮的表情惊人的一致，满脸焦灼。袁小亮说，刚才没有人看到你吧？母亲问，究竟怎么回事？他们说话压低嗓门，似乎不欢迎她回来。

一切都和预想中不一样。她对袁小亮说，把你的手机给我，我给你姐夫打个电话。袁小亮赶紧把手机藏进了裤兜。

母亲叹了口气，抹了一把眼泪，说，小月呀，都当你死了，妈的眼泪也哭干了。谢天谢地，你没死，可是，你早不回来，晚不回来，现在回来，可咋办呀？

袁小月瞪大眼睛看着母亲和弟弟。听了俩人说的，袁小月明白了，车祸的死者，每人获赔了25万元。母亲和弟弟用这钱又买了一套房子。她死而复生，钱就得退回去。弟媳妇也回来了，听母亲语气甚感欣慰。李伟拿了美容院赔的7万块。她现在才觉得自己的生命很有价值，且被他们瓜分了。

袁小月看着母亲，她感觉自己不认识这张面孔了。再看袁小亮，她的弟弟，此刻，他们在想什么呢？不会希望她再死一次吧。

十

第二天，袁小月提出要去找李伟。临出门，她戴了帽子和口罩。回到小区，仰头望望自家的楼，然后走进小树林，坐在石凳上，默默等待。大约过了一个小时，她终于看到李伟和那个女人的身影了。女人不算漂亮，腹部隆起，八叉着两条腿走路，身体向后仰。袁小月羡慕地看着。

吸引袁小月目光的还有李伟的笑，手里拎着沉甸甸的水果蔬菜，还有一条尺余长的鱼。那鱼应该和"袁小月"的名字一样，是个死物，也和袁小月的爱情一样，死了，死得干干净净。

她远远看着，心想，挺好的，得了7万块钱，又有了新老婆，有了孩子。她无法想象自己·旦出现在他面前，他会是什么表情？

袁小月漫无目的地沿着小区外的河坝走着，回家吗？无论哪个家，她都没有了。她感到有些闷热，摘掉口罩，随手一丢，薄薄的口罩像纸张一样从河坝飘下去，在空中飞舞着，落到了流淌的水面上……

（温晓慧 缩写）

短 篇 小 说 奖

谎

邓学义

颁奖词：邓学义的《谎》，从一个普通的决定和一个善意的举动切入情节，然后用一连串谎言来掩盖它真实的善良初衷，讲述了一个发人深省的故事。在这样出人意料的谎言背后，让读者看到了当下生活中存在的某种现实规则。作者透过迷蒙的生活之雾，看到了人性的复杂之处；在不动声色的描述中，让读者不能不思考许多关于人性、关于社会的问题。

雾是什么时候起来的，没有人说得清楚。席世谦依风俗吃完生日烙饼走出家门去上班时，以往熟悉的近乎淡忘了的阳光蓝天都换成了它的影子，它的影子覆盖了一切，几米外的世界似乎消失了、飞散了。云入凡间就是雾，但雾终究与云不同。席世谦这半辈子还从没有见过浓到如此极端的雾。任何事物大概都必须到了某一种极致，才能更深刻更清楚地去认识吧。席世谦就从没有这样注意过雾，在记忆中，以往的那些轻雾让人感觉只是虚虚茫茫的一片，缥缈而无从分割。直到它如此浓烈地萦绕在眼前，才发现，它是颗粒状的！组成它的每一星每一点虽小如芒尖，却能看得清清楚楚，能让你清清楚楚地感觉到它是那样的实实在在、真真切切，像是一个星系。一天又一天日出日落的平淡循环中，突然一睁眼看见有这么一个变化，不免让人新奇。

席世谦的脚步很轻快，他觉得自己是喜欢这雾的。这些天来，他心情一直这样不错，调了工作，自己很满意，搬了新家，老婆也很满意，儿子又转进了重点小学，儿子也很满意。他告诉儿子，这是因为你学习用功成绩好。孩子嘛，就是应该鼓励鼓励。

穿过一小段喧嚣嘈杂的大街，席世谦习惯性地拐进了一条小巷子。四周立时更暗了一些，窄了一些，倒也空旷了一些，一片茫茫中只能听见一些辽远的声音，不知道什么发出的，像是来自另一个世界。来来往往的人少了很多，多数只是一些脚步声，听见的时候就已经慢慢远了、消失了。偶尔才会有一两个越来越近，近到两三米时，一个人影会忽然清晰在面前。然后，很快就又隐在了身后两三米之外。席世谦也不看他们，只轻快地走自己的。他差不多就要觉得这是一个只剩下自己的世界了。

出了巷子右走几步，单位东门隐约到了眼前，棱棱角角上那些大明大艳的色彩都变幻而去、灰洞洞的，中间白茫茫似乎什么也没有，空空荡荡。不过，进进出出的人们你忽然隐进去我忽然现出来，又像是什么都有。席世谦走得不快，发现萦绕着的那些星星点点并没有像想象的那样贴着他滑过去，而是清清楚楚地贴着他一星一点地消失了。应该是自己的热量使它们重新蒸发，归于无形。只是，衣服却渐渐潮软了下来。

8点整的时候，他走进了办公室，先从抽屉里拿出了几份要看的文件，然后倒了一杯水，坐在了办公桌后边，对面墙上那个大大的自己就笑嘻嘻看了过来。这照片是小周不久前的主意，他本来不愿意，整天对着的都是自己，太不习惯了。不过其他几位都欣然挂上了，他也就没说什么。

小周送来了今天的报纸，提醒了一下中午的两个应酬下午的一个会，顺便说道，席处，咱可是遇上勤快人啦，李工头又来了，六点半就堵在门口，快跟打鸣一样准了，头破了都还要找个换班的。我看我干脆跟他们说您出差了，省得天天来烦。

什么头破了？席世谦把眼睛从报纸上移向小周，见小周衣装笔挺头发一丝不乱，很精神，笑眯眯的。小周口才不错，讲得演义一般。说是他早晨上班时在单位门口碰见的，当时因为要给各办公室打扫，就来得早，天色还有点暗，正好看见一个大汉张着双臂就朝一女的过去了。雾大点，加上眼镜也大点，那女的以为又闹流氓，尖着嗓子叫。李工头刚好在旁边，倒是很有些救美精神，不管三七二十一，上去就是一脚。结果，那人唉哟之前先是哗啦一声，原来人家是抱着块玻璃回家。那人起来之后自然不客气，从地上捡了一块砖就把他脑袋给开了。

席世谦大笑，夸小周勤快，问后来怎么样了。小周说还能怎么样啊，吵吵了半天，也分不清谁有理谁没理。最后那人走了，他自己去包头。幸亏对方只是个附近农民，不然他还得赔玻璃钱。但就这样，这李工头临走之前，还不忘叫来一个工人继续守着。小周说，像这种新入行的菜鸟，这么死心眼，手把手教恐怕都教不懂，迟早还得回去种地。

听到这里，席世谦自己也不知怎么的，忽然就决定让小周把李工头的人叫进来，也许是因为心情很不错吧。小周本来说完已经走到门口了，有些诧异，随即说道，倒也是，还是席处考虑得周到，就是说出差，过几天他们还得再来，不如见一面，他们也就彻底死心了。席世谦一笑。

李工头那个工程队刚出来一年多，都是邻县一个农村的人。本地人大概是因为思想经济文化等方面的原因吧，与南方人不同，出门一时难的观念深入人心，轻易是不出来打工的，实在熬忍不住，出来了，也多是尽量拉帮结伙，方便互相照应。李工头上过高中，当过兵，在他们村里几乎就是见过最大世面的人了，部队还正好是个搞基建的，他学过这。众人一合计，就干脆组了个工程队，让他当工头。其实就跟个带工的工长差不多，自己都上手干活，然后记工挣钱，用其他工头的话来说，就是一生产队长。这个李工头本人倒是有些技术，甚至还会画图纸，搞测量，这在多数工程队就是人才啊！

一些大工头经常来挖他，说只要你跟着我干，保险比你生产队长挣钱多。可他就是犹犹豫豫不去，领着那帮下到十六七上到六七十的，干得还很是起劲。

众工头特别喜欢传李工头的逸事，席世谦一个月前调过来后不久就知道了此人。当时他倒不太相信还会有哪个工头这么傻，正好随后就听说一个工头里的老鸟又想来挖李工头，反倒被人家套走了不少哪里有新项目的消息。于是席世谦就感觉这个老李之所以这么带工程队，肯定是想拉拢人心，日后有大图谋。后来慢慢有所了解，席世谦才知道幸亏当初只是这么想想，没跟别人说过，不然他也会成为众工头暗里的笑柄。原来工程队不比其他方面，用不着怎么笼络工人，哪怕就是变着法儿去克扣，民工们也只能等年底把工资哄到手里之后才敢走人，然后随便回老家或者去火车站就能再招一批人来。如果仅是如此，倒还没什么，其他方面李工头表现得更是外行，唯一能说得过去的，也就是他带的那帮人活儿做得还不错，细致。可活儿做得好没用，除了给农村的私人建房，虽然他到处打听到处跑，也从来没包下什么正经工程，偶尔包一两件小活，工程款还拿不到。至于农村，这两年建房的也越来越少，他那工程队经常是一年中歇半年。众工头的结论是，自生得快，自灭也快。其实这些工头哪个不是这么过来的呢？哪个不是慢慢地才懂得了行规、懂得了规则、懂得了怎么当工头的呢？席世谦也就觉得再碰壁个几次，这位老李也同样会渐渐开窍的。小周也这么认为，所以前几天老李第一次找来的时候，小周干脆都没请示席世谦，就先让他吃了一回闭门羹。可惜想不到他那根筋就是不改，丝毫没有要清醒的样子。

李工头想干的这个工程实际上就是垒一段普通围墙，小得很，经常打交道的那几个工头都没人提这事。不过，总归是个活儿，还有一个多月才计划开工，到时候总会有别人想干的，席世谦本来计划是等到时再定给谁。

小周出去不久，一个穿着西装的人双手提着个包张张望望走到了门口，西服有些大，像田间套在稻草人上的破麻袋。席世谦看报没动，那人也站在门口不动。眼角余光看过去，他浑身扭捏，汗都下来了，可就是不往里走。过了一会儿，忍不住的倒是席世谦，把报纸往桌上一拍，说，你站那儿干什么？那人才大松一口气，三两步抢进来，用山里的普通话说他是李工头工程队上的马二柱，问席世谦是不是席副主任。席世谦问他在门口站什么，他说他知道进来之前敲门才礼貌，可敲门，门却开着。席世谦怎么也想不到是这么个原因，不禁有些回想自己当初刚进城时的样子，几乎有点怀旧，忍着笑说，你还挺可爱的嘛，指了下沙发让那马二柱坐。

这位马二柱不太明白什么是可爱，当是夸他，见席世谦笑了，放了心，也就不客气紧抱着那包一屁股坐了下去，说他们工程队想包那个垒墙的工程。席世谦说，想包工程你们工头怎么不来。马二柱慌忙解释，说他们李哥干活时楼上掉了块砖砸了头。席世谦见他还不好意思说实话，就说到底掉了块砖还是被砸了一砖。马二柱怎么也想不到席世谦会知道，呆愣在了那里。席世谦看他眼神如见大仙，有心再逗逗他，又说就是李工头不能来，也不能随随便便让个小工来吧。马二柱立时慌神，说他绝不是随随便便的小工，是二工头，在工程队除了李工头就是他，李工头也只是去包扎，之后马上就过来，绝不敢怠慢。然后一下举了五六个例子，以说明他在工程队怎样重要怎样说一不二怎样是个如假包换的二工头。

席世谦看了看他满脚的水泥石灰，像是信了一样还夸奖了两句。马二柱就更来了精神，愈发云山雾罩吹起了大牛。席世谦跟他聊建筑上的事，这个他更是在行，说得口沫飞溅。席世谦就问他是垒砖简单一些还是和水泥简单一些。他说当然和灰简单了。席世谦就准备问他在工地上是垒砖干得好还是和水泥干得好。不料他倒先很是自信，说他现在就正在学垒砖，最多再有一两个月就可以当"大工"了。席世谦点头，说想不到你这"二工头"都和泥，你们这工程队果然跟别人不一样啊。马二柱脸红到脑门，手足无措，说席世谦说的是，是不一样。然后偷眼看席世谦，席世谦就突然把笑收住，沉下脸来。马二柱立刻脸白发蔫，垂头就招了供，承认自己只是个小工，因为会普通话才让李工头叫来，但李工头绝不是敢怠慢，他包扎完马上就赶过来，到时一定赔礼道歉。

马二柱汗唰唰地下，见席世谦不理他，又站起来弓着背拼命解释，越走越近，唾沫星子飞溅。席世谦忙摆手，让他不用说了，自己不在意这个。马二柱倒是立时放心，又笑嘻嘻坐了回去。席世谦想不到一大早就来这么一位，十几年都没碰见过了，实在让人怀念。何以解闷？唯有二柱啊！

不对，不能说闷，自己现在应该不会有什么闷不闷的，肯定是别的什么。席世谦也没想出该怎么形容，就不想了。

马二柱见席世谦脸上忽然变化不定，也不说话，心中又毛了起来。突然想到说了这么半天居然没说正事，懊悔不已，忙从怀中拿出了几份不知怎么搞到手的资质证书，说他们工程队虽然成立时间还不长，但很正规，什么工程都拿得下来，从来不偷工减料，做过的工程东家无一不点头称赞。然后又拿出一张图，说是李工头按古代园林设计的一种新式样的墙，保证美观大方，结实耐用，还防盗，造价也不会提高，他们的工钱肯定比别人低。

那图画得很是精致，席世谦当年考军校画作战图都没这么上心，就摇头一笑，问马二柱他们工程队日子现在过得怎么样，能包下工程吗？马二柱脸色一红，还是又说他们工程队活儿干得好，当然能包下，而且很多，都干不过来。席世谦哦了一声，不住点头称赞，说那你们混得不错嘛，一个新入行的工程队能这样，不容易不容易！既然这样，还有不少别的工程队包不到工程，都快撑不下去了，你们不如就发扬发扬风格，把这个工程让给他们算了。

马二柱满面的笑容立刻被霜打在了那里，堵得一句话也说不出来。他现在似乎有些明白了，感觉这些坐办公室的都是有那么一些神通的，席副主任一定是早就什么都清楚，但就故意这么问。至于原因他想不太透，也许是要试试他是不是个实诚人，也许是因为刚才进来时没敲门。马二柱现在悔得跳井的心都有了，顾不得再多想，一下就扑了过来，几乎是趴在这大办公桌上，脸涨得满满，说全怪他不礼貌要小聪明，席副主任要打要骂都可以。

席世谦心想原来这叫小聪明，往后侧着身子一摆手让他坐回去，说不用这么紧张，没关系。马二柱不敢再那么轻易相信了，抖着声说怪他，都是怪他，怎么罚他都可以，但这跟工程队跟李工头没关系，他们都是老实人。工程队现在等米下锅，要是让大家知道因为他把事儿搞黄了，他就没脸再回去了。马二柱犹豫了一下，终于承认他们早就没活儿干了，现在吃菜都是去菜市场捡。然后也就不再犹豫，跟进了民政局一样，掰着指头诉说他工程队上谁谁谁等着钱给孩子上学、谁谁谁等着给老人治病。席世谦没想到马二柱横宽竖直这么大个子突然说这个，紧拦慢拦还是让他说了一大通。农村人以己度人，在这种时候常常爱说这些东西，其实也不一定是爱说，只是没别的什么可说而已。

席世谦皱着眉头，扇了扇那些菜帮子味，说，那能怨谁？只能怪你们工头没本事。说到没本事，马二柱无言，只是不明白有些工头连合同上的字都认不全，却能大把大把地包工程，相当奇怪本事到底是个什么东西。席世谦笑，说这跟那有什么关系，你们工头还是不懂啊。马二柱立刻反对，说他们李哥什么都懂，从和灰垒砖到木工电焊钢筋绑扎混凝土浇筑，样样精通，一有空就教他们。

还真不愧是生产队长，席世谦大笑，看他们这个样子，有心指点一二，就说你们哪……说到这儿，席世谦顿了一顿，嗓子忽然有些发干，喝了一口水，没再说什么。

马二柱见席世谦脸色很平，看不出个喜怒，又紧张了起来，忙又反反复复解释，说自己只是工程队上一个最没用最不会说话不会办事的小工，让席世谦千万别往心里去，他们李工头马上就赶过来赔不是。

席世谦本来就是等着李工头过来，他觉得这位老李说不定比马二柱还有意思，不过现在不知怎么的突然没了兴致，一点都没了，不觉有些恼火，摆了摆手让马二柱告诉李工头，一会儿来了就直接找小周签合同，不用再来见他。

马二柱本来只是替李工头临时站站岗，梦都没梦到自己居然就能把事儿谈下来，站在那里呆了老半天才回过味儿来。然后发觉了手里拿着的包，赶紧双手放在办公桌上，说是烧鸡，来贵媳妇昨天从老家刚带来，其中还有两只是新套的山鸡，老任师傅用祖传的配方连夜做的，新鲜得很。

席世谦摇头哼笑出声，站起来接过那包，又塞回马二柱怀里，说那墙本来计划过一两个月才开工，你们要是实在没别的可干，提前开始也可以。然后就把他往门口送。马二柱说席世谦真是大好人，他们全村都会记在心里的。等到门口时，才发现烧鸡怎么又回来了，急急忙忙又给席世谦塞。席世谦没那兴致推推让让，拿出副主任的派头，正色道，不要搞这些乱七八糟的！这招果然最是管用，马二柱跟让蜇了一样，马上退了出去。不过席世谦刚一转身，他突然又闪了进来，身体扭曲两步绕开席世谦把包放在办公桌上，又两步出去，之后哧哧哧三步就消失在了楼门口之外的厚雾之中，大有勇探虎穴的感觉。厚雾被他撞凹了一个大坑，漩涡不断，然后反弹回来，浓浓地鼓进楼里一大团。

席世谦看着这团茫茫旋转着的东西，抓起包本想追，一想算了吧，就是追上，他明天也得再来，到时说不定就是两大包了。

听见马二柱慌慌张张跑出去，小周还当出了什么事情，也慌慌张张跑了进来，问要不要叫保卫科。席世谦忍着笑，说没事，顺便就让小周准备一下合同，一会儿李工头来了签。小周一愣，似乎没太听清，不由得又问了一遍，然后立刻哦哦点头，眼睛不觉往旁边扫了一下，退了出去。

席世谦喝了一口水，热蒙蒙的头清爽了下来，自己都开始有些奇怪怎么把工程就这么给了李工头——甚至不是李工头，是马二柱。也难怪别人诧异了。看来还是太高兴了。人一深入某种状态，往往容易出差错。席世谦自认为摸爬滚打了这么多年，早已经精钢一块，想不到还是不能彻底喜怒不形于色，看来还是得历练啊。

小周把合同准备好，拿着扫帚拖把又返了回来，清理马二柱脚上掉下来的泥土。不巧，马二柱的包席世谦回来时随手就扔在了旁边一张凳子上，正好碍事。扫到那儿时，小周有意无意看了一眼，绕了过去。拖地是倒着走，没注意一下碰在了上边，声音还挺大，小周很后悔，觉得不该来。席世谦动着眼睛看着小周来来回回忙活，喝了一口水，打趣说，哪个姑娘要是嫁了你一定有福气啊！不行，得奖励——烧鸡！然后就站起身，拿过马二柱那个包，一翻，把用纸包着的烧鸡都倒在了办公桌上，让小周拿两只。

想不到这李工头还有这么一出。小周推让不过，只好捡了两只小的，忽然发现其中一只分量似乎有些重，立刻警觉，忙换了只不重的。

席世谦嘿嘿一笑，说，新入行嘛，不然别的工头说他傻帽不是还没证据了吗？之后，喝了一口水，等了等又说，他也是打听你嫂子爱吃。也不知道谁嘴那么贱，把我们家地址告诉他了，昨天他都跑我家门口蹲去了。不过人倒是挺勤快，帮你嫂子往楼上扛了两趟面，还跟工人把我们家那个下雨经常进水的地下室修了修，你嫂子印象不错。

小周大悟，说，这么说这老李，也开始开窍了嘛！席世谦还是嘿嘿一笑，说，人嘛，慢慢总是会学聪明的。

听说是席世谦爱人喜欢吃，小周忙又推让。席世谦把烧鸡硬塞回他手里，说，行了吧，麻不麻烦？哪吃得了这么多？就当是给你女朋友拿的，她不是喜欢肯德基吗，今天换换口味，看看咱们的土烧鸡怎么样？小周这才笑呵呵拿走。

席世谦觉得有些闷热，打开了窗子，窗外那些星星点点，像等在那里一样立刻闪了进来，然后又那样贴着他，一星一点地消失了。目为五色所惑，在这无数惑目的色彩中，席世谦感觉自己喜欢白色，所以他感觉自己是喜欢这雾的，所有人的概念中雾都是白色的。只是身在雾中才会知道，白色的雾其实只徘徊在触手不可及的天空，当你的目光低下来，在四周万物的掩映下，它是灰色的，那种黑白混合的灰，有些类似雨季。雨季不是寂静的，雾似乎也不是。你能听见很多声音，交谈声、走动声、音乐声，甚至还似乎有一些虫声鸟声，让人感觉这世界有一种无比的生动。这一切都像是那么近，宛若就在身边，可一切又都那样缥缥缈缈，连影子也没有一丝一毫，近乎是在另一个世界。夜的虫吟蛙鸣是一种寂静，这其实也是一种。在文人笔下，雾都很美妙，雾拂春花、烟波柳堤、云海雾峰……雾的朦胧代表着一种美，就像水墨丹青中一笔轻描淡写的远山，意境全出，仅这朦胧就已经是一首诗了。不过席世谦忽然悟到，这一切的美其实都是在遥远的地方被欣赏出来的，至少心很遥远，绝不是被裹在这一方空空荡荡茫茫又窄窄的世界，看着那一星一点消失在自己身上。

今天是星期五，席世谦看了看时间，应该起床早餐完毕了，就拨通了在省城学习的王处的电话，准备简单说一说处里这一个星期的情况。其实不说也没关系，多少年的老同学了，王处信任他，不然也不会费那么大力气把他调过来了。不过席世谦还是习惯经常打个电话，他也喜欢跟王处聊天，两人谈得来，每次通话很少有在半个小时之内结束的。只是以前多是周五下午打。

王处的口才在全单位都有名，不夸张地说，上了台不让赵本山，单位来了重要客人，陪酒每次都缺不了他。就拿这次来说，本来是席世谦准备说说处里的情况，可没几句就基本是王处说，他在听了。国际国内经济体育党校逸事聊了老半天，席世谦才想起来说。王处根本没兴趣，说，有你在，说这些干什么，搞得跟汇报似的，以后不准再这样了啊！咱处反正又没什么大事，都鸡毛蒜皮，你定了就行了！哪一天有重要的，比如段局不高兴，要撤我，你再跟我说。

席世谦笑，只好说得很简要，最后停了停说，那个李庄工程队。

哦，那老李又找上你啦？哎哟，你可是遇上狗皮膏药了！早上7点之前准时在门口堵着，雷打不误。要是敢让他进来见你啊，能把你暴力倾向烦出来，堵在你屁股后边一而再、再而三、三而四、四而五、五而六地跟你叨叨。

可不是，一连堵了五六天，幸亏他不知道我一直走东门。

还有，土特产，比如红薯啦、山核桃啦、沙棘果啦，倒都是无公害。你说这人哪，文化程度低还真是不行。

你太了解他们啦！这年头能见点土特产倒也真不容易。不过这回这老李有进步，改烧鸡了。刚才我还给了小周两只。

你留下了？王处正聊得兴起，一下诧异住了。

我要那干什么？可他扔下就跑。你说，他在前边跑，我在后边追，那像什么样子？处里这么多人，要知道是烧鸡，人家还不得笑过去啊？我一想，算了吧。席世谦笑得还是那样轻松。

是围墙那个工程吧？王处略略停顿，说，你是不是觉得他们太烦？没关系嘛，你就说工程已经给别人了，他不就不来了？王处倒不觉得席世谦转不过这点弯。

也不是这个，小周说我开会，他倒也不敢进来。席世谦很有兴趣把李工头"救美"和马二柱刚才的表现说一说，可忽然想到这些有什么意思，怎么也再感觉不出有什么趣味。最后只好说，这老李挺有意思的。

倒是听说这人不错，口碑挺好的。王处随口哦哦了两声，不想再说这个，准备转新话题，不料居然一时想不出来聊什么。

席世谦喝了一口水，立刻说，那有什么用，带的工程队都快散了，工人背后早议论纷纷了。你听说过吗，那家伙还当过兵。我是刚知道，前天我们那老班长出差路过，我请他吃了顿饭，结果聊起来，这老李居然是他带过的兵，感情还不错。我真想不明白，我们班长那么精活的一个人，怎么就带出这么一木头兵，还挺喜欢他。

王处立时就投入了回来，说，这有什么想不明白的，喜欢他实诚呗！你是没跟他多接触，处长了就知道了。我了解啊，这人老实是太老实，可交起朋友来非常实在。像这样的，能照顾就照顾照顾。

席世谦长长呼出一口气，说，我们班长倒也没怎么说让照顾他。不过，我这人你也知道，正好碰上他来了，反正也不是什么大工程，就给他了，也没让他知道怎么回事。

王处很赞同，说，对嘛，告诉他干什么？难道咱还图他什么不成？慢慢总会知道的。以后有什么合适的工程，该给他就给他，你自己定！早跟你说过嘛，这些事不用件件都跟我说！

席世谦一笑，说自己当那么多年科员，汇报习惯了。

外边微微起了一些风，那些星星点点就缓缓动了，不时打一两个小漩涡。有一些流过窗户，顺窗台直淌下来，扑在地上，挺像瀑布的。

随后慢慢的，他们就聊到了李工头的"救美"和马二柱，席世谦不知怎么地突然发现这些现在又挺有意思的了，王处更是让逗得哈哈大笑。

炭　河

韩振远

颁奖词：韩振远的《炭河》，以"捞炭"这样一个特殊的场景和事件，写出了大河的奔腾激越，写出了对自然、对故乡、对大地、对生活的敬意。在他沉稳安静的描述中，一种纯真的、悠远而珍贵的诗意，流淌在文字的深处，让读者去重新发现那些渐渐离我们而去的事物的美和价值。

一

铁锁觉得才睡了一会就被摇醒，迷迷糊糊，还想在炕上赖一会，马上感到不对，平常，喊他起床的是妈，等到他洗完脸，走出家门时，爹要么下河还没回来，要么打着很响的呼噜睡觉。铁锁爹是个艄公，下到河里跑船经常一年半载不回家。铁锁记得，昨晚睡觉时，爹明明还不在家，没想到这么快就回来了，而且声音急迫，像出了什么大事。他坐起来，揉揉眼，一副很不情愿的样子。爹朝他背上狠狠拍一巴掌，很疼，他彻底醒了，眯眼坐起来。

爹说：快起来，跟臭蛋请假。

铁锁嘟囔：请什么假？

爹说：涨河了，捞炭。

爹说这话时，兴奋得像一匹昂昂的叫驴，铁锁以前听爹说过捞炭，也跟着兴奋起来，一蹚腿穿上短裤，跳下炕要洗脸，爹说：洗屁脸，一会下了河有你洗的。快去，跟你师傅请假。

妈在灶房急得团团转，唠叨：本来想昨天蒸馍呢，见你没回来，就没蒸，只剩下两个了，你和娃先带上。

妈把两个馍用手巾包好，又剥了两根葱，说：他爹，先带上，面都发好了，我马上蒸，赶天明就出笼。

爹说：蒸什么馍，捞炭要下死力气，烙油厚旋！往面里多打几个鸡蛋，再放些芝麻，烙好送到河滩。

油厚旋是河沿子一带对烙饼的叫法。听爹这么说，铁锁马上想到香喷喷的油厚旋，他记得都快一年没吃过油厚旋了。平时，干再重的活，爹也舍不得让妈烙油旋。他知道，今天爹让妈烙油厚旋也不是因为捞炭活重。那是为什么呢？铁锁想，大该因为河里的炭吧。

月色水一样在巷里流淌，微微有点风，真凉快，也不知几点了。铁锁出了门，爹光膀子和铁锁一样只穿条齐膝短裤，拉辆平车，也出了门。爷俩没走几步，巷里到处响起狗吠声，叫得人心慌，接着渐次响起吱呀开门声，一个个晃动的人影都急匆匆往河边赶。师傅家在村口，去河边正好路过。铁锁紧跑几步，把爹落在后面，啪啪拍师傅家的破门，没等拍开，爹拉着平车过来了，喊：拍门环！铁锁就把手高高举起，使劲拍，清脆的门环撞击声在月色中响起来，飘落到巷两头。里面终于有了响动，传出一个男人的声音，带着睡意，还带着几分嘶哑，全然没有了上课时的威严与洪亮。谁呀？铁锁怯怯说：师傅，是我。门吱一声开了，师傅光光的肚皮从门缝里闪出来，带着一股酸臭汗味，朝铁锁脸上扑。

师傅问：是铁锁，什么事，把门敲得山响？

铁锁懦懦的，觉得为这事好像不应该请假，像上课时回答不了提问一样：师傅，我请假。

师傅问：出了什么大事，等不到天明吗，才四点多钟。

铁锁说：我爹让请假。

师傅急了，问：这娃，到底什么事？

铁锁说：涨河了，爹让我跟着下河。

铁锁说完，师傅一愣神，眼睛发亮，问：涨什么河，炭河吗？

铁锁说：爹让我下河捞炭。

师傅说：铁锁，你要上学，不能去。

爹还没走，站在黑暗处，接着铁锁的话，瓮声瓮气：臭蛋，涨炭河了，水大得很，满河都漂着炭块子。碰得船帮子咚咚响，我跑了几十年船，还没见过这阵势，这是老河给咱带财哩，能不捞吗！

师傅又一愣神，说：你刚锚船上岸吗，这回还是去潼关？

爹说：这一趟可费劲了，刚出了禹门口，船就在干滩上搁了三天，过了蒲州，又搁了三天，干等着涨水，蚊子能把人咬死。

铁锁这才明白爹是刚从河里上来，看见涨了炭河，还没喘口气，马上又下河捞炭，十几天没好好睡觉，也不知爹累不累。

师傅好像又愣了神，说：你是要铁锁跟你去吗？

爹说：半大小子，能帮上忙了。再说，今儿个怕村里大小人都去河里捞炭，一涨炭河，就和过节一样，满村人都疯了，谁还顾得上让娃上学，你这师傅也闲着了。

师傅说：铁锁不能去。

爹说：臭蛋，听我的，让铁锁去，你也去，几年才能涨一回炭河。我让铁锁给你请假，是敬重你，你想想，四鬼那货、玉龙那货，哪个能叫娃给你请假，早领着娃下河了。

师傅说：可是……可是……

爹说：可是什么，才当了几天师傅，就酸了，快拉上车子走吧。

爹已经拉着平车朝河那边走，铁锁望了师傅一眼，跑过去跟上，没走几步，就听见巷里脚步声响，又有人急着朝河边赶。

臭蛋是师傅小名，村里老年人都这么叫，铁锁从不把臭蛋叫臭蛋，什么时候都叫师傅，他知道这么叫也不对，正规的叫法应该是老师，可是，爹和长辈们都这么叫，铁锁觉得这么叫也没什么不好，就跟着这么叫。

村小学只有臭蛋这么一个老师，13个学生，8个男生5个女生，分5个年级，都在一间教室上课。铁锁刚升到四年级时，先前那个老师走了，学校停了十几天课，后来，臭蛋就来了。臭蛋给他们上课第一天，先在黑板上大大写了三个字：刘满强。说：这是我的名字，我叫刘满强，你们都熟悉，原先是种地的，你们陈老师调走，一时来不了新老师，支书说了，让我先凑合几天，要不把你们课误了。学生都嘻嘻笑，同桌女生兰花噘起小嘴轻声念：臭蛋，臭蛋！那时候，铁锁才知道臭蛋有个大名叫刘满强。听爹说，臭蛋是老高中生，肚里墨水不少。爹还说过，别看臭蛋比你大二十几岁，按辈分，他应该叫我五爷，要叫你小叔哩。后来，铁锁把这话对六一说了，六一乐得哈哈笑，美得像捡了个大元宝，说：臭蛋还应该叫我爷呢。可是，臭蛋从没有这么叫过他们，他们见了臭蛋还得喊师傅。有一回，铁锁偷偷把兰花的小辫拴在后面的课桌上，兰花向爹告了状，爹对师傅说：臭蛋，别管他辈分有多高，该打就打，你这小叔，从小就顽皮，不打不成才。

臭蛋说他凑合几天，结果却一直这么教着，黄河沿子苦焦，别的老师都不愿意上这地方来。臭蛋说当老师没有种庄稼痛快，早不想当了，可是当老师都快两年了，还是没有新老师换他。铁锁总觉得臭蛋不像个老师，没脾气，不会说普通话，管不住学生，和村里别的汉子没什么区别，除了会教书，脸比爹还黑点，手上照样有很厚的茧子，说话照样溅唾沫星子，走路照样放屁。星期天，或者放了暑假、寒假，一样去地里干活。臭蛋做庄稼活比爹可差远了，笨手笨脚，经常叫老婆骂得头也不敢抬。

铁锁想着师傅，不觉得和爹拉开了距离，一朵云彩掩住月亮，爹的光脊梁隐在了黑暗中，只听得空平车在土路上颠得嘭嘭响。下了坡，路旁是一条通到黄河里的沟，另一旁是土崖，月光把崖上面那棵老柿树照出了阴影，像个人踮起了脚尖朝河那边望。听妈说，这叫官崖。下河的男人出去时间长了，女人都会攀到官崖顶朝河里望，男人一天不回来，女人就一天也不间断地上到崖顶望，有的女人流着眼泪，一站就是一天。昨天，铁锁还看见妈心急火燎地攀上去过，铁锁望着站在崖顶的妈，感觉妈也变成了那棵弯曲的老柿树，朝河里倾斜。现在，爹总算回来了，却没在家里待一会，又心急火燎下河，爹是被河里的炭催的，什么都不顾了，妈也被河里炭催的，挡不住爹。

二

身后响起急骤的空平车颠簸声。铁锁看见一个熟悉的身影拉着平车朝这边跑，谁呢？就放慢了脚步，想等那人赶上来。那人也看见了他，喊：铁锁吗？铁锁听出是臭蛋。师傅也来捞炭吗？又想，师傅不来捞炭，冬天烧什么？又没有钱买。师傅赶上来了，问：你爹呢？铁锁说：我爹怕河水把炭冲跑了，急着往河边赶呢。

师傅说：可不，河里的炭是老天爷给的，说没就没有了。

师傅也光着上身，还没下河，就累得气喘吁吁，光脊梁上汗水往下流。

月亮从云彩里跑出来，遍地沟壑都镀上一层银光。远处，黄河在月光下亮成了一条闪烁的线，细细长长，安静祥和，没有一点声响，根本不像捞炭人那么心急火燎。一阵风吹来，带来一丝凉爽。铁锁心里兴兴的，说：师傅，你捞过炭吗？

臭蛋说：以前都是白天捞，黑夜没捞过。

铁锁说：炭都漂在河里吗？

臭蛋说：也不一定，一会你就看见了。

铁锁说：炭好捞吗？

臭蛋说：别管好不好捞，都是大人的事，你待在滩上看就行，可不敢下到水里。

铁锁说：没事，前两天我还和石头下到河里游泳呢。

臭蛋严肃起来：以后没有大人陪，不准下河。

爹在前面喊：别说那没用话，快走！

铁锁本来想和师傅一起走，听见爹喊，快跑几步跟上爹。

下到滩里了，再也没有路，铁锁脱了鞋，踩上酥软的沙滩，觉得脚掌凉丝丝，很舒服。月光照耀着河滩，波纹状的水痕如同画在沙上，踩过去，身后留下一串脚印。爹和师傅都默默地走，铁锁很想对着空旷的河滩大声吼一嗓子，不等吼出，只听得头顶有什么东西扑棱棱掠过，嘎嘎怪叫，传遍了清冷的河滩。爹唾了两口，说：夜猫子叫，不吉利，呸呸！

不时有一潭积水嵌在沙滩上，被月光照得像一面镜子，几个人绕来绕去，终于看见河水，却没有涨河的样子，一股水被沙滩夹着，流得有气无力，在月色下发出惨白的光。又觉得不对，前两天看见河水，还要在河滩上走很长时间，这会河水怎么往这边跑了几里，看来真是涨河了。可河水为什么这么小？爹说：这是岔河，大河倒到老陕那边了，还隔着架滩。

爹也把鞋脱了，放在平车上，又把平车倒过来，推着下了水。铁锁跟着下了水。晒了一天的河水暖暖的，很浅，才到铁锁腿肚子，走了几步，河水就深了。铁锁一手攀着车辕，帮着爹推车，脚底下黏黏的，细沙贴着脚掌，绵绵软软。走着走着，水流就急了，淹住了车轱辘，车身被浮起来，斜斜往上漂。爹说：铁锁，你坐上去，看好上面的东西，别让水冲走。不等铁锁坐上车，妈包在手巾里的馍、爹的鞋就像一白一黑两只水鸟，在河水里跳了几下，转眼就没影了。铁锁喊：爹，馍叫冲走了。

爹说：不要紧，天明咱吃油厚旋。

铁锁又喊：你鞋也叫冲走了。

爹说：不怕，河滩里没鞋一样干活。

铁锁坐在车上，水在身边平静地流，一漾一漾，感觉平车像只小船，爹像个掌舵的。走一会，水变浅，平车轱辘又挨了地，没有了晃悠悠的感觉，铁锁扑通跳下来，爹一使劲，平车就上了滩。

回过头来看，师傅还在岔河里走，猫着腰，身子斜斜歪歪，好像使很大劲。师傅的平车是拉着的，很别扭，像条大鱼浮在水面上被拖着走。铁锁一看师傅的样子，就知道他不懂窍门。爹把车推着，是让车在前，人在后，能试出水深浅，车上东西掉到水里，人也能看见。师傅这么拉着车，不把车上东西弄丢才怪呢。铁锁这么想着，就又下了水，跑过去，从车后面帮师傅推，推到水浅处就觉得不对。师傅也回过神来，说：车脚子呢？车脚子叫水冲没了。河沿子人都把车轱辘叫车脚子。铁锁还没弄清怎么回事，师傅的声音就变了，不停喊：车脚子，车脚子。爹从滩上跑过来，噗踏噗踏，溅起了水花。说：先别急，把车架子弄上去再说。就和师傅一前一后，抬起车架子，放到滩上后，爹说：你就没把车脚子绞到车架子上啊？

师傅说：一急，就忘了。

爹说：别急，兴许还能找到？

两个人又下到水里，弯下腰摸，铁锁也下到水里。河水好像比刚才大了些，都到胸口了。师傅大声喊：铁锁，没你事，上去等着。

铁锁还想帮师傅，说：没事，我常在水里玩呢。师傅却直起了身，朝爹喊，不找了，不找了，怕叫冲没影了。

爹说：可不是，你也别急，还早，再回去扛个车脚子。

师傅说：这会儿村里哪还有车脚子，家家都用着呢。

爹说：对对，我怎么就忘了，这会儿车脚子比人还忙呢，那就别回去，筛子还在吧，先捞炭，咱两家合伙，到时候一家一半。

师傅说：哪能那样。

爹说：听八爷的，就这样，走，说不定一会儿炭就不好捞了。

铁锁觉得好笑，爹比师傅才大三四岁，一口一个爷，不嫌拗口。师傅快快的提不起精神，提着个筛子，默默落在后面。月色更亮了，照得河一片银白。河流、月光融在一起，都像水一样。河滩上芦苇、蒲草轻轻晃动，影影绰绰，不知什么虫子叽叽叫，清脆怪异。三个人都不说话，爹拉车走在前面，在芦苇丛中绕来绕去，一群鸟飞起来，好像贴着脸掠过，扇过一股风，凉凉的，转眼消逝在夜空中。

四周空旷寂寥，清冷得怕人，芦苇黑乎乎的，全然没有白天好看。铁锁终于耐不住，问：爹，到哪捞炭。

爹说：在大水边，一会就看见了。

听到水声了。黄河像被一根大棒搅动着，哗哗响，带着摩擦声，又像无数人嘶哑着嗓子喊。越往前走，声音越大。爹加快了脚步，如同老狼看见猎物一样兴奋，对师傅说：你听，光听这声音就知道河里有多少炭。

师傅说：我哪听得出来。

铁锁也听出河水的声音和平常不一样，心里痒痒的，想跳起来，跑过去看，刚跑两步，就被绊倒。爹喊：急什么，一会儿有你忙的。

铁锁还是急着往前跑，又跌了两跤。师傅在后面喊：小心。

看见河水了，铁锁愣愣站住，忽然感到害怕。河水翻腾跳跃，一波一波朝脚下扑。月光暗下来，浪涛龇牙咧嘴，闪着狰狞的光，好像要把河边的一切吞噬。铁锁木了，耳边全是河水吼叫声，满眼跳跃的河水，白白亮亮将自己包围起来。再往远处看，宽阔的河面浩渺无际，到处波涛翻滚。铁锁常在黄河里玩，从来没见过这么可怕的水。一波浪掀来，铁锁觉得小腿骨上被什么硬东西硌过，又像无数小虫子从水里游过，舔舐小腿肚，有点疼，还有点痒，赶紧朝后退几步，后仰在地上，就觉得河水从屁股下钻过，蛇一样蠕动，酥痒。爹丢下平车赶过来，一把提起铁锁，大喊：憨小子，没看这阵势，敢站到水里。

师傅也赶过来说爹：锁还这么小，就不该让他来。

爹说：生在河沿子，早晚要下河，要不，长大了还不是只会吃现成的。

铁锁觉得爹说得对，他早就想像爹一样下河跑船了，可是爹不让，说跑船是下苦活。这回跟爹来河边捞炭，铁锁心早就跑到河里去了。在河水吼叫中，铁锁像跟河水比谁声音大，喊：爹，爹，炭呢？

爹也在喊：在水里。

爹下到水里，河水立刻淹没了小腿，趁波浪朝岸边卷来，端起铁筛迎浪头抄去，再端起来，筛子里水哗哗往下滴，不待水滴净，爹再把筛子浸到水里摇晃，等端出水面，筛子里就有黑黑的炭末，间或有鸡蛋大的炭核。爹走几步，喊：锁，接着。铁锁接过筛子，感觉得沉沉的，水还在往下滴。往平车倒去，就听见湿湿的炭沉闷地砸着车厢底。另一边，师傅也和爹一样，把一筛炭捞上来，铁锁赶紧过去接了。师傅动作没有爹利落，却做得仔细，每次都比爹多往水里晃几下。

捞炭就是这样啊。铁锁喊：爹，让我来。

爹说：好好干你的活，一会你师傅累了，你换换。

师傅说：我不累。

爹又说：锁，别光倒炭，长点心眼，看有草根拣出来。

三

月亮跑到河那边，枕在黑黝黝的崖头上，懒懒地打盹。四周暗淡下来，很快就漆黑一片。河水闪出一波一波的光，爹和师傅站在河里，变成两只黑影，像裹在浪花和波浪声中，高大威猛的爹、瘦小的师傅，在河里显得一样渺小，自己也那么渺小。天地中间只剩下了河水，自己不见了，爹和师傅也不见了，都变成河。

爹和师傅一次次从河水里掠出炭，趁铁锁往平车上倒的工夫，师傅朝远处的河滩望一会，像找什么人。车厢快满了，铁锁捡出一块炭核，只觉得圆溜溜，像黑色元宝，又找了几块，都一样大，就忍不住问爹：这炭块怎么都一样大。

师傅说：是叫河水冲的，本来都是大块炭，在水里一路冲，就淘成核了。

铁锁问：河里哪来这么多炭，从地下冒出来的吗？

铁锁有这种想法好长时间了。爹每次下河跑船，都是到禹门口运炭，村里十几条船也都是运炭，一只只船载着乌黑的炭，首尾相接，在河道里迤逦而过，像一串黑乌鲤。听爹说，黄河上游山里到处都是炭。他就想，河水冲刷两面大山，可不就把炭冲下来了，这时候黄河一定成了个炭河，一路呼啦啦往下流，沿途到处都是捞炭的。有时候又想，也许远处的河心有个泉眼，不定什么时候，就呼呼地往外冒炭。

师傅说：憨憨，哪有往外冒炭的泉眼，是上游发洪水，冲了煤矿挖出的炭。

铁锁还是不明白，听爹说，黄河不只涨炭河，还涨过鱼河、木河。这些他都没见过，就想若是涨了鱼河，河里一定到处是白花花、活蹦乱跳的鱼，那才叫好看呢。若是涨了木河呢？河里挤满木头，相互碰撞，箭一样在水里窜，谁家盖房子，只要到河捞就行了。

铁锁把这些都对师傅说了，师傅说：想得美，河里流木头，是上游冲了木料场，或者冲了谁家房子；流鱼，是冲了谁家鱼塘，或者冲了河湾的鱼窝子，不晓得多少年才碰上一次。

天快亮了，河东面的崖上发出白光，河里的爹和师傅都影影绰绰。河水在一点点变化，等太阳像圆盘一样探出崖头时，河水变成了红的，黏糊糊，像妈熬的一锅汤。起了雾，西面的崖看不见了，雾霭一团一簇在河水上漂，显得虚幻缥缈。河水跳动着，开了锅一样。连滩上的芦苇、蒲草都冒雾气，白白的，有些神秘。

平常，铁锁站在村口就能看到远处的一大片河滩，阳光照耀下，河水云蒸霞蔚，烟雾缭绕。河雾散去，那片滩又绿油油，像在浑黄的河心铺上一块翠绿的毡。爹把这片滩叫架滩。铁锁觉得应该叫夹滩，两股水相夹，河水在中间流，不是夹滩吗。夹滩很大，总有四五里长，二三里宽吧，怎么一下子变小了？才百十米长，六七十米宽，像个小小孤岛，还没有他们学校大。

波浪又卷过来，在阳光下晃动，发黑的浪头冲到了脚下。爹又喊，把平车往后退退。铁锁马上明白，原来，那么大的夹滩都叫河水淹没了。看这阵仗，河水还在变大，夹滩还在一点点变小。

铁锁突然看见，爹和师傅竟都赤条条站在水里，浑身都是河水的颜色，像个泥人，胯中间的物件晃晃荡荡，裹着泥浆，往下滴水。莫非这一夜，爹和师傅都光着屁股。师傅并不在意铁锁好奇的目光，迎着波浪，手里的铁筛往下一抄，那物件就没到水里。铁锁觉得爹和师傅都变了，爹不像平时的爹，师傅不像平时的师傅，两个人浑身都带着野性、蛮气。爹和师傅下水前可都穿着短裤的，是让水冲跑了吗，一会可怎么上岸？

马上就看见，爹和师傅的短裤都挂在河滩边缘的蒲柳枝条上，一摇一晃，像两面旗帜。

铁锁从来没看见过师傅这样，师傅在学校时，总是穿得整整齐齐，怎么一到黄河滩就不一样了。

河里也不像他想的那样，满河漂着炭。河水还像平常一样，泥泥的，翻着波浪，只是大了些，浮着死蛇一样的芦苇根、苞谷秸，像有谁追赶一样，匆匆往前蹿，有时候还漂过一只鞋，一件破衣裳，一头死猪。看不出炭在哪里。只有爹和师傅把铁筛从水里掠起，与河沙混在一起的炭末、炭核才露出水面。

爹又喊了：小子，替你师傅弄几下。

铁锁下到水里，爹又喊：脱了裤，要不叫水冲跑了。

铁锁脱了短裤，接过师傅的铁筛，这回师傅没有推辞，光屁股跑上岸，穿上短裤，急急往夹滩上游跑。

原来河滩上不光他们捞炭，往下往上，都有人家在河水里忙，只是让波涛声遮住了声音，让黑夜和芦苇遮住了身影，看不见也听不见，就说嘛，出门时明明听见巷里很多人都来河边了。上面不远，是六一一家，连他妈都来了，挽着裤腿，浑身湿漉漉，扭动着粗壮的腰，晃动着颤巍巍的奶，用力把铁筛往水里抄。怪不得师傅要先穿上短裤，有女人啊。铁锁又朝河西望去，隔着雾霭，陕西那面也人影幢幢，大概也是捞炭的。

师傅再没下到水里，光脚、光膀子，贴着浪头冲过的淤泥边来回跑。铁锁算了算，三、四、五年级的5个男生全来了，连二年级的东生也来了，只是没有一个女生，爹说过：河沿子有规矩，不让女人下河。可六一妈怎么就来了。对了，妈一会也要来，送油厚旋。

太阳升得很高时，妈真的来了，从白白的雾里钻出来，突然站在面前，提个篮子，里面用手巾盖着热腾腾的油厚旋。隔着手巾，铁锁都闻到香喷喷的气味了。妈说：快，叫你爹上来，趁热吃。

爹从水里上来了，还晃荡着胯间的物件，一点也不难为情，妈也不难为情。铁锁想起了拉纤的船工，纤板套在肩上，纤绳拖着船，弯腰吼着号子，头都快贴住水面，走在河水里，一个个都是光屁股，他们不避女人，女人要避他们。铁锁忽然明白了，这就是为什么不让女人下河的原因。可是，一有事，河沿子人就不顾这种讲究。铁锁还光屁股满巷跑时，爹和一队河汉一个月没回来，妈和几个女人天天到官崖上望，天天凑在一起愁眉苦脸。那天黄昏，晚霞把河水映得火红，远处，河面上出现船影，一点点朝这面移动，几个女人都踮起了脚尖，伸长了脖子朝那面望，突然，南巷黑狗媳妇哇一声哭，冲下了官崖，女人们也跟着冲下去，都像疯了一样。黑狗媳妇娶过来才不到一年，见一队光屁股男人，也不避，抱着浑身没一根线的黑狗，又哭又笑。后来妈对爹说：再不回来，黑狗媳妇就疯了，非从官崖上一头栽进河里不可。

今天捞炭，黑狗也来了，不知黑狗媳妇来了没有，对了，黑狗媳妇肚子大了，黑狗舍不得让媳妇下河。

爹蹲在河滩上，蘸着油辣子大口大口吞油厚旋，妈挽起裤脚，拿起筛子朝水里掠去，波浪冲来，妈浑身就湿透了，衣服贴到身上，妈身材瘦小，每掠一下都很吃力。爹说：他妈，你放下，待会儿我来。

妈说：你别管。

妈捞上来一筛子，自己端着往滩上倒。

铁锁也在吃，他饿了，觉得妈今天烙的油厚旋格外香。一边吃，一边望着爹胯间的物件笑。爹说：好狗日的，敢笑话你爹。

妈说：在孩子跟前，也不知道遮羞。

爹说：自家孩子怕啥？

铁锁也觉得没啥，爹当艄公时，铁锁就见过爹的光屁股。铁锁想的是捞炭，问：爹，捞炭就这样吗？

爹说：这是最轻快的，等河水退了，也能捞，和这不一样，要用一根铁钎，先满河滩探，等探到哪里有炭，挖去淤泥，就看见炭了。

铁锁还是不明白：那不是挖炭吗，怎么叫捞？

爹说：还叫捞，河滩里挖个坑就见水，不等把炭弄出来，坑里就有水了，就是没水，也要从附近引过水来，先把坑里灌满，然后，几个人在里面扑腾，把水搅混，炭就浮上来，再用铁筛或铁笊篱捞。

铁锁说：那水退了，咱还捞吗？

爹说：捞，怎么能不捞？河水退后，捞出的炭才好呢，都是炭核。

铁锁说：那是为啥？

爹说：炭核重，河水冲来，河滩里什么地方有坑，炭核就沉到坑里。

铁锁还没经历这爹说的这种场面，脑子里就有了一幅图景：宽阔无垠的河滩上，淤泥如沙丘般起伏，一群人站在坑里，赤身裸体，跳跃舞动，将河水搅浑后，大家纷纷操起铁筛、笊篱，将水里的炭核捞上来。

四

河雾慢慢散去，几只大鸟在河面缭绕，一会腾起，一会又从水面掠过，那该是灰鹤吧。一群河燕飞来，眼看碰到人头上，转眼又变成一片黑点。蓝天间，一只大鸟翅膀伸展，飞得从容优雅，又显得孤独寥落，铁锁一看就知道那是老鹰，黄河滩里只有老鹰才这么飞。不远处，几只鸟呆头呆脑站在河边，歪着长脖子，像睡着了一样，忽然又把头伸进河水，闪电一样快，然后，伸长了脖子，把什么东西吞下去。河沿子人把这种鸟叫老等。老等是个阴谋家，潜伏在水边，站在一个地方不动，有时候一站就是一上午，哪怕泥淤了腿，也纹丝不动，等河里有鱼游过，伸长脖子，把尖尖的喙像飞标一样，投进水里，鱼就被插上来。铁锁曾见过老等的窘相，小鱼填饱肚子后，老等想飞向天空，不料几番抖动翅膀，就是飞不上去，像被粘在滩上，原来脚叫河泥淤住了。臭蛋师傅讲过，老等也叫老鹳，学名鹳雀，课本里就有一篇《登鹳雀楼》的课文。铁锁想着鹳雀就笑了。他想，爹、妈还有自个，可不就是鹳雀，河里的炭就是鱼。鹳雀是天天等，爹是等了两年才等到一次炭河。

师傅心急火燎地跑过来朝爹喊：这个财旺，敢叫娃站到水里。

爹说：臭蛋，你到底是来捞炭，还是当娃娃头？

师傅浑身是泥，连脸上也是，被太阳晒干，一说话脸上泥皮就往下掉。铁锁从没有见过师傅这种滑稽样子。师傅却很郑重，对爹说：你也不能让铁锁再下河。

爹说：这黄河野滩，天王老子都不管，你倒家家都管，我说你就别操这心，谁不心痛自家娃。

妈说：臭蛋，别跑了，先吃油厚旋，还热着呢。

师傅一乐，嘿嘿笑，说：有油厚旋吃啊，我去找几颗野蒜。说话间就钻进芦苇丛。一会儿出来，手里就有了一把绿生生的野蒜苗。

爹大笑，说：到底是当师傅的，吃得讲究。

师傅说：我是沾八爷的便宜。

爹说：看你说的，咱都是沾河的便宜哩，不捞炭，谁舍得吃油厚旋。

太阳挂在头顶，铁锁朝天上望去，白花花的晃眼。河水涌动，也白花花晃眼。怎么就没有一点风，湿热湿热，太阳晒得人都要蜕层皮。铁锁真想和平时一样，脱光了跳进河水，痛痛快快扑腾几下。爹也热，浑身油光发亮，不时把河水往身上撩。滩上的炭已有一大堆，铁锁想，就是和师傅两家，恐怕三年都烧不完。

爹又从水里上来，放下铁筛，说：不捞了，不捞了。

铁锁说：怎么不捞了，水里不是还有吗？

爹说：你当捞炭就光是个捞，还要往回拉，拉不到家里，这炭早晚还是河里的。

河水好像小了些，滩变大了。淤泥在阳光下泛出了光，远处，几只鹳雀一动不动地站着，晒蔫了吧。河心里，一只小船悠悠漂过来，站在船上的汉子手持篙杆，在河水里左撑右点，好轻松。爹骂了句：狗日的强娃，就知道打鱼。

铁锁想起来了，那是邻村的一个河汉。他和伙伴在河里游水时，常常看见强娃撑着小船从河里荡过。强娃从不干庄稼活，也不拉纤，就用那么一只小小的船打鱼，一天打十几斤，卖给镇里的饭店。铁锁觉得强娃这活挺美。

爹拉起了平车，把拽绳挎在肩上，回过头对妈说：你和娃在后面推。

车沿着刚退水的滩走，一边是漾动的河水，一边是晃动的芦苇。爹绷紧了身子，头就快抢着地了，铁锁和妈在后面使劲推，平车在软软的河滩上往前走。铁锁看爹，就看像拉纤绳的汉子一样，那车炭就变成了一条船，河滩就变成了河水。走了一截，爹站住了，大口喘气，说：歇歇。铁锁没想到爹也会累，才走了这么一截就累。河岸还很远，雾蒙蒙，变成青灰色。走过的河滩上，碾出深深两道车辙和三排脚印。才一小会，车辙就浸出了水。爹说：不敢多歇，再歇车脚子就陷进去了，走，使劲。

走到岔河时，铁锁看见师傅的平车架子还放在滩上，孤零零，怎么看都不像平车了，那师傅呢，还在水边来回跑吗？爹又停住，下到岔河来回走一趟，还好，水还不到大腿，爹说：他妈，招呼好，使劲推，在水里可不敢停，一鼓劲要推上滩。

爹又拉起了车，说一声：走！铁锁和妈一使劲，车就进了水里，哗哗啦啦，辟开一道波浪。河底比滩上还瓷实，水到了铁锁小腿肚子，暖暖的，冲击着皮肤，感觉比在滩上推车好受多了。很快水就漫上大腿，又落到小腿，接着又是一片光油油的河滩，有的地方被太阳晒干了皮，车一碾，又露出湿湿的泥。铁锁没想到看上去平展展的河滩，拉起车来才知道起起伏伏，有沟槽、有沙丘，要不停地绕，挑好走的地方走。

终于把一车炭送到河边崖下，爹累得都快喘不过气来，坐下歇一会，才说：就卸在这里，等都拉上来再往家转。

才一趟，铁锁就觉得在河滩上拉炭比捞炭累多了，浑身都快散了。又拉一趟，妈说：娃骨头嫩，就让他在崖边歇着。

爹说：锁，知道捞炭是怎么回事了吧。

爹和妈又下了滩。六一爹妈也开始把炭往上转，却不见六一。铁锁问六一呢？六一妈说：在芦苇里捉蚂蚱找鸟窝呢。

六一爹说：就你惯着娃，看人家铁锁，多懂事。

铁锁被人一夸，反倒觉得不好意思，就不想再坐在崖根让人看见。六一爹妈走了，铁锁站起身来朝滩里望，整个河滩好像变成一面大镜子，到处都油光发亮，那面的河水白白的，架滩上的芦苇绿绿的，河那面的山崖灰蒙蒙的，缭绕在云烟中，时隐时现。爹和妈都看不见了。铁锁攀上土崖，再朝河里望，就看见几个黑点透过薄薄的雾霭朝这边挪动，也不知哪个是爹妈。站在高处看，河滩又是一种样子，白白的河流变宽了，河滩上一潭潭积水变亮了，夹滩上的芦苇变好看了，绿生生像涂抹上去的画。崖上微微有些风，铁锁累了，想找一块平地躺一会。那面老柿树下站着个女人，挺着凸起的大肚子，一看就知道是黑狗媳妇。黑狗舍不得让媳妇下河，媳妇也舍不离开黑狗，就这么站在崖上远远地望着自家男人，怕站了一夜吧。铁锁走过去，问：嫂，看见黑狗哥了吗？

女人说：小屁娃，懂得个啥，谁说我在看黑狗。

铁锁最不想叫人说自己小屁娃，就悻悻的不想理这个女人。

河滩上，几个拉着平车的人过了岔河，走在前面的像是爹妈，跟着的是六一爹妈。铁锁不敢躺下，下了崖，想跑到滩里帮爹妈推车。爹妈都停下了，朝他挥手。铁锁站在河滩里，被远处的景象吸引住了。那片夹滩上空，鸟儿翻飞，一上一下，好像河水里有什么可怕的东西。蜻蜓、蚂蚱一团一团，雾一样腾起来，芦苇、蒲柳似乎在摇曳，灰白的苇缨、尖尖的柳叶都像着慌一样。爹妈拉着车走到跟前，两个人都大汗淋漓，铁锁立刻感到爹身上的热气腾来，便埋下头攀了车帮使劲推。他觉出滩里好像弥漫着一股泥腥气，脚下的沙滩变得松软起来。

又要过一道沟槽，爹把车停下，想攒足了力气再过。不等车停稳，爹就喊起来：瞎啦！瞎啦！

妈说：怎么瞎啦？

爹说：你看，大水要下来啦！

铁锁朝沟槽里望去，一股水在悄悄流，水头泛起白沫，像无数条狂奔的蛇，摇头晃脑，迅疾恣意。爹忽然受了惊一样，朝后面喊：大水来了，快上岸啊！

后面的人也跟着喊：大水来了，上岸啊！

一声接一声，喊声就传到了架滩上，也被河风吹落到水面上。那边捞炭的人撒脚往回跑，一个个惊得屁滚尿流。

铁锁觉得一股凉气逼来，笼罩了全身，接着，酷热的河滩都被惊恐包围，爹当过十几年艄公，也沉不住气了，手忙脚乱，朝后面一声吼：使劲！铁锁和妈埋下头死命推。总算上岸了。爹又下到滩里，帮六一爹，六一爹又回过头帮东生，都上岸了。所有的人都瘫坐在地上，朝河里望，转眼间，本来空旷的河滩一片汪洋，河水像疯了，涌动着狂躁的浪，腾云驾雾，翻滚跳跃，河谷里就剩下夹滩还露在水面。

妈说：可惜还有那么多炭没拉上来。

爹说：没拉上来的就不是咱的。

六一妈忽然瘫倒在地，大哭：六一，六一还在夹滩！

六一爹急了，一下子扑到河里。

爹大喊：七叔，你不会水，去找死啊。

马上也跟着下到水里，将六一爹死死抱住，喊：这阵势，就是会水的也不敢去。

六一爹坐在水里，哇哇哭。

河水更大了，那面的夹滩在一点缩小，被雾霭笼罩，一片苍茫。一群水鸟围着夹滩盘旋，突然又腾向高空。一高一矮两个人从芦苇丛中钻出来，站在白白亮亮的水边，呆头呆脑地朝四面望，好像还不知道涨大水了，夹滩就要被淹没。

爹说：这下好了，六一有救了。

妈说：臭蛋也不会水。

爹说：不要紧，臭蛋有办法。

铁锁攀上了崖，站在柿树下，朝河里喊：师傅！

师傅拉着六一朝这边跑，很快就被岔河挡住，岔河水也涨了。奇怪，师傅好像并不慌，一手拉着六一，站在水边呆呆地看。

水越来越大，连夹滩也全被淹没，芦苇、蒲草、蒲柳都倾斜了身子，就要匍匐到水里。大河现出少有的凶相，浪涛翻滚，像从天外流来，又流往天外。师傅和六一变成了两只黑点，孤独无望地站在河中央。

六一爹哭得像牛吼一样，铁锁也快哭了，却见两个黑点悠悠的，一起一伏，在云烟中随着波浪缓缓移动，像电影里的神仙一样。

爹在下面喊：没事了，狗日的臭蛋倒真会想办法。

崖下所有的人都静静望着河里，六一爹不哭了，铁锁顿时明白，师傅是拉着六一坐上了搁在夹滩上的平车架子往下漂。那平车架子就是一条小船，正好能坐两个人。

六一妈还是不放心，沿着河岸往下跑，所有的人都被河水牵着往下跑。爹朝河里喊：臭蛋，往岸边划。

所有的人都喊：往岸边划——

铁锁随着人流攀上爬下，跟着河里的师傅往下游跑。师傅手里拿着什么在划水，平车在向岸边靠。爹看清了，说：没事，有臭蛋在就没事，别看那狗日的不会水，脑瓜子可够用，不愧是当师傅的。

平车到底不是船，车辕在水里碰到了什么，在波浪中旋转，陀螺一样，六一妈马上捂了眼，喊：六一啊——

爹喊：臭蛋，快划，进大河就坏了，非把你狗日的冲到三门峡不可。

平车在水里旋转着，一点点往岸边靠，铁锁看清了，师傅拿在手里划水的竟是自家那柄铁锨。两个人没有半点惊慌，六一还嘻嘻笑着，朝岸上的人招手呢。快到夹马口，都漂下去有七八里了，河面渐渐变宽，岸边水流变缓，爹跳下水，黑狗也跳下水，两人一个扯，一个推，平车架子就靠上岸了。

六一还在嘻嘻笑，像在河里旅游了一趟，很享受的样子。师傅的脸更黑，上了岸，将铁锨扔到一边，突然一拳把爹打翻在地。爹喊：臭蛋，你疯了，为什么打我？

师傅喊：叫你让铁锁请假，叫你捞炭。

爹爬起来，哈哈笑，说打得好，该打该打。

铁锁不明白，请假是师傅同意了的，这会儿为什么打爹。

河水更大，浪涛连天，雾气弥漫，连西面的崖也看不见了。

寻找建新

手　指

颁奖词：手指笔下的"建新"，似乎是一个寓言，无人知道他神秘的"成功"，也无人能理解他成功背后的孤独。他是小说中无数的 "我们"——那些漂泊、打拼在都市之中的农村青年、打工者眼中的传奇，更是他们的梦想。寻找建新的过程，是焦虑、迷茫、无助和痛苦的精神展示，也是作者对时代、对生活深刻的思考。

是在2004年的10月份，建新又回到了我们中间。

他操着听上去十分古怪的普通话，对一切都充满好奇。不过就是几年没回来，张城已经变成这个样子啦！建新一边东瞅西看一边感叹道。他在这个城市唯一的大学附近租了一套房子，两室一厅。当我们在他的邀请下，过去登门拜访时，不由得感到惊讶。要知道我们那时候都还没过上好日子，租的房子一律都是城中村的简易房，我们其中许多甚至都还没坐过电梯，没有坐过出租车，连抽水马桶，都让我们感到手足无措。我们在建新的房子里，对自己的鞋子在木地板上踩出的鞋印感到万分不好意思，每个人的动作都显得十分生硬。

建新仿佛预料到我们会这样似的，他得意扬扬地看着我们。我们这些平时说话习惯了大嗓门的家伙，扭扭捏捏地试着让自己优雅起来，避免在这房子里显得过于突兀。有明亮的落地窗、巨大的软硬适中的沙发，还有抽油烟机。这一切都让我们感到十分陌生。

更让我们意外的是，在我们端坐在沙发上，试着像建新那样小口小口地喝了半天茶水后，突然，靠近走廊的一间卧室的房门打开了，从里面走出一个睡眼惺忪，还穿着睡衣的女人。她高大的身材，旁若无人的神色，不由得就让我们感到十分压抑。建新站起来，拉住那个女人的手向我们介绍，这是他的女朋友。我们嫉妒得都快发疯了，怎么也平静不下来自己的心情。每个人都往后缩，以免露出自己裂开缝了的皮鞋、皱巴巴的劣质西装，还有满嘴的大白菜气味。就这样，沮丧笼罩在了每个人头上。

后来我们才知道，那个女人是旁边那个大学的代课老师。当我们终于让自己放松了下来之后，大家急切地向建新打听，这一切到底是怎么发生的。建新笑眯眯地坐在我们中间，一丁点消息都不给透露。在那个时候，我们中间有好几个都有自己的女朋友。但是和我们接触的女人，一律和我们一样，眼神里闪烁着畏缩的目光，经过装修豪华的大商场时，连双腿都感到发软。当然，也有些例外的，比如麻子的女朋友，她穿着总是可以露出肚脐的紧身衣，头发黄得像乱麻一样，大冬天，她还穿着丝袜，抹着浓烈的口红，在大街上自以为是地走过。多么不一样，我是说建新的女朋友，没有人反对我的意见。

建新带我们去吃自助火锅，可以肯定的是，建新是第一个给我们展示真正的城市生活的人。虽然之前我们大部分已经在这个城市待了不下四年，但是，我们从来没有真正地消费过，下的馆子一律是拥挤狭小的城中村街道边的大排档，一顿饭一碗面就可以把我们交代掉，偶尔控制不住也顶多搞盘凉菜，炒个过油肉而已。一个人三十八块，建新毫不在意地从口袋里掏出钞票付了账，我们连小声交谈都觉得心虚，安安静静地坐着，尽量别发出嘴巴狼吞虎咽的声音。

相信别人跟我一样，接下来好多天，连做的梦比以前多了许多内容。我女朋友李玲比我受到的刺激还要大，在冬天刚刚到来的时候，她死活要去买一件价值三百多块的羽绒服。你不想让我看上去更像样一点吗？她这么问我。我当然想，有好多次，当建新的女朋友出现在我们面前时，我总是控制不住地对李玲感到厌烦和自卑。那件羽绒服李玲穿起来后，就再也没有脱下来过，如果条件允许，我想也许她会在睡觉时候都穿着它。我从来没见她对什么东西那么认真细心过，甚至可以因为我不小心坐在她的羽绒服上，她就跟我大吵大闹。

毫无疑问，建新给我们带来了许多我们意想不到的东西，他让我们的生活变得不确定起来，当我们坐在一起的时候，没有人像以前那样投入地胡撒海侃，每个人脸上都出现了焦虑不安，随时都想站起来干点什么的表情。我们觉得，就在这一会，我们显得多么游手好闲，一定有什么东西、一定有敞开的机会大门正在迅速地消失，我们得抓住它。

在这里，我也许得给你介绍一下我们都是些谁，我们都是些什么玩意了。当然，最先得从建新开始，建新只比我们大一岁，他是我们的初中老师，教英语。我们每个人都得感谢这个家伙，尽管他学历仅仅是初中，但这并不妨碍他当一个恰当完美的老师。也许他朝我们每个人的脑袋上都扇过巴掌。暴跳如雷时，他还拿脚踹我们的后背。但是，不得不承认，建新对付我们的方法是对的，在他的课上，我们全都集中精力，以免一不注意，黑板擦啊什么的就会砸向你的脑袋。尽管我们私底下讨论建新时，都是一副咬牙切齿的模样，但当我们跟别人谈论起学校生活时，只会提到一个人，那就是建新。你能想到吗？一个初中毕业生，刚毕业一年就回来教初中，还是英语，并且比所有其他老师都教得好。

你能想到吗？当你老师听说了那些被开除了的家伙把你逼在墙角落里，

让你交出了零花钱时。他在讲台上暴跳如雷，居然鼓动你们说，下次不论什么人敢这么做，就拿起砖头砸上去吧！教室里到处都是砖头，用来垫桌子的，用来暖手的。如果你做不到这点，尽管砖头就在手边，你还是不敢，低头流下眼泪，建新就会出现，尽管他身材和我们差不多，尽管他瘦得跟玉米棒子似的，但是他没有丝毫犹豫，就冲上去了，当然，手里真的拿着砖头。

你能想象到一个你的老师，和你们躲在宿舍里赌博吗？当望风的人打起事先约好的暗号，告诉你有别的老师来查房了的时候，建新就会走出去，装作什么事情也没有发生似的，跟那个人聊上半天。当然，不得不承认，建新打扑克实在是太烂了，我们从来不记得他有赢过。输到后来，他的脸色就会变得很难看，愤怒地把扑克扔在地上，发誓再也不会赌钱了。可惜的是，这样的誓言从来一点作用也没有。没几天他就痒痒起来，在宿舍里围观了半天后，还是坐到了牌局中间。

你绝对想不到，建新在我们初二时做的那件事，他在我们那里见到了一个美国人，这个美国人刚下车，建新就扑了上去，不一会，他又返了回来，跟我们要了纸和笔，然后我们就看见他跟美国人钻进了轿车，然后就失踪了。过了一个星期建新才回来，他告诉我们，美国人是去旅游的，建新自作主张给他做了导游，并且不收钱。建新拿出纸，上面密密麻麻地布满英文字母。他对我们说，跟美国人聊了一番，他才知道自己的英语多么可笑。

那是在1997年，我们还从来没见过外国人。建新走上前去，比那个美国人低了整整两头，但是这丝毫没有影响到他跟对方交谈了起来。我们那么多人站在操场上，感到这一切多么不可思议，又为建新感到不好意思，和美国人相比，他显得多么的简陋。真的，当时我们的感觉就是这样。

当建新被学校开除的那天，我见到不下十个人流下了眼泪。当天晚上，我们在宿舍里根本没有睡觉，那是我们第一次体会到一种叫作友谊的东西，这么概括也许太过简单，但是，你还能怎么说呢？我们第一次货真价实地谈论建新，谈论建新的未来，我们为建新感到担心，他能干点什么呢？难道跟别人一样，去下煤窑吗？难道跟别人一样，去砖厂背砖吗？这些不适合建新，我们当时觉得，建新和我们认识的所有人都不一样，所以，他不应该干和其他人一样的事情。

最起码有半年的时间，我们一直期望着建新回来，哪怕是露上那么一小面，我们都觉得，即使建新不回来看看我们，他也应该回来看看李露。李露就是建新被开除的原因。她是我们的同学，看上去极为普通，我们宁愿和建新一起躺在他办公室的人是另外一个女的，比如长相漂亮、身材丰满的西亚，哪怕是比我们都高过一头，让我们觉得自己是小鸡的程菲也行。但是，建新的口味太独特了。出乎所有人的预料。要知道当他和我们在宿舍里聊起来时，从来没显得不同过，他对大乳房大屁股的兴趣，比我们每个人都要激烈。当李露的父母带着校长，撞开建新的办公室门时，听说李露吓得大哭起来。她马上就把责任全推给了建新。还好的是，通过大家的说情，这件事情最后私了了。建新没有跟我们任何人打招呼，就离开了我们。

2004年的12月24日，建新把我们一个一个从被窝里拉了起来，要我们穿戴整齐，对我们说，今天，我带大家去开开眼。建新满嘴的酒味，之前我们大部分人都还没喝过酒。建新醉态的吆喝让我们感到十分不安，就跟一群小鸡跟着母鸡似的，我们跟在建新身后上了街。这确实是个值得出来遛一遛的日子，大街上到处喧闹非常，尽管寒风挤着我们的身体，但这丝毫没有影响到我们逐渐兴奋起来。看看吧，建新对我们说，圣诞节。这个节日我们听说了好多遍了，但是从来没觉得它跟自己有什么关系。现在，建新要我们好好地打量商场门口的圣诞树，要我们仔细端详圣诞老人的模样，这个遥远的、来自西方的、打扮古怪的、莫名其妙的家伙，尽管毫无心跳的迹象，还是把我们盯得坐立不安起来。

有很长一段时间，建新是我们的主心骨。是的，我们需要一个为我们做主的人，带领我们的人，他有勇往直前的勇气，他敢于打开麦当劳、夜总会的玻璃门，他敢于和每个擦肩而过穿着光鲜的人们对视，就好像眼睛里有一双坚挺的拳头，他还敢于在名牌专卖店里一件接一件地试衣服。当然，还有一点，当他抬起胳膊拦出租车的时候，动作是那么的自然，他能让我们安心下来。

　　那天，建新跟我们说了许多话。我们在歌厅的大包间里，南腔北调地唱遍了所有会唱的歌，建新不停地叫服务员给我们端上啤酒来，然后和我们一起举着瓶子，撞得咣当乱响。当喝得差不多了的时候，建新突然做出了我们谁都没有想到的举动，他把服务员叫进来，大声吆喝，来，给我这些哥们一个人来一个小姐。我们马上变得鸦雀无声起来，扭捏的神态再次回到我们的骨头里，不对，它就没有离开过。建新一点都不在乎我们假惺惺的反对，固执地领着一排高低不一的女的站在了我们面前。

　　我们没有勇气站起来，建新了解我们，他替我们做了主，把一个又一个肉体送到了我们身边。除了建新，接下来的一个小时，我们谁都没有异动。当建新把灯光给关暗时，我突然听见角落里传来低低的哭泣声，我不知道是谁发出来的，但是，当时我使劲控制，才没有让自己跟着发出抽咽的声音。

　　总之，那是一个非常充实的下午，我们每个人都被填得满满的，不是被钱填满的，也不是被啤酒填满的，更不是被饭菜填满的，只是一种美好的感觉，一种好像所有人都亲如兄弟，一种心虚，一种悲伤，这些复杂的东西不停地涌到了我们的脑袋里，让我们觉得时间结实得跟砖头似的。当听到我们还没有一个人出过省时，建新站到沙发上，对我们发表了慷慨激昂的演说，他说，我要让你们每个人都出去一趟。他真的就是这么说的，我要请你们每个人出去玩一玩。

　　我记得在那段时间里，我们曾经讨论过，为什么建新看上去那么有底气。大家的一致结论是，因为他有钱。我们想尽了一切办法，拐弯抹角地想让建新告诉我们，他是怎么赚到钱的，我们也想找到这个社会的入口，也许在建新出现之前，我们也有这样的想法，但是从来没有现在这么迫切过。我们需要那种底气，我们需要那种尊严，被人尊敬的感觉。

但是建新，他也从来不在我们面前诉说自己。之前是这样，现在也是这样。当麻子的女朋友离开的时候，麻子哭得一塌糊涂，见人就说。建新和我们一起陪着麻子，最起码见识过十多次，他在饭店的卫生间里一把鼻涕一把泪地捏着卫生纸不放，吐得遍地都是。建新在麻子需要他的时候，没有一丁点的犹豫。但是，当一个月过去后，麻子再次跟我们倒苦水的时候，建新突然跟我说道，人总得自己私下里承受点东西。他针对的当然是麻子。我等待他继续说点什么，但是他什么也没说，站起来就去结账了。

关于建新，我们知道点什么？在建新从我们学校离开之后，曾经有许多人声称自己见过建新，其中有一个说法是在县城里的大街上看到过建新开摩的。这让我们感到非常悲伤。我们难以想象出这样的建新，叼着烟头，穿着拖鞋，由于长久被风吹，脸色发黑粗糙，过不了几天，他的牙齿就会变成黄色。大家的情绪一连低落了好几天。但是，没过多久，就有另外的人带来了确切的消息，他是建新的邻村，说建新早就离开我们这里了，去了南方，具体是南方的哪个城市，他也搞不清楚。

南方！南方！多么遥远的距离。许多年后，当我们也离开了自己的家乡，来到张城之后，坐下来曾经讨论过南方的事情。多么神奇！在建新之前，在建新之后，我们那里的人从来没有一个去过南方，不是说那种旅游，是货真价实地去南方，背着行李，茫然地走在南方的街头，一副准备生活下去的模样。没有人有这种勇气。我们那里的人，即使出去打工，也绝对不会跑到县城以外，即使跑出了县境，也绝对不会跑出市境。

我们根本想象不出来南方是什么模样，但是我们为建新感到自豪。不过，我们都觉得，再也不会跟建新有什么关系了。要知道即使是过年，他也不会回来。他是我们那里第一个过年不回家的人。那一年春节，几乎所有我认识的人都在谈论这个话题，人们难以想象，在南方阴冷潮湿的街道上，在别人点燃鞭炮的瞬间，干瘦的建新在干点什么；人们难以想象，一个人居然可以这样背井离乡？

　　在冬天即将来临时，我们盯着天空中那些候鸟，它们也将到南方去，飞过无数座山顶，经过无数条河流，还有村庄、铁路、城市，甚至还有荒漠。我们把所有没见过的东西，全放进了到南方的迁徙活动中，我们想象那种在路途上的快乐、美好，当然还有勇气、历险。

　　在好长一段时间里，关于建新的话题比什么都吸引我们。

　　当我们终于坐了八个小时的火车，和大量的民工、汗臭、吵闹声、阴郁的脸一起在2000年夏天的张城火车站走出来时，毫无疑问，我们第一个想到的肯定是建新。我们感觉自己离建新如此的近。当我们看到那么多的人，那么多的汽车，那么多喧闹的时候，忍不住感到那么多的兴奋。我能记得第二天晚上沿着街道在路灯里经过一家又一家灯火通明的商店的感觉，还有我的那些同学，大家结伴而行，新奇和激动鼓舞着我们，事后我不止一次想起这些情景，如果是有旁人经过，看到这一群衣着土了吧唧的乡下人，会不会觉得很可笑？

　　从什么时候开始，我们回到地上？谁也说不清楚。我们逐渐地不再谈论建新，尽管这样会让我们感到难受。但是现实告诉我们，建新的结局不会像我们想象的那么美好。

　　你敢说建新不是那个吊在20层大楼外面清洁玻璃的工人？你敢说建新一定不会成为拉着平车收垃圾的男人？你敢说建新的头像不会被贴到商场门口，以提醒人们，当他过来的时候，你就得捂紧自己的钱包？你敢说建新不会是昨天那个被人暴打的穿着劣质西装的出租车司机？你敢说建新不会坐在火车站门外的台阶上抽两块钱一包的香烟？你敢说建新没有一张平常的脸？一张麻木的没有自尊的脸？你敢说建新不会在身后的喇叭尖锐地响起时，吓得茫然失措脸色发白？你敢说建新不会在人才市场里失声痛哭？你敢说建新走过时，不会有漂亮的衣着光鲜的女人厌恶地皱起眉头？你敢说建新不是电视里出现的那张强奸犯的脸、抢劫犯的脸？

我们不敢。城市和我们小时候设想的不一样，它和梦想无关。我们甚至发现每一个擦肩而过的陌生人，看上去都那么的像建新，为此我们每次都担心得要命。如果现在建新像眼前这个头发乱糟糟的男人一样走过来，像他一样对我们说，他已经好几天没吃饭了，他来找朋友，却和朋友联系不上时，他需要我们给他点钱，我们该怎么办？如果建新跟昨天那个蹲在地上的男人一样，叫住我们，给我们推销他的安利时，我们该怎么办？

但是，当四年之后，大学毕业时，我们还是留了下来。尽管每一份工作都是随时都有可能结束的那种，尽管每一个人都被老板给拖欠过工资，尽管房价一天天地高涨起来，尽管夜晚的公交车上我们被挤得双腿酸痛，几乎站立不住,尽管听说某一个城里同学因为家里的关系，迅速地考上了公务员，别说房子了，他连二十多万的车都开上了时，我们会无穷无尽地表达自己的愤怒。但是，我们都还留下来了。能坚持到什么时候，这是谁也说不清楚的事。

也许，建新已经死了。

毫无疑问，建新是我们中间最明白自己在干什么的人。在他刚回来的那几个月，我们其他人全部失去了思考能力，就是张大嘴巴一个接一个地迎接新玩意。一直到建新的婚庆公司开张后，我们才不得不一点一点把自己从建新那里拿回来。这是没办法的事，站在鞭炮巨大的响声以及喧闹的锣鼓声中，远远看见建新脸上挂着的笑容，还有他忙碌地迎接他的客人，天知道他从哪里认识这么多人的，我们不由自主地就感到沮丧和伤心。我们没有想到，建新还有另外一个世界，比我们要重要得多，也比我们要强大得多。

可以肯定的是，麻子是第一个跟建新借钱的人。春节刚过，他就跟建新嘀嘀咕咕上了。拿上钱他辞职去了趟广东，等一个星期之后他回来，就开始扭扭捏捏地站在体育馆前面的广场上卖起了毛巾，我们每个人都从他那里买了一点，不得不承认，这些毛巾太方便了，只要你把它放到头发上，不到一分钟水分就会被吸干。

谁都说不清楚，我们是从什么时候有了那个心思，就是想从建新那里捞点什么。在麻子的带领下，每个人都控制不住地找到了恰当的时间，跟建新开了口。有些像麻子一样，干了点什么。有些人像我一样，什么也没干，我拿到钱后就去给自己买了个手机，这是我第一次用这玩意，当我在公交车上，被它的铃声给惊动时，动作不由得就变得非常不自然起来。

我们的女朋友或者跟我们有点关系的其他人全都认为，我们应该跟着建新混下去，看看你们的其他朋友吧，一点前途也没有，他们这么对我们说。对此我们表示同意。

但是，我们逐渐感到心虚和陌生起来，我们都有了欠债的感觉，为此我们甚至在建新面前抬不起头来了，说每一句话，都会在心里考虑很久，以免让建新不高兴。相信我们中间的每一个人都下过不止一次的决心，在建新下一次请我们的时候果断地拒绝他。但是这是一件困难的事情，需要有个带头的人。

第一个离开的人是谁？肯定是麻子。他的第一次生意以亏本告终，一直到夏天过完，他租来的房子里还堆满了毛巾。你难以想象，他每天晚上是怎么找到睡觉的空隙的。

在他的带领下，我们其他人也都开始尽量避免和建新见面了。

如果我没有记错的话，我们最后一次和建新待在一块，是麻子和他的新女朋友分手的时候。建新是这么安慰麻子的：女人嘛，就是钱。有钱她就能跟你一起走下去，没钱屁也不成。那天晚上建新居然喝醉了，回去的路上他一路走一路吐。我们都想不到建新会记得那么多东西，后来他躺在他家沙发上，不停地给我们回忆小时候的事：秋天站在后山河边被傍晚的夕阳照耀着的景象；每年暑假开学时，学校院子里成群的麻雀；还有，他上小学时，在下大雪的傍晚送他回家的邻村的老伯。毫无疑问，那个老伯早已去世了。建新还会提到上学路上看见的对面山顶的狼；夏天晚上，他和他爸住在玉米地的茅草屋里驱赶山猪；跟着表哥提着猎枪在山上打野兔。我们每个人都经历过建新经历过的这些，到后来，我们被他的情绪感染得一塌糊涂。关于童年的美好记忆没完没了地涌了上来。

那天晚上建新还跟我们说了什么。他说本来以为回来会好一些，回来会有朋友。谁能想到，到哪里都一样，从来没有真正的朋友。我们张了张嘴，想反驳他一番，但是却发不出声来。建新还说，不过老子不在乎！他就是这么说的，老子一点都不在乎。我们躺在建新家的地板上，一宿都没睡着。第二天一大早，就听见建新在打电话了，什么头车宝马、什么乐队现在就给我走。他的语气如此熟练，敏捷地移动脚步，从我们身上跨了过去，不一会他又返了回来，站在镜子前，赤裸身体开始选择合适的衣服，紫色的有格子的衬衣、羊绒马甲、很宽的领带，当然还有一丁点褶皱都没有的西装。在这个过程中，我们觉得压抑极了，甚至开始为自己毕露的肋骨感到不好意思起来。

后来，我们就跟一盘散沙似的，掉进了城市里，灰突突地不见踪影了。

诗 歌 奖

捕光者

韩玉光

颁奖词：韩玉光习惯用朴素而精准的诗歌语言，令日常生活中的诗意细节获得一种闪光的品质，于自然、平静的词语中彰显出震撼心灵的力量。《捕光者》让万物的灵魂在文字里找到了归宿，让读者在作者波澜不惊的诗意描述中，既看到了古典的温情，同时也感受到了生存场景中的多元。

偶尔之诗

群山在树林的背后，
教会我向高处眺望。

柳叶长出了枝头，这个春天
最幸福的事情没有超过两件：

在白天看见美；
在黑夜想象美。

感谢上苍用光线提醒我
万物的存在。

感谢人间有了热爱这个词，使我
一次次用心拒绝了遗忘。

所有的生活在新旧之间
徘徊着。

我不知道你们说的桃花源
是不是像我的诗歌一样？

有不结果实的花朵，
有明月静悬的河流，

偶尔，也有一只蝴蝶，
在时光中不舍悲喜地飞着……

三秒钟的祈祷

我越来越爱用三秒钟的祈祷
来开始一天的生活。

常常是——
太阳光爬上窗外的苹果树，

两只鸟
在枝叶间相互致意，

我拉紧书桌和衣柜之间
足够两米长的命运之绳。

——拧开水龙头吧，
这生活的源泉清澈

而充沛。
我越来越喜欢用它来洗净尘埃。

中年之诗

终于可以
与生活对视了。
在痛苦与幸福的法眼中
慢慢现出原形
并非预想的那么可怕。
想不到

怀有一颗松树之心，竟
长成了一支向上的竹子。
灯下翻书
这文字里的群山
像无言的日子。
在山脚下，它永远
比我多一座山的高度
让我差点
浪花一样不堪重负。
而在山巅，我
恰好超越了
一个人肉体的荣光
摸到了
天空的虚无，
星群的安静。

中年登鹳雀楼

再往高走，就是高处了；
再往远走，就是远方了。
人到中年，才登临鹳雀楼，
其实早已放下了
少年时抽刀断水的虚妄之心，

早已不会一意孤行

与眼前的中条山比高。

我只想做到，心在远方

而灵魂在高处。

仿佛黄河的浪花

从此认识了大海的辽阔，

仿佛，一只鹳雀

绕树三匝，回到了久别的楼阁。

一个人——

高，就要高出尘世；

远，就要抵达永远。

乡居小记

上山的路有两条，一条

从林间通过，另一条

则经过一大片坟地。

我经常从林间上山，嗅到树木

新鲜的味道。

在清晨

也会遇上雾气和露珠。

草叶凉爽，

兼有朦胧之美。

鸟鸣

藏在树梢，一声与另一声

略有不同。

山顶能看见日出

与写意画般的平原。

我有时会在青石上静坐几个小时

直到中午下山。

四周寂静

一个人在两旁的碑石中慢慢走

会看清一些即将模糊的名字。

我不认识他们。

生与死，只是一种相遇

如同草与花，山与水

时间与遗忘。

还有一种山鸡，喜欢在土崖边

筑巢安居。

几日不见

会有几只小山鸡跟在雌山鸡的后面。

褐色的羽毛仿佛泥土。

如果不是走动或鸣叫

我甚至可以误将它们看作几粒尘土。

但它们确实在叫，大的在谈情求偶

小的，则在"唧唧"求食；

但它们确实在行走，

和我一样

已走到了一棵壮年的槐树下面。

悬　棺

葳蕤之草，活在山上，
也活在了山下。
2011年，在宁武芦芽山
我用手
将悬棺指给女儿和儿子看。
倾尽一生
我们要做的事情
包括：
让悬在空中的命运
尘埃落定；
让必死之身各得其所。

一只周末的瓢虫

在一只瓢虫的背上看见七星
以为天空突然小如指甲
以为该闪光的

该仰望的

也会依附于一只昆虫的弱小与静默

以为——天空承受不了的，就落下来

落在大地上

——雨水、雪花、星光

大地承受不了的

就一起在河水中漂流

——船只、波浪和暗礁

你承受不了的——孤独、泪水、黯然神伤

我也承受不了，一再迟来的夏天

麦田挨着稻田

绿树依着红花

教堂傍着学校

在一只瓢虫的爬行与飞动中

一生，开始露出隐藏之美

小小的美，令我相信

万物真的是有灵魂的

9月25日仲秋夜

听大鸟先生弹奏古琴《流水》

能把流水送到耳朵里的人

此刻坐在月亮下。

能让流水遇上心跳的人仿佛众星

走下了天空。

我一直艳羡

大地上的两种花卉：

水花，与心花。

只有它们

才能做到不染纤尘；

只有它们才配得上时光的修剪。

那些不腐的高山

那些

高于山冈的行云

远远地，

做了花园的栅栏。

素 诗

陈小素

颁奖词：陈小素的诗，风格朴实、严谨、流畅，表达的内容多是她个人的生活感受和对社会现象的体会。《素诗》中的主要部分"窑庄系列"，是广阔意义上的地域史，展现了一个诗人的深远的境界和广博的胸怀。

与一棵麦子在风中相望

像一个词隔着诗的上阕和下阕
一棵麦子，在六月的山坡上
朝上可见绿色和黄土掩盖下的喧哗
朝下则可见这落寞的人世

在那群成年的麦子中间
它朝我点头，向我示意
起伏间都是旧日里的表情
像一个亲人看见了另一个

当我俯身，它饱满

眼角眉梢都漫着金色
纤细的腰
就将被幸福抽空

仿佛在说：
看啊，这是我恩养过的身体
灌满了生活的铅和铁
她赞美的唇正抵向麦芒……

天高月小

晚风吹送。那雾里飘荡的白纱垂下
在草叶上凝成水滴，再蓄满她的眼眶

在她的身后，木板门开着
已形同虚设
那月色里走失的骡马
残垣上消散的人群
他们昨天还在，今天就渺无声息

这是夜深时分的窑庄
天高月小，尘世恍惚
玉米在远处拔节，四野里虫声齐鸣

光影照过那土墙，荒草无边
那喂养过她的火苗
夜深时的呓语
都已不在，都已不再是她的生活

这是空的、被文字祭奠
却被烟火遗忘的窑庄
她的灵魂在夜色里飞升，只有身体倦怠温顺
那来自命运里的谬误，和流年里的孤寂
饱满，而又虚无——

当天上清辉摇落
当一只流萤带来它星宿一样的光芒

饮马河畔的少年

夜幕降临时，一百亩葵花的黄
隐匿在夜色里
一百亩时光里的金子弥散在风中
饮马河畔的少年
我们年少轻许，冒犯着无辜的生活

天上星汉垂落

如银的光斑流荡在水里

饮马河畔的少年

我们身后的夜色幽蓝

一滴寒露正浸入青春的骨髓

饮马河畔的少年

那一夜，风吹着两岸不绝的芬芳

你用一支口琴吹一曲离别颂

时断、时续

像要把我们半生的忧伤用完

然后在时光的流逝中

生锈、暗哑

荒废了那么多的美，和绝望

不遇之诗

你所看到的窑庄已被蚕食殆尽

那些不被驯服的蛮荒

日日都像在索命

只有我们缓慢、柔软

再大的慈悲也抵挡不了它们的疯狂

那些深夜里降临的雨水

剥蚀灰色的屋顶、破损的墙壁

也剥蚀我们心脏的包膜

你所看到的窑庄已盛不下人世的温暖

傍晚时分，只有落日盛大　草木繁茂

野青茅头顶白冠，

楸树花簌簌落下

自然里叛逆的一种也有着悲壮之美

而你未遇的人流离失所

她在红墙琉璃下藏身，却终日里心绪难平

梦想着有一天绝尘而去，在窑庄上结草为庐

在树皮上写诗，在泉水里沐浴

累了，就像一只蜥蜴

睡在门前的石头上……

——多少年了，我们妄想过的锦绣

就像一块补丁

在我们日益起伏的胸口上

人世安好

我来，只是要在落雪之前

重新寻回那将逝的城池

一棵树把手臂伸向空中

一棵草躬身低进土里

它们在春天把我唤醒

让身体像一枚初生的新齿

呼应着五谷和未识的人间

仿佛一切可以再来

夏天，它们带着我全部的乡愁

倾听着来自大地深处的回音

替那些饥渴的唇饮下云端的雨水

仿佛一切还值得期待

而秋天是一场幻术

让这些在瞬间就成为虚无

我来只是要在落雪之前

看一座旧园在黄昏的暮色里慢慢泛着苍白

像一只硕大的药丸，带着牛羊和炊烟的气息

带着生和死亡的气息

在旅人的伤口上，疼，微微地麻木

仿佛一切都不曾来过

而人世安好

我来，只是要在落雪之前

从断壁上取下落日，和一个冬天的口粮。

羞　愧

那些从薄雾里升起的露珠摇曳着
是的，草木还是旧时的草木
一条泥土路沾满被风吹落的草籽
自东向西，从一个人的少年到她的中年

有什么被带走过
那原始的气息越过断裂的墙垣，弥漫着
不为岁月和那些离去的人所停止
也不为正在临近的人慢下来

那些草叶间的风，林子里的氤氲
我无数次书写过这些，却如同开始说话的孩子
那些词语里安放下的孤独，真的
能消解这些对时间和命运无休止的询问？

清晨，卖豆腐的人依然路过
而叫卖声已无人回应
他负重的身影从玉米地中间的土路上穿过
带着音律般的节奏，在晨光中起伏
和另一些身影相重叠———

一个，另一个，无数个……

我在薄而透明的光线中看见了他和他们
当那些劳作如同生活施予的暴力
日复一日地重复着
有什么正被摧毁，和重建？

青春？被琐碎和重压所分解
在水一般的光阴里慢慢麻木了的爱？
还是若干年后一个试图妥协
却又不停地抵御着？在时光和命运双重的追逼里
献出血和盐分也不甘说出顺从的人？

那些让我一直在逃避的都已锈蚀或沉默
而我又带来了什么？
曾经的场景、抚摸过它们的手和气息
正成为我诗篇里的黄金和白银
那些草木矮下去的身段，木板门越陷越深的褶皱
正被我一次又一次地祭奠
和歌颂
仿佛一场盛大的礼仪
带着贫穷命运里的尊贵、彷徨、和忧伤
以及所有的羞愧！

散 文 奖

关云长（节选）

玄　武

颁奖词：玄武的长篇散文《关云长》，将武圣关云长这一中华文化的重要符号，放置在更广阔的历史背景下加以考察，努力发掘史实细节，多角度，大视野，还原了关云长作为一个历史人物的真实面目，并且细致梳理了关云长作为一个文化符号的历史流变。作品叙述汪洋恣肆而富有节奏韵律，体现出作者广博的学养与思考。

蜀汉与樊城血战有关的人物

1. 蜀汉太子党——刘封

刘封、孟达二人，是关羽北伐兵败身殁的直接责任者之一。当关羽危难之际，他们为何不肯发援兵相救？

上庸，今湖北新竹县；房陵，今湖北房县，两地距离樊城三四百里。当羽伐樊城之际，二人若能率兵来助，情况当大有不同；当羽败之际，二人若率兵相救，又会有新的局面。

当时刘封与孟达驻军于上庸，刘封是孟达的上司。史载：

> 自关羽围樊城、襄阳，连呼封、达，令发兵自助，封、达辞以山郡

初附，不承羽命。令羽覆败。先主恨之。

托词上庸郡刚刚收复，郡内形势不稳，二人终于未能派出一兵一卒相援。

刘封是刘备在荆州时所收的义子。当时刘备膝下没有子嗣，演义中被赵云舍命相救的婴儿阿斗尚未出生。有人推测刘封不援，是孟达从中作梗挑拨的缘故。孟达说，刘备以阿斗年幼、想立刘封为太子，征求关羽意见，关羽认为不可。故而刘封对关羽深为愤恨。

史中载有孟达后来致刘封的信札中有"自立阿斗为太子以来，有识之人寒心"的句子。刘封因孟达之言而对羽心生愤恨，拒使不援，有一定可能性，但这些，只能是后人推测了。

刘封为勇将，性刚猛，刘备攻蜀时他在诸葛亮麾下，年方二十余。诸葛亮将他与张飞搭配使用，刘封每战必克。刘封又曾随刘备与曹操大军对峙，曹操不能胜。

刘备扎营于山上，派刘封下山挑战。曹操气急败坏，像村中泼妇一样跳脚大骂：

"你个卖破鞋的农民，总派你假儿子来打你爷爷！你等着，我唤我黄胡子真儿来收拾你！"（原文见裴松之注《三国志》引《魏略》：太祖在汉中，而刘备栖于山头，使刘封下挑战。太祖骂曰：卖履舍儿，长使假子拒汝公乎！待呼我黄须来，令击之！）

黄胡子真儿，是指曹操的儿子曹彰。史书《魏略》中，一本正经地记下了一代枭雄曹操的骂词。骂完曹操就带着大军撤走了，走时自嘲地说，汉中只是他终于舍弃不要的鸡肋。

刘备派孟达攻占当时魏国领土房陵。西元219年、樊城血战当年的三月，又封刘封为副军中郎将，率军与孟达会军于上庸，令孟达受刘封节制。

生性刚猛的太子党刘封，是否为人跋扈呢？在世人眼里，其谋略似远逊于其勇。坐视樊城血战不救之，直至羽兵败身殁，他是否担心过如何向刘备交代？

刘封又很快与孟达不和，史书说不和，其实就是刘封欺凌孟达了。他曾经夺走孟达的鼓吹。鼓吹，当指军乐，军队的进攻、撤退信号有赖于军乐手发出。作为将领，鼓吹被夺，是一种污辱。

樊城不救，孟达一定是担心受到惩罚的，他很快降魏。关羽兵败，上庸郡降魏，刘封败退成都，其时羽已身殁。刘封的脸上身上，也许还带着突围血战时的血迹。他在刘备脸上望到了忧愤，他从一向温和、坚定、不动声色的刘备脸上，从来没有感觉到这样的忧愤。他感觉到寒意。

刘备不会像古时将领那样，面对自己犯错的亲近小辈将领，震怒之余举鞭抽打。他依然有着可怕的安静。他问：

"你为什么欺负孟达？"

是因为事先听孟达之言不救关羽、事后又愤怒追悔，才夺孟达鼓吹吗？跪着的刘封没有回答，无法回答。

"你为什么不救关羽？"

因为孟达挑拨的吗？跪着的刘封低着头，没有回答。若问孟达挑拨他什么了，他又如何作答？

这一年刘备已59岁。亲生儿子刘阿斗只有12岁，义子刘封不到30岁。刘封几岁时便被刘备收养做义子，刘备一手调教他，待他有如亲子。刘封随刘备征战多年，为他遮箭挡刀、冲锋陷阵。重情义的刘备，对刘封应该是有感情的，也真的曾有过把王位传给义子的念头。刘备自己，没有诛杀刘封的念头。

但刘备身后的诸葛亮动了杀机。诸葛亮说，刘封刚猛，又为主公义子。主公百世之后他若夺位，谁来制御他？

刘备终于赐死刘封。

看到刘封自刎倒地的尸体，刘备老泪纵横。

一个兄弟已死，一个形同亲子的义子被自己诛杀。已经59岁的刘备纵横一生多次失败从不气馁，此时，一下子变成了一个悲伤的老人。

2. 三国中最为怀才不遇的人——孟达

孟达又出于什么动机，挑拨刘封不救关羽，最后自己降魏？

阴谋降魏，才是孟达挑动刘封不救关羽的原因。他又为什么要降魏？

孟达，这是一个在三国时期，自以为最怀才不遇的人。

孟达原为益州即成都刘璋手下大将，后与同乡人著名谋士法正一起归附刘备，在刘备入川的战争中功绩颇大。他反叛刘璋归附刘备的原因，恰恰也因为怀才不遇。

刘备定蜀后，拜法正为尚书令、护军将军。地位曾一度在诸葛亮之上。同样是拥刘入蜀的功臣孟达，获得的职务是宜都太守。宜都太守的位置也很重要，比如张飞就曾做过，但终究不能与尚书令的官职相比。孟达于是第二次怀才不遇，此时他可能已心生怨望，但仍然努力立功。

孟达受命率部攻魏国的上庸郡。刘备不放心他，又派义子刘封率军助攻。上庸郡太守申耽、申仪投降。上庸平定，太子党刘封被封为副军将军，连降将申耽都受封为征北将军，申仪受封为建信将军，唯独孟达不见封赏。孟达的怨望终于爆发。

攻取上庸郡，何以不见封赏？一再立功而不见升迁，这有悖于常情。史家认为，孟达每每立功而不得功，与攻上庸之前的一起事件有关：

西元214年，孟达受刘备之命攻打房陵（今湖北房县），击杀房陵太守蒯祺。蒯祺，恰恰是诸葛亮的二姐夫。要知道诸葛亮从小失父，与姐姐一起长大，姐弟情深……

樊城战后，孟达与降将申耽、申仪兄弟密谋后反水，将上庸郡献给魏国。诸葛亮奏请刘备，要诛杀孟达留在成都的妻儿。刘备不允。

孟达这一次降魏，终于得封将军并被拜侯：魏文帝曹丕任命他为散骑常侍、建武将军，封平阳亭侯，合房陵、上庸、西郡三郡之地，归孟达掌管。这下孟达该满意了吧。但是很快，他开始第三次怀才不遇。

魏文帝死后，孟达失去朝中支持，魏国重臣司马懿对他很不信任。再加上孟达这个人与人相处有问题：当年他和刘封共事，与刘封不睦；后与同他一起反蜀投魏的申仪又不睦，申仪总向朝廷打他小报告。

诸葛亮得知这情报，开始给孟达写信劝降，在信中否认有欲诛孟达妻儿的事。如此双方往来书札多次，孟达再度反水，秘密起事。诸葛亮却事先派使臣，有意将孟达的来信泄漏给魏国。

魏国大军由司马懿率领征讨孟达。孟达还指望着诸葛亮来兵接应呢。他给诸葛亮去信求援：

我这才起事八天，就被魏国的大军团团围住。他们太快了！……

司马懿攻破城池，杀死孟达并屠城。三度怀才不遇的孟达，其实最终不是死于司马懿，而死于诸葛亮。

3. 投降时还要请客的富二代——糜芳

关羽征樊城，后方守将为糜芳、士仁两人，但糜芳可以说是后方总指挥。

糜芳，今江苏人，富商出身，早年与兄长糜竺追随刘备，其妹为刘备妻子。糜芳是当时荆州南郡的太守，率军两万驻扎在江陵。他的背叛，直接导致关羽兵败身殁。

糜芳祖辈为巨商，用富可敌国来讲一点也不为过，家中常有上万子弟、宾客相聚。糜芳最初随哥哥糜竺辅佐陶谦，陶谦死后与哥哥追随刘备。刘备最困难的时候，糜芳兄弟以一亿钱资助。曹操送给这兄弟二人官职，他们不做，继续追随刘备。

史载糜竺糜芳兄弟，皆善弓马骑射。但估计富商子弟，更重自己死生、更重个人享受吧。军旅之事，恐怕非其所长。

关羽征樊城之前，南郡太守糜芳负责钱粮等后备物资供应，相当于后勤部长之类。用古代的说法叫钱粮官，用现代词汇，则有点像军中政委。

糜芳这个钱粮官的位置是举足轻重的，他的能力直接关系到将军战场的成败。他是关羽任命的吗？显然不是。关羽对糜芳这个人深为不满，根本谈不到信任。但糜芳是糜竺的弟弟，是刘备看糜竺的面子所任命的官员，还有裙带关系——糜芳的妹妹是刘备的夫人，糜芳哥哥糜竺在蜀中做刘备手下最大的官：安汉将军。这官有多大？地位在军师将军诸葛亮之上，待遇为蜀汉众臣中最高。

任命糜芳做钱粮官这个人事权，关羽大概是做不得主的，也无法提出异议。大军在前线作战，负责后方的却是草包糜芳。换任一个出征的将军，都会不放心。但是，没有办法。

富二代糜芳过惯了散漫生活，关羽大军未发，他负责的事就出了问题，江陵城失火，烧掉不少战备物资。羽叱责了糜芳。关羽在樊城前线，糜芳又出了问题，战备物资供应不上，关羽这次更不客气，说回去后要治糜芳的罪。糜芳惶恐不安。

用现在的眼光来看，糜芳既无理政才能，又无军事才能，他甚至连理财的能力都不具备，只是一个花花公子而已。如果说追随刘备，是糜家冒险进行政治投资的话，那么决策者也不会是糜芳，而是他哥哥糜竺。糜芳没什么主见，他只是跟着哥哥混而已，哥哥到哪他到哪。

吴兵来攻时，公安守将士仁，好歹抵抗了几下，投降时又哭了两嗓子。而糜芳，吴兵一到，他就赶着一群牛驮着酒出城了，富商子弟那一套思维在他脑子里起作用：他投降时还要请客，要犒劳对方。他投降的诚意，连吴将吕蒙都为之"感动"。

就这样，吴军兵不血刃，占领了荆州两大核心城市公安和江陵。这两地，守军各有一万多。

糜芳不要脸，他哥哥糜竺却不是没皮没脸的人。荆州丢失，蜀中第一大将身殁，蜀国震动，弟弟糜芳的降敌是关键。蜀汉第一显贵糜竺，因弟弟的背叛而身败名裂。

糜竺把自己反绑着，向刘备请罪。他远远地跪下，叩地砰砰有声，跪行而前。他听到了刘备温和的声音：

"弟弟的罪，与你做兄长的有何关系？"

糜竺投地恸哭。刘备扶他起来，泪眼蒙眬中，他还是望到了刘备脸上的忧愤；他从一向温和、坚定、不动声色的刘备脸上，从来没有感觉到这样的忧愤。

刘备对糜竺礼待如初。但糜竺自己的心情如何，郁怒，羞惭，恚愤？深夜寂无一声，而他在幻听里，分明听到了成都平原家家户户传来的咒骂声。

糜竺大病，年余后暴卒。

这时候他弟弟糜芳在吴国，仍然做花花公子。吴国人的鄙视，似乎并不影响他的生活。他乘船在江上遇到吴国大臣虞翻的船，他手下高呼：回避我们将军的船！

虞翻厉声大喝：平白无故送出两座城池给人的人，也敢称将军？

这一刹那，糜芳可曾感到羞耻？他悄然令属下避船让虞翻通过，又关住船上窗户，怕被虞翻看见。

哥哥因他而郁闷成病、病而暴死，他可曾为此感到过内疚？

花花公子糜芳不会死。"糜"，这个姓很容易让人想到糜烂的糜，但糜芳并不烂掉，而是糜而芳之。他继续在世间活了很多年，一直到西晋。

4. 关羽的秘书，三国时最长寿的义士——廖化

荆州一战，蜀国守将毫无斗志，望风而降，没有投降的扔下城池就跑。

除赵累、关平随关羽战殁之外，再没有力战而死者。演义中与关羽一同遇难的还有周仓，但正史中并无周仓这个人。

廖化则是几乎唯一活着的忠义之士，他因此赢得千世后人们的尊敬。

廖化，襄阳人，原名廖淳。战樊城时，廖化的职位是主簿。这是个什么官？

东汉时的主簿是各级主官下属掌管文书的辅佐官员，有类于今天的官员秘书，顶多是秘书长。从官职性质来说，这似乎是个文官。但是却也很难讲。以聪明名世的杨修做过这种官；英雄不可匹敌的吕布，也在并州刺史丁原属下做过主簿。

而廖化，是给关羽做秘书。

廖化是随羽败军归麦城，还是原本没有出征樊城，而在江陵守城？这些在史书中留下一段空白。

东吴攻取荆州以后，廖化大概躲匿在城中，被吴军搜捕。史书中说吕蒙率军攻占荆州后，军纪如何如何好，看来未必如此——廖化是靠装死躲过一劫的。他如何装，躲在床上装死？逃亡时中了一箭或挨了一刀躺下装死？不大可能。被搜捕者大意放过的，最有可能是躺在一大群尸体里不动装死。

吴军暂时离去后，廖化开始他漫长的逃亡。当时大概所有蜀国的官吏，吴军都有档案记录，谁谁捉住没有，谁谁杀了没有，等等，大概也会悬赏缉拿在逃的官吏。而廖化，居然还背着他的老母亲昼伏夜行，一直往西逃。往西，他是打算回到蜀国去。

他如何觅食，如何躲雨，在寒冷的夜间如何帮助老母取暖？这无疑是一个有信念的人。他背负的岂止是老母，他还背负着孝；他奔向蜀国，背负着忠；他不背弃旧主，背负着义。

他是孤独的。旧友不能依靠，他们已降吴，他靠近他们夜间亮着灯火的窗户时，听到屋内他们和吴军的笑语喧哗和杯盏碰击声；旧时的同僚不能依靠，他在草丛中瞥见他们带着吴兵，搜捕蜀国的官吏。

三国时代，荆州以人才荟萃闻名天下，但在荆州被吴军攻占的混乱时期，偌大荆州，唯有廖化一人还站立在荆州大地之上。而此时他努力做的，是离开荆州。

在风声中、在鹤唳声中，在躲开一拨又一拨吴军的搜捕之后，他渐渐靠近了蜀国的边境。

此时离樊城之战已经两年了。他在秭归追上了蜀国大军。又值兵荒马乱，此时蜀军伐吴兵败，正整顿回返。

廖化终于见到了刘备。他回到了自己的国家，完成了自己的信念。

温和的刘备，一定显得有些激动；喜怒不形于色的刘备，变得热切起来，一向少言语的刘备不停地发问。廖化，他誓同生死的兄弟最贴近的将领。刘备会询问到最细微的细节，比如关羽出征樊城时长髯的飘动，会询问到廖化最后一次见到关羽时关羽刀上的血迹，会询问关羽最后的每一句话……

史书云：先主大悦，以化为宜都太守。

刘备死后，廖化成为丞相参军，后升至右车骑将军，领并州刺史，封中乡侯。

世间有俗语，讥笑蜀国后期无将才，是所谓"蜀中无大将，廖化做先锋"，人们因演义小说的渲染，多认为廖化是一名年轻的三流将领。其实大大不然。

首先，廖化是猛将，为人富于决断，作战很勇敢，在史书中"以果烈称"。其次，廖化并非年轻将领，而是一员老将。廖化以快80岁的高龄，还随姜维出征、守卫剑阁。蜀国灭亡时，姜维诈降钟会、后鼓动钟会起兵造反，酿成兵乱，姜维、钟会被乱兵所杀，姜维一族尽灭。而廖化免于难。

廖化一直活到90多岁。西晋灭蜀后，廖化被西晋命令内迁到洛阳，病逝于路途中。这一次，他没有装死。这是他一生最后一次奔波于乱世之中。

5. 被迫投敌者、逃亡者，和一个在史书中走失的人

潘濬成名很早。"建安七子"中的王粲非常欣赏他，认为这个家伙以后了不起，当时荆州的刺史马上给了潘濬一个叫郡功曹的官职——王粲是名满天下的知识分子，东汉时知识分子的影响力是无法估计的，即便到东汉末年，知识分子臧否人物，也仍然在全国起轰动效应，轰动到朝野谁也不敢忽视。不像现在，精英知识分子仿佛都绝种了，剩下的伪知识分子们全是跟屁虫，尽琢磨些自个儿家柴米油盐的事儿。面对重大社会事件，只有那些所谓的"专家"们在发言，在恶心人们的耳朵和眼睛。

樊城之战时，潘濬配合富二代麋芳留守荆州首府江陵，属于麋芳手下的文职官员。现在我们读史，会觉得非常惋惜，因为潘濬这人刚直，他和同样刚烈的关羽怎么搞不到一起去，两个人关系很僵。而潘濬呢，他一辈子也没学会巴结上司。

吕蒙带领的吴国大军包围江陵时，麋芳出城投降。吕蒙高兴得忘乎所以。还没进城，就在沙滩上开始吃麋芳带来的牛肉和酒，以庆祝胜利。这时，妖怪一样的谋士虞翻觉得不对劲。他对着吕蒙吼了一嗓子："这是假投降！只有麋芳一个人是真投降。别喝他娘的了！快点进江陵城，把城中要道和军事重地全部把住。这样的话，城里敌人就算有安排、想袭击，也扯淡！"

吕蒙大悟，迅速派兵依言而行。

江陵城里果然有伏兵，是麋芳手下不肯投降的潘濬在暗中部署，准备趁吴军占城、胜利麻痹之际，突然发动袭击。但是遗憾的是，吕蒙因为听取虞翻之计，派军队牢牢控制住了城内所有的战略要点和交通要道，甚至将城中的武器库严加看守。潘濬的策略无法实施，就这样可叹地夭折了。

很快，江陵城的蜀国官员一窝蜂全部归附吴国，唯独潘濬称病不出。因计谋失算，很可能，刚直的潘濬是真的气病了。

潘濬是人才，孙权大概早就听说了。再有虞翻那个家伙不停地给孙权敲

边鼓提醒——虞翻在真实的历史中是个妖怪一样的人物，就像《三国演义》里描写的孔明。他精通易学，有惊人的洞察力。他会对孙权说，潘浚根本就不是人才，他是大人才。

孙权这人，做事有他邪门的一套。他居然派手下，把潘浚连他躺着的床一起用车拉来，搬到自己面前。潘浚面朝下手把着床，涕泪交横，哭得出不上气。

孙权喊他的字，安慰人的话却像骂人话一般雄壮。他说：

"以前有个叫观丁父的人是俘虏，武王让他做大帅；有个叫彭仲爽的人是俘虏，文王让他做国相。这两人都是荆州地方以前的大贤人，一开始是俘虏，后来国家重用，他们都成了楚国的名臣。可是你偏偏不一样，不肯表示归降。你的意思，是我肚量不如古人吗？"

孙权说完这段话就叫手下人：

"去去，拿手巾来，我给他擦擦泪。"

潘浚从床上爬起来，赤脚跪在地上表示归附。孙权马上拜他为辅军中郎将，给他分兵，让他做奋威将军，又封他为堂迁亭侯。

潘浚后来成为吴国一代名臣。在孙权心目中，他是和陆逊相当的人物。但是潘浚为人刚直的毛病到老都这样，他最著名的事是劝孙权不要玩射雉的游戏。孙权喜欢打野鸡，大概看野鸡从空中坠落羽毛纷飞的样子，让他觉得特别爽，他还喜欢用雉尾装饰自己的车。这时孙权年龄不小了，却还有着街头阿飞情结，就像现在的小青年喜欢把自己开的车子涂得五颜六色。

孙权一见到潘浚，马上自己开口说：

"自从上次你说不要打野鸡之后，我就很少打了。嘿嘿，这次只是偶尔出来玩。"

潘浚说：

"天下未定，要处理的事情繁多。射雉这种事，不是什么大不了的急事。

再说弦容易断，箭括容易破，弦断括破会伤人。你就算为我的缘故就把这事放下吧。"

旁边有用来射雉的弓箭，潘浚就上前全部弄坏。很有可能，他把弓和箭一头搁在地上，一头两手抓紧，踩上一只脚吧嚓吧嚓折断。

孙权从此再不射雉。

潘浚还有非凡的洞察力，眼睛毒，这一点被当时社会传得神乎其神。比如有个人，潘浚的儿子与他交往，还送那人礼物。潘浚知道后大怒，写信臭骂儿子，信的最后说：

"你收到信马上就到我的使者那里，领受杖刑一百，再去把礼物拿回来！"

当时人们觉得潘老头做事太古怪不合情理。很快，那人因阴谋反叛被诛全族，人们才知道是怎么回事。

又有一次，潘浚正打算向朝廷揭发一个叫吕壹的奸臣，却得知刚刚有大臣谏言被皇帝否定。潘浚于是掏腰包请客，大宴百官，袖子里藏着一把刀。他打算等吕壹来赴宴时，直接把他宰了，为国家除去祸患，再以一死为自己的独断谢罪。

吕壹闻知密报，称病不去。后来，吕壹这个小人终于被查明并遭诛戮。

潘浚这个人根本不是人才，而是一个大人才。

可惜这个大人才，被蜀国给漏掉了。可惜啊。如果潘浚当年在江陵城吴军来袭时，他的计谋得以实施，他就不会降吴。那么他继续为蜀国效力，能否成为蜀国一代名臣？刚直的潘浚，恐怕难。

廖立，是第二个被蜀国漏掉的人才。

荆州之战时廖立未满三十，已是长沙太守。长沙是荆州九郡中物产最丰饶的郡。

吴军来攻，廖立没有进行有效抵抗，只身窜回成都。应该说廖立对关羽的败亡是有责任的，因为，长沙郡的失守导致关羽前线粮草吃紧。

刘备并没有责难廖立，让他去做巴郡太守。

廖立一开始是诸葛亮派系的人。以前刘备在荆州细心查访人才，诸葛亮曾告诉他说："找两个人就够了，一个是庞统，一个是廖立。"

但是人才廖立，并没有发挥人才的任何作用。

刘备称汉中王时，廖立升为侍中。刘备殁后，诸葛亮贬了廖立的官，让他做长水校尉。再后来，索性夺去他所有官职，把他流放到汶山郡种地，大力发展养殖业。

诸葛亮最后对廖立的评价，是妄自尊大、臧否群臣，诽谤先帝。又举例说，乱群之羊还能为害，更何况像廖立这种人处在高位，老百姓哪里分辨得出真假？

廖立之所以被一贬再贬，并不是因为做官有什么大的过失和错误，而是因为他乱讲话，他所说的话，又被诸葛亮所重用的费祎打了小报告。

整部《三国志》的蜀卷，只记载下廖立一个人对蜀国荆州之败和国家的战略决策做出的尖锐而不留情面的批评总结。今天读来，这批评总结是珍贵的、中肯的：

> 以前先帝不攻汉中，去和吴国争夺荆州的南三郡，结果南三郡也给了吴国，白忙一场。丢了汉中，让夏侯渊深入巴州，几乎又丢一个州。再后来国家兵力被牵制在汉中，使关羽兵败身殁。上庸郡又败，一大块地方又丢了……

这番真实的总结，使廖立从诸葛亮以前亲口赞美的"楚之良才"，变成了一只"害群之羊"，最后变成了一个农夫。

苏飞，或名苏非，关羽副将，一个被史书漏掉的人才。

历史中，他的名字偶或惊鸿一瞥，却有着凛凛然英雄气。

苏飞与东吴猛将甘宁是生死之交。甘宁，年轻时纠结一群少年，头插鸟毛，身带铃铛，在乡间晃荡。人们听到铃铛声就知道他来了。他又称"锦帆贼"，因为他常用锦罗绸缎来系船，开船时把绸缎割断扔掉，以夸豪奢。

甘宁带八百人投奔刘表，后归刘表部下江夏太守黄祖，隶属于黄祖的都督苏飞。苏飞对甘宁惺惺相惜，多次向黄祖推荐甘宁，但一直到甘宁立下大功、救了黄祖性命，却仍不被黄祖重用。黄祖反而派人诱使甘宁手下将领，甘宁部众不断离去。甘宁想脱身遁走，却苦于无完全之计。

苏飞于是请甘宁吃酒。说："日月逾迈，人生几何！你早做长远打算，找寻知己吧。"

甘宁沉默。很久以后说："没有办法离开。"

苏飞说："我来想办法。"

甘宁在苏飞的帮助下投奔孙权。孙权极为器重甘宁。

孙权后来攻破黄祖，事先做两个盒子，分别用来装黄祖和苏飞的人头。苏飞派人向甘宁告急，甘宁说："即使苏飞不说，我难道能忘？"

孙权大宴众将，甘宁下席叩头，血涕交流，说：

"若不是苏飞，我早就死掉填到沟里，不能效力主公麾下了！今日苏飞之罪当诛，请主公看在我分上，不要砍他的头。"

孙权有些感动，有些犹豫，说："我今天答应你，他要是跑了咋办？"

甘宁说："苏飞免受斩杀，受主公再生之恩，赶他走也不会走，哪会逃跑！如果他跑了，把我的脑袋代替他的装入匣中！"

苏飞终得赦免。

《三国志》中，这是苏飞唯一一次出现，时间在西元208年。但我们有理由相信，猛将甘宁的生死之交苏飞，被孙权牢牢记着，以致弄个盒子等着装其头颅的苏飞，绝不会是平凡之辈。

苏飞第二次出现是在《资治通鉴》里，身份是关羽副将。在西元212年，在青泥，今湖北钟祥，苏飞与关羽一起战曹营猛将乐进、文聘。

乐进是个小个子，却以胆识英烈著称于史书，他曾与张辽、李典一起以五千人对敌孙权十万大军，孙权大败几乎被活捉，那一役孙权的猛将甘宁也曾参战；文聘，曹魏名将，曾以少量兵力应对孙权五万大军而大破之。

能与关羽一起抗敌、对抗两名曹魏名将的苏飞，又岂能是凡俗之辈！

在关羽麾下，苏飞还做了哪些事？作为关羽副将，他是否参加了樊城血战？败走麦城，他是否也在？

如果他战死，那么至少该留下一些悲壮的故事；如果他活着，那么后来他的结局怎样？

但是他的名字和事迹，在史书中再不出现。

这个叫苏飞的猛将，在史书中永远丢失了。

一个在史书中走失的人，给我们留下了永久的遗憾和无穷无尽的猜想，这猜想永远不会被还原。

乔忠延散文选集（节选）

乔忠延

颁奖词：六卷本《乔忠延散文选集》，聚集作者四十年散文创作精品，规模庞大，题材丰赡，对中华先祖文化的探索与追寻，有独到而深刻的见解；对人生际遇与亲情友情的叙述，感人至深；对乡村风物的书写，则以小见大，平易亲切。作者的文风雅致平实，简约清晰，对散文文体多有创新。

弯弯的桃树

我家院子里有三棵树，两棵枣树，一棵桃树。枣树是姑姑从外祖母家移回来的。外祖母家在汾河东边的伊村。伊村是尧王的故乡，传说尧王当年种下了好多枣树，至今伊村的地垄上一棵挨一棵。姑姑扛了两棵回家，一路上累得歇了好多次。我一吃枣，便想起姑姑，甜甜的姑姑。

桃树给我的印象比枣树要深，因为它比那两棵枣树有故事。桃树是奶奶种的。据说，奶奶去金殿镇赶集，卖了连夜赶织的腿带，想给老奶奶买点什么吃的。老奶奶没牙了，苹果梨儿都不好咬，从南头跑到顶北头，才找到一家卖桃的。那桃个个都像大馒头，圆鼓鼓的尖上比抹了胭脂还要红。捺一捺，软软的，老奶奶准咬得下。一问价，贵咧，奶奶的钱只够称一个。卖桃的是个老头，头顶又光又亮，胡子又长又白，他很和气，笑着说：

"我这是长寿桃，比蜜还甜哩！吃了保险你身子硬朗。"

奶奶买了一个请老奶奶吃。老奶奶捧着儿媳的一颗孝心，笑眯了眼。咬一口，连声说没有吃过这么好的桃子！说来也怪，老奶奶吃了桃子，身体比先前确实好了，不咳嗽气短了。下一集，奶奶又把织的布卖了，再找那个卖桃的。满集市找遍了，也没见到那个长胡子老头。一连几集，那老头再没露面。

第二年开春，奶奶把那颗桃核种在东厦前。那桃核真的发了芽，长成了。老人们说，桃三杏四梨五年。三年头上，桃树果真开了花。赶秋里，挂了果，熟了的桃子大大的，像吊着个蜜罐，摘下的第一个桃子，敬老奶奶吃了。打那会儿起，这便成了我家没成文的规矩。

又听说，那会儿的太阳毒着哩！夏日里又大又圆，像个悬在头上的热鏊子，人心里火燎火烧。偏过晌午，狠狠烙在东窗上，烤得屋里火炉样的热，半夜了，老奶奶还无法进屋睡觉。家里人都在想办法，先挂个竹帘遮住了窗户，也不顶大事。后来竟在桃树上打开了主意。那桃树长得偏北点，要是弯南些，就会遮住阳光。爷爷狠劲把它往过扳，好容易扳过点，一松手，桃树又闪回老地方。看着扳不过来，爷爷在地上钉个木桩，拴上绳子，把桃树硬拉过来。桃树弯下了腰，绷得像个弓一样。风一吹，树梢一摇，绳子断了，桃树又挺直站好。看这一招不行，爷爷换条绳子勒住它，在它腰身上挂了一摞砖。桃树屈服了，乖乖弯下腰，绿树遮得屋里水沁沁地凉爽。秋天来了，阳光淡了，家里人想到桃树也该伸伸腰了。爸爸卸了砖块，松了绳子，桃树却纹丝不动，弯着腰，还像有千斤巨石压着似的。爸爸用劲扶直，一松手，桃树又弯下了，唉，没治了。从我记事起，我家的桃树就是弯弯的。

弯弯的桃树默不吭声地站在我家院子里。春天先从它那儿来，粉红粉红的花儿爆开一头，香得蜜蜂、蝴蝶闹嚷嚷往一块凑。冷寂的院里热火了，那红红的花儿映得窗上、炕上都是红的，我心里也红了。夏天里，桃树一面悄悄长着桃子，一面用茂盛的叶子使劲遮住阳光，东屋里凉爽得很！秋天，我们吃过桃子，田里的玉茭成熟了。父亲挑起两个箩筐下田去，往回担玉茭。担回来，倒在桃树下，堆起高高一座山。晚间，我们坐在"山"边剥玉茭皮。全家人一边剥一边说笑，嘻嘻哈哈，手不闲，嘴不停。老奶奶也闲不住了，凑在人窝里搭把手。大伙儿乐悠悠的，一口气能剥到月挂西天。我却不行，眼皮硬往一块粘，粘得用劲也撑不开。我要睡了，姑姑说："别睡，你不是要红玉茭吗？咱掏个窑往里剥，准能掏出个红的来。"

一说红玉茭，眼睛马上亮了，我的困劲散了。使足劲往里面掏呀掏，掏得深了，再深些，一碰动，塌了，窑洞不见了。重来，我们又往里面掏，掏得眼看快塌了，我掏出一穗剥开皮，呀，红的，紫红的玉米石榴籽般的。我蹦起来，举着棒槌般的玉茭穗在院里跑了三圈。姑姑帮我把玉茭皮拧成个小辫，挂在桃树上。我的劲头更大了，掏啊掏，剥啊剥，不知不觉，树下的小山不见了。秋天去了，冬天来了，树叶落了，桃树光秃秃的，我那红玉茭还在梢头冲着我摇摇晃晃地荡秋千。

在村上，我家的院子不算小，公社化了，选准我家的院子给队里堆玉茭。好多的人，一个跟一个，个个担着箩筐，闪闪悠悠往我家送，倒下玉茭又去担。只两天，忽然不用箩筐了，使开了小推车。小推车是木头做的，木头把，木头板，木头轱辘，木头轴。推车当然比担着多，我听大人说，要跃进，多快好省哩！这可忙坏了二孬叔。他是队上唯一的木匠，白天黑夜地赶制小推车，也不够大伙使唤。队长又派二刮子把式小驴帮手干，那日，我转悠到他俩做活的屋子里，好家伙，俩人甩了袄儿，挽着裤子摽着劲干，脊背上的汗，一道一道流下去，洇湿了他们打褶的长裤腰。他们也不停手，刨子推得嚓嚓响。刨花一朵朵冒出来，落在地上盖住脚面，高高垒起，没了膝盖。

不几天，村上人都使上了小推车。小车车一转，木轴轴吱扭扭叫。小车叫着，人们好奇地笑着，推上大路，推过小桥，推回一车车玉菱。我家院里的玉菱越堆越高，这才叫"山"哩，比我家原来那"山"高多了。我坐在"山"尖上摸得着桃树梢了。可惜桃子早摘光了，要不，在"山"尖上摘桃子多省劲。

老奶奶在屋里坐不住了，倚在门框上看着高高的玉菱堆，露着没牙的嘴一个劲儿笑：

"咱家的棒子真多，嘿嘿。"

我一听，老奶奶真糊涂，对她说："老奶，这是队里的!"

老奶奶看着我，我知道她耳朵背，没听见，对着她的耳朵说：

"老奶，这棒子是队里的!"

老奶奶越乐了，哈哈笑着："对着哩，咱的棒子真不少。"

我急得蹬蹬脚又说，她还是听不清。老奶奶咧着嘴又说：

"咱家人气好，帮忙的人好多，嘿嘿。"

我又高声纠正她："那是队里的人!"

她还是咧嘴笑，又说："对哩，不熬煎没好日子过了。"

午饭时，我学了学老奶奶的糊涂样儿，家里人都笑了。奶奶说："糊涂些好，糊涂些她老人家高兴。"

高兴了没多少日子，老奶奶生气了。玉菱打完了，入库了，我家院里的"山"不见了。队上又在我家屋里办食堂，好多好多的人来吃饭。头一天，老奶奶没在意。第二天，她皱着眉，没吭气。第三天，她对我说：

"这些人老在咱家吃饭，把咱吃穷了。"

我对着她耳边高声说：

"这是队里的食堂。"

"那咋不到别人家吃去?"

我真说不清楚，就叫奶奶、妈妈去解释。老奶奶谁的话也不听，冲着他们气恨恨地摇手：

"你们都是踢踏光景哩，多打了几颗粮食就胡糟蹋啊？"

老奶奶火气更大了，把他们撵出东厦。

老奶奶气不打一处来。那些小伙子领不上饭，坐在桃树上等着，一个，两个，多的时候坐上十几个，压得桃树弯得快挨着地了。老奶奶让我赶他们，我赶不动，去叫奶奶。奶奶一说，他们散了。过一会儿，又坐上另一伙。又赶，又来，赶不完，撵不走，奶奶没法了。老奶奶坐在炕上生暗气。平日里，她常给我剥葵花子，她剥一粒，我吃一粒。这些天，她剥着剥着，停住了，盯着窗外喘长气。

冬天里，寒风紧了，老奶奶病了，倒在炕上，没有醒来。

春天里，百花开了，我家弯弯的桃树却没有再吐叶开花。

狼

狼是故乡伟岸而又机敏的风景。

进入这风景，狼是在黑夜里。夜很深了，人入眠了，圈里的猪羊鸡鸭都打起了盹。惯于打着响鼻吃夜草的骡马驴子也嚼累了嘴，雕塑在槽头了。风早歇了，最爱摇头晃脑的树梢连轻微的抖动也停住了。村里村外没有一点儿动静，一切归于沉寂。月亮隐了，让黑夜凝定那深幽的肃然。

这时分，往常妩媚的静寂突然就可怕起来，变成了蕴含着无限能量的火山，似乎随时都有喷发爆炸的可能，任何置身其中的物什都将旋舞成夺目的挽歌！因而，没人愿意在这静夜中出门，偶有人走动，头发也多多的，敢于搏击这静夜的当数狼了。

狼如一位钢骨铮铮的汉子，无所顾忌地走着，走进了村里。而且，很快选择了一所院子，越过豁口，扒在了那支起窗扇的窗台上，窗扇是屋里人贪凉支起的。躺在炕上的人，已经映入狼那莹绿的眼中了，一大一小，大的贴着窗台，小的紧挨在大的身边。狼可否断定她们是母女俩不得而知，但是那突发的攻击却是明确的。也称得上是一个箭步吧，狼已扑入窗去，一口咬定了那个小女，转身往窗外跳去。不料，那小女迷糊中揪住了母亲的袄角，母亲笨重的身体立即显出了沉沉的负累。狼却毫不退缩，拼命扯拽，母女俩一起翻出窗台，甩下地来。接下去的事几乎可想而知了，静寂中孕育的火山爆发了，母女俩的哭叫声喷射开来，整个村庄都惊惊的。狼仍无惧色，拽动着母女俩从地上蹭过。直到一股寒风扫动耳梢了，才不得不松了口，一步飞跃上了墙头。狼横立在墙头，明白了那寒风是位汉子抡动钢锨的行为，是险险的一着。可是，对着那萎缩在地上的猎物，狼依旧钟情不舍。那汉子又扑了上来，口中的喊叫应合了院外的嚷闹，狼不得不撤了，悻悻跳下墙去，极不情愿地走了。

这夜，狼没有失败，黎明是和着一个不小的胜利来到的。狼退出喧闹纷乱，慢条斯理在另一条胡同了。不多时，狼的前爪已搭在了圈棱上，绿色的目光定定地审视着其间的动静。圈内是一头猪，肥肥的，已有不少的肉了，正躺在静悄中消受着夏夜的滋味。那肥厚的肉立时感动了狼，眼中的兴味调动了喉里的涎水。本该扑上去了，而狼却要村落沉浸于安定之中，似乎在用涎水澄明着心胸的方略。

最终，狼胜利了，那头猪被狼掏了出去，在荒落的坟地里饱餐了一顿。循着狼的踪迹，不难觅得这位胜利者的谋略。狼是轻轻掀掉那堵在圈门上的砖石的，一块一块，耐心而又轻巧。掏完了砖，狼却没有从门洞钻进去，而是在片刻的沉静后突然翻墙进去的。于是很自然，那门洞成为肉猪逃跑的通道，这正中狼的下怀，狼避免了将那厮弄出圈墙的困难，尾随其后，也钻出圈来。狼没有满足于第一步的成功，立即钳制了肉猪的行进方向，猛然跃过去，咬住了喉咙，扼制了那可能惊扰静夜的要塞，接着，频频扫动尾巴，驱赶着肉猪向目的地挺进。

狼成功了。

狼的成功不在于征服了一头猪，而在于掘开了征服这个村落的缺口。掘出这个缺口，狼是调动了不少心智的。村子里有门道，夜晚大门是锁合的，有一堵矮墙可以攀过去，可那墙紧连的院落里有一条不识火色的黄狗。头一次，就险些栽在狗东西那里，狼一进院，狗东西就吵嚷得沸沸扬扬，惊动了四邻。狼败退了，却大为恼火，再过去时，狼想撕烂这东西的皮肉。然而，没有，狼温柔地垂下双耳轻捷地贴上去，还奉上一块烂肉。这样做，狼很委屈，从实力说，收拾这东西不成问题，那黄狗不大，没有厉势。狼没有收拾这东西，是想到没了这东西，还可能有那东西。那东西也可能比这东西更为狡诈凶猛。狼打开这条通道，用了不多的破费，一块肉，一根骨头，每每光临将这物儿赐予黄狗，黄狗便没了叫声，乖顺地摇动尾巴送狼过去……

狼在村里屡屡得手，或是一头猪，一只羊，一只鸡，每夜总不会空过的。渐渐，自己的地盘被自己掏完了，成果越来越小，肚皮别说撑圆，填满也不易了，终于坠落于无奈了。似乎有一块尚可以开拓的小园，而那头黑母猪高大凶险，干掉她是不可能的，即使她胯下的那些小猪崽，也被她守护得无懈可击。是夜，无奈的狼，准备在这里捅破无奈，狼久久扒在圈棱上，久久盯着那圈中的黑影，企盼能有一只偶然露头的小崽，成为自己的口福。但是，他失算了，那黑疯婆凶凶地守着小崽，不容它们跨越一步。狼久久地待着，只待出了暗夜的消散，繁星的融解。

狼无奈了，要撤退了，又不甘这般无奈。

一忽儿，东宅西邻的门都吱吱地开启了。有男人，也有女人，探出头来惑惑地问，谁家娃在哭呀？没人应声，又听见了凄凄婉婉的哭声。哭声牵着众人的脚步觅去，出了村，过了河，那哭声就在黄泥堆上，从刺稞子里尖厉出的哭声越响了，众人几乎是小跑了，唯恐去晚了那娃会有什么不测。突然，黑压压的来人愣住了，刺稞子下绵软着一只狼，那哭声正是狼的吟哦。

众人恼了，喊闹着拥了上去。

狼迅速跃起，朝身后的崖上跑去。那跑动的样式不急不躁，不慌不忙，是一种少见的从容。时而还停下来看看赶得慌忙火急的人群。待人们逼近，重又颠哒起脚步。

人，跑跑停停。狼，停停跑跑。众人撵去好远，威威武武把狼送回了后山。

这时，日头腾上天空，照得坡上、梁上血染了一般红。

长 篇 报 告 文 学 奖

黄河岸边的歌王

黄　风　徐茂斌

颁奖词：山西的民间艺术非常富有特点，尤其是民歌更是传唱南北各地，长久不衰。黄风和徐茂斌的《黄河岸边的歌王》，选择了黄河流域民歌演唱者为主体，将唱民歌和人生命运熔为一炉，表现出一种人是歌，歌是人的优美景象，是黄河民歌的生长史。作品流露的民间情怀和艺术表现功力，都值得赞赏。

千百年来，在大河的咆哮声里，苍凉的晋西北，每一条沟壑都流淌着风沙，滚落着泪蛋蛋。"男人走口外，女人挖野菜。"走的一步一回头，挖的一把泪一声唤，把百结的愁肠，都化作千叮咛万嘱咐唱进民歌里。

千百年过去了，晋西北早已今非昔比，西口路亦尘埃落定，唯有民歌还在生长，成为老百姓精神世界的一部分，融入血脉与骨髓，只要黄河的涛声不歇，歌唱就不歇。祖辈的辛酸洒在了西口路上，歌者的辛酸洒在了唱歌路上。作者此行的目的便是追寻歌者们不歇的人生。

A章　马鞭子一甩称歌王

辛礼生弟兄五个，家里曾有十口人，在饥荒连绵的年代，他17岁便到内蒙古五原去讨生活。吃百家饭，放百家羊，看天上的白云、老鹰，乏腻了就吼两句歌。后来，村里成立农业社，他被派去挖大渠，防凌防洪。那一年，他情窦初开，和蒙古族老乡的姑娘爱上了。一首《五哥放羊》，他和姑娘唱过多次。但由于婚俗不同，两人未能如愿。

在外刮了四年，父亲怕他刮野了，便使计将其骗回村，赶了大车。那时在辛家坪村，一到盛夏的傍晚，最好的消遣就是唱歌。辛礼生只要赶大车回来，就会出现在屋顶上，一展歌喉。他大车赶得好，歌也唱得好，村民就送给他一个艺名：胶车红。

1960年，辛礼生被招收进县二人台剧团，与贾小秃、李法子等顶尖演员共同研习，演艺日臻成熟。那时剧团很穷，为了生计，辛礼生又被迫回到村里赶大车。白天赶大车，晚上排练，歌唱不止。

"文革"期间，二人台受到批判，辛礼生直到"文革"结束才又登台。1987年，辛礼生被请进河曲县职工业余剧团，他登上央视大演播厅，还受聘到中央民族音乐学院授课。2008年，辛礼生被文化部命名为国家级非物质文化遗产项目代表性传承人。

在河曲文化馆创办二人台艺校期间，他毫无保留地传授了技艺，先后培养学生二百多名。歌手阿宝，也来登门求教。背着这荣誉，他越老越拼上劲唱，就在采访当天，又要受邀到内蒙古演出。

B章　不为米活为歌活

老人贾德义，总喜欢坐在河滩上，拉一手二胡，忘我地唱。他出生在河曲沙万村，父辈们均是小有名气的卖艺人。

贾德义打小随父演出，饱尝艰辛。为了改变命运，他8岁时被送进学校读书，考上了五寨师范。那时，教授音乐的老师是一对夫妇，解放前毕业于国立音乐学院，在政治运动中下放至此。两位老师教得既精彩又生动，让贾德义大受其益，终生难忘。

1961年岁末，贾德义放假回家，被迫安排娶妻。强扭的瓜不甜，三年后两人分手。他一边教书，一边准备考大学。1963年秋，被中央音乐学院录取。然而，县委书记为了留住人才，竟将其调入县二人台剧团，大学梦化为泡影。

"文革"期间，贾德义被下放到河曲城关南元村接受锻炼。他辅导的南元俱乐部，很快就在全县出了名，他被调到县电厂工作。但之前诸多的辛酸苦辣，使他决意金盆洗手，再不搞文艺，当起了一名保管员。

1976年全国"莺歌燕舞"搞文艺，厂领导"八顾茅庐"请贾德义出山。贾德义亲造唢呐，组建文艺队伍，在汇报演出时，一举夺得全县第一，被县委书记亲点，调回县文化局。此后几十年中，他为河曲培养歌手、演员上百人，发表各类文章数百篇，成为河曲的一张文化名片。著名导演谢晋、张绍林，著名表演艺术家小香玉都想请他出山，但他却决心为了民歌二人台，做一位殉道者。

1996年，贾德义辞掉所有俗务，自掏腰包跑遍陕、蒙，为河曲民歌"正本清源"。2009年，贾德义被命名为国家级非物质文化遗产项目代表性传承人。当众人疑惑，这么伟大的歌者为何还如此贫穷？贾德义咧开嘴一笑了之，只有一句话：人不能单单为吃米而活着！

C章　歌喉儿一展皇帝远

公路盘山而行，作者一行人在岳占东的指引下来到了南沙窊，寻找20世纪30年代出生的两个老人：狄兰半、刘宽来。

刘宽来的父亲是个半拉子医生，常年去口外谋生，春去秋归，留下刘宽来与母亲守着十五六垧地，背天而作。黄风一起尘土弥漫，苦焦的日子里，刘宽来也"学会了唱曲解心宽"，干得乏累了，就歇下来吼一腔。一次，父亲带着六年攒的积蓄喜悦归家，却被土匪抢了个精光。刘宽来满心欢喜给父亲编了一首歌，企图用歌来阻止父亲外出。可是父亲并不甘心，过了两年把他也带走了。父亲继续做江湖郎中，他去大青山下窑背炭，手上的老圪茧，至今犹存。如今，刘宽来与老伴儿种着五六亩薄地，收入两三千元，日子过得简朴而安详。有演唱时就去，没演唱就跟人玩玩小麻将，活得知足。

狄兰半的父亲曾是跑河路的，家贫，无奈之下把她送出去当童养媳。16岁进婆家的门，18岁正式出嫁，从此厮守在南沙窊。正月里嫁到南沙窊，五六月就赶上闹饥荒，过年借回二斗粮来，她手把着小磨子，一边哭唱。男人十几年前就去世了。从小做童养媳，到老又守寡，长夜漫漫，心曲漫漫，她把孤苦和思念都唱进歌里。

两个老人应邀对唱起民歌，声音高亢，步态轻盈，让访者们看傻了眼。

从刘宽来家出来时，院子附近的崖头上已立着许多人，他们被歌声吸引，也都装着一肚子歌。透过那黄土汹涌的贫困，访者们却感到一种莫大的富有。

D章 "下里巴人"下里情

张存亮是河曲唐家会人，被村人称为"黄米馍"。他幼时常去戏班偷看，看多了，心也就开窍了。儿时伙伴郭老虎一手"惊狼鞭"抽得叭叭响，慑狼魂魄的歌喉唱得惊天地，耳濡目染下，张存亮便爱上了民歌。

上学后，张存亮进了学校的"小剧团"，扮演《小放牛》中的放牛郎，获得满堂喝彩。打那时起，小剧团的节目就少不了他。由于光顾了演唱，学习越来越差，父亲一卷儿行李，把他送到了巡镇第一完小。可没想到，到了新学校，张存亮成了校文艺宣传队的骨干，完小还没毕业，就被分配到县文化馆工作，终生吃上了皇粮。

老馆长常带他下乡演出，两年间就跑遍了全县350多个村庄，演出600多场次，他编的快板几乎家喻户晓。

1953年秋，中央音乐学院中国音乐研究所研究室主任晓星，带着中央采风队来河曲采风，张存亮几个天天陪着。三个月的采风让张存亮对河曲民歌有了更深刻的认识。从那时起，他就一边收集整理民歌，一边组织辅导演出。

1955年，由张存亮负责选拔15名演员，参加省艺干校民间艺术研究班培训，他与王玉秀合演的二人台《捏软糕》，唱得观众满鼻扑香，随后便在省委宣传部的建议下成立河曲二人台专业剧团。1957年他们演出的节目参加全国第二届民间音乐舞蹈会演，获得苏联大使授予的两枚列宁勋章。

就在春风得意时，一封男女作风问题的黑信，使他被革职调到县文教科写剧本。接踵而来的"文化大革命"又将他批得晕头转向，母亲在惊吓中离世。1972年，张存亮被调到一个公社当副主任，他像苦行僧一样，潜心用功，收集民歌二人台资料，撰写书稿。1989年，他才被调回县文联工作，担任河曲民歌二人台研究会会长、"西口黄河灯会"负责人。他编写了20多万字的《河曲二人台行踪》，并重新翻印了1956年出版的《河曲民间歌曲》。当年的采风队队长，时已垂暮的晓星老先生大为感佩，可张存亮依旧保持着一如既往的本色，甘愿做一位下里巴人！

E章　风流倜傥把歌儿唱

菅保憨是河曲沙坪人，和河曲已故著名歌手菅二毛一个村。菅保憨的奶叔菅玉才，师从的就是菅二毛。菅保憨生下时，奶水不足寄养在奶叔家，耳濡目染下爱上了民歌二人台。

菅保憨的祖辈走西口挣下了光景，土改时被定成富农成分。受家庭牵连，他没能上成高中，但也幸运地到葛真龙村当了一名小学音乐老师。他一边教书，一边帮村里搞文艺，走一个村红火一个村，菅保憨的大名便逐渐响亮。

1971年，菅保憨从葛真龙村调到曲峪村任教，在老八路出身的大队书记王海元的庇护下搞文艺宣传，春风得意。1985年，菅保憨被调到河曲巡镇文化中心当站长，先后组建起八个剧团，转遍了内蒙古的五原、临河、陕坝等地。可是就在风光无限时，文化中心占用的巡镇礼堂，要卖给县塑料厂做仓库。多次交涉无果，菅保憨层层上访，几经周折告到了文化部，可礼堂还是在机器轰鸣中轰然倒塌。菅保憨心灰意冷，到县良种场去当场长，把收集下的民歌二人台资料付之一炬。

良种场让他想起曲峪的岁月，心头的伤痛渐渐被田园的泥土和妻子的悉心陪伴抚平。他重新恢复雄心壮志，改编了多部传统二人台和河曲民歌。退休以后他还创办了"隩州白朴艺术社民歌二人台工作室"，为山西老年大学组建起"河曲二人台实验剧团"，在人生之秋赢得了丰获。

F章　死活舍不下二人台

吕桂英是河曲岱岳殿村人，幼时师从著名二人台演员李法子，凭着苦学、苦练，很快脱颖而出。1954年，她跟随河曲的武六计娃娃班，到陕北榆林演出，开始在舞台上绽香吐蕊。1955年，她参加山西省民间文艺调演，一举夺得大奖。

1956年秋天，河曲县成立二人台剧团，吕桂英被招收进剧团，先后得到"芝麻旦"菅二毛、"六牡丹"樊六等老一辈高手的指教，演艺大长，成为剧团的台柱子。1957年5月，她赴京参加全国第二届民间音乐舞蹈会演，越唱越精彩，受到观众们的极大追捧。

然而，"文革"第二年，吕桂英被无端地指责为"当权派"，遭受批斗。当看到忻县地区北路梆子剧团的副团长贾桂林被游斗得丧魂落魄后，她心惊胆战，离开文工团，改行到忻县地区印刷厂，当了一名铸字工。后来，她跟老伴儿结婚，一同调回河曲，到县文化馆上班。可三年后就又调到县糖业烟酒公司当了一名做酱工人。直到1983年，地区举办民歌二人台会演，吕桂英才又演出了她最拿手的《走西口》。山西省委宣传部部长刘贯文被深深打动，将其调回县文化馆。后来，她便留在河曲的二人台班任教，桃李满园。

1990年，吕桂英被忻州地区（原忻县地区，后又改为忻州市）文联、忻州地区民间文艺家协会授予"民间文艺家"称号，1995年被县里评为"从艺四十年以上的优秀文艺工作者"，2008年又被国家文化部命名为"国家级非物质文化遗产传承人"。

G章　南元走出"胎里红"

在作者采访的河曲歌手中，张林燕是最孤苦的一个，34岁就开始守寡，一直守到现在65岁。张林燕是河曲南元村人，自幼不愁吃穿，很小的时候，就跟河曲著名艺人郝大嘴学习二人台。1955年，在县里举办的民歌二人台会演中，她与柳凤英合演的《对花》获得一等奖，之后便随县里的"山区群众文艺慰问演出团"到六十多个山庄窝铺演出，被老百姓誉为"胎里红"。次年，张林燕不顾父母的反对，被招收进县剧团。

1957年，张林燕赴京参加全国第二届民间音乐舞蹈会演，获得一枚列宁勋章，并与周总理合影留念。回来后，张林燕成了剧团的台柱子，但长期的演出劳累使她患上了肩周炎，加上咳嗽，只好回家养病。也就是在剧团时，她又不顾父母反对，嫁给了剧组贫穷而帅气的李花眼。

农忙时生产，农闲之时就和辛礼生、柳凤英结伴，偷偷跑到形势宽松的地方去演唱。然而1978年的一天，老伴儿不幸被电身亡。张林燕独自带着三个儿女艰难度日。为了维持生计，她又开始与人搭班演出，在一次外出时车祸摔成重伤。从此，伤病的困扰让她被迫远离舞台。如今她主要是教戏带徒弟。

张林燕的一生悲苦沉重，但又坚强乐观。她说她会继续唱，唱到这辈子结束。

H章　一生艰辛一生歌

老歌手郝忠庆生得很瘦小，典型的小老头一个，满脸的沧桑皱褶。

由于穷困，郝忠庆7岁就跟父亲背窑。45岁那年，父亲终于累垮了，卧床三年便撒手而去，去世前哄骗着把他卖了。不久后，母亲改嫁。后来，他从窑上偷跑，投奔改嫁的母亲，饱受冷眼后又去投奔叔父，跟着叔父背了两年窑。再后来跟着哥哥去河曲开采硫黄，赚了一笔钱，买房置地，过了几天好日子。时来运转的时候，哥哥却倒下了，死的时候只有44岁。

失去哥哥后，郝忠庆就和村里的人到内蒙古达拉特旗的高头窑煤矿谋生。他在那儿参加了矿上的扫盲学习班，并被招收进矿上的文艺宣传队。演唱的天赋崭露头角，他很快就成为宣传队的骨干。

郝忠庆记忆力惊人，才思敏捷，曾经在参加地区的民间文艺调演时当场作词作曲，获得调演比赛的一等奖。1956年，郝忠庆到了内蒙古准格尔的榆树湾硫黄厂，成为厂里二人台戏班的导演。他干得非常出色，为厂里赢得不少荣誉，也因此赢得了大舅哥的信赖，与老伴儿结缘。娶过老伴儿的次年，就赶上国家"六二压"，郝忠庆从榆树湾被压回磁窑沟，当了一名煤矿工人，一直干到1979年患上硅肺病退休。

如今，年近八旬的郝忠庆靠每月1230元的退休金和几亩薄地苦苦支撑着本应由儿子们来支撑的家。但老人活得很是乐观与满足，采访结束时，应邀现场编唱歌曲，诉说内心的喜悦。

I章　这辈子交定"二妹妹"

杨仲青家住保德县，三代传承，代代歌声不绝。兄弟姊妹七个，也个个酷爱演唱。父亲杨富祥曾是一名小商贩，一路走一路唱，口中的歌声信马由缰。在父母的熏陶之下，杨仲青很小就迷恋上演唱。1951年，杨仲青被送进学校读书，他排的第一出戏是晋剧《走山》。完小毕业后，杨仲青考入保德中学，加入了校文工团，学唱歌学得走火入魔。几年以后，他告别学校穿起了军装，最先在连队当文化辅导员，后调到师部毛泽东思想文艺宣传队，当了五年兵唱了五年歌，被部队评为"王杰式五好战士"。

1968年，杨仲青转业回县当工人，一边为工作生活奔波，一边不忘参加演出。1978年，他参加了忻县地区的"三民"调演，一曲《那是个谁》一举夺冠。1985年，这首歌成为电影《咱们的退伍兵》的插曲，广为流传。

20世纪80年代，杨仲青的民歌演唱，愈发精纯。1980年，参加山西省第二届民间音乐会演，一曲由他创作并演唱的《周总理永远活在咱心中》，使中外友人都感动落泪。1986年，杨仲青赴京参加全国民间音乐舞蹈大赛，夺得大赛二等奖。妹妹杨爱珍夺得大奖，演唱的是民歌《走西口》。

1987年，应日本埼玉县之邀，杨仲青赴日演出，用日语演唱了日本民歌《北国之春》，用中文演唱了他的"二妹妹"《那是个谁》。演出结束后，日本人喊着"杨赛"（杨先生），争相与之合影留念。2002年杨仲青退休，先后六十多次获奖，被誉为"黄河之滨民歌王"。

（张乐　缩写）

中国，有一座古都叫大同

聂还贵

颁奖词：古城大同，历史悠久，文化深远。聂还贵的长篇报告文学《中国，有一座古都叫大同》，旁征博引，从古至今，挖掘出一座城市的千年积淀。作者全方位俯瞰，有强烈的时间与空间交叉感。构思大气磅礴，文字诗意盎然。

序

不了解雕刻在石头上的伟大王朝——北魏，不会真正了解中国历史；不了解历史文化积蕴深厚的大同，不会真正了解中国都城的发展演变。

第一章　塞上吹来大同风

大同古老而年轻，拥有众多绚丽灿烂的文明。自赵武灵王胡服骑射，拓疆扩边，设置雁门郡始，大同已有2300年的历史。大同也辗转出现过凤城、平城、云中、西京等名称。大同之名，则寄托了人类携手步入大同世界的美好理想。

大同渊源可追溯至旧石器时代。其阳高县许家窑村，是中国早期智人化石出土之乡。在许家窑人之前，依次是山顶洞人、泥河湾人。许家窑人、泥河湾人，皆属"大同湖"演化史的光辉章节。"大同湖"稀有动物丰富，如自20世纪末以来大同陆陆续续发现了一批恐龙化石；另外泥河湾经考古挖掘出犀牛等淡水哺乳类动物化石，这些化石见证着大同近二百万年的沧桑变迁。泥河湾人生活在桑乾河两岸，查考鲜卑文化，方知桑乾实为"索乾"之谐音。据发现，中原"仰韶文化"、东北"红山文化"、西北"河套文化"交汇于桑乾河，这里被考古学家苏秉琦概括为：中华文明三岔口。

地理上的大同，作为"塞上明珠"照耀古今，既可做军事重镇，又可做商贸要地。雁门关外长城下，恒山北边为大同。长城蜿蜒晋北而雄然挺脊的一座险关峻隘——雁门关，留下了赵武灵王、刘邦、李广、卫青、霍去病、杨广等诸多历史人物的足迹。大同蕴涵着丰富而独具特色的长城文化，其上的内外长城绵延壮美如凤凰，同时具有军事防御功能：是一座由城墙、关城、墩堡、营城、卫所、镇城、烽火台勾连构筑的有机防御体系。另外境内的外长城，吻合一条400毫米等降水量线，是隔开中国半湿润半干旱地区及农牧两大文明的天然分界。而作为"北国万山之宗"的恒山，高标大同境内，是一座军事地理的天然屏障，曾为北魏京畿之属。恒岳与北辰呼应，据卦图与五行而考，北岳先天属坤即土，后天属坎即水，"水土之气，钟灵毓秀"。恒山作为道教圣地，神话、历史、小说中都有人们在此修道的记载。

城以墙筑，楼因城固。明洪武五年（1372），大将军徐达征讨北元途中，安营扎寨在连接北方与京都的大同，因感于眼前西风残照的景象，遂决定增筑大同城。城内著名建筑有大同乾楼、洪字楼、文峰塔。大同府城设计精巧，防卫严密，是中国古代军事建筑史上罕见的"巍然天镇"。不料清顺治六年（1649）多尔衮围攻大同城，屠杀全城百姓，削斩城墙5尺，将徐达心血凝成的巍然府城毁于一旦。直到21世纪初，塞上古都大同，终于刮起了一场古城修复与保护的浩荡惠风。

第二章　火焰在路上行走

印度佛教东渐，注入儒道元素，在北魏京都平城找到了一条中国化世俗化传播之道。佛教于北魏隆盛一时，但自太武帝下令举国"焚寺灭佛"后，无论哪门教派，皆以"礼帝即为礼佛"为旨而屈尊旁坐。然而佛法无论是在辽金还是在唐代、元代都被推崇保护，作为佛教重地的大同，今日尚遗存有佛国龙城的精气神韵，从大同遗存的佛像中可窥见一斑。京都兴佛，举国造像。北魏杰出女皇拓跋宏祖母冯太后，其生前镇压丞相乙浑叛乱，主政云冈中期工程，扩建平城皇都，描画太和改革，谥后葬于平城方山永固陵。太和十三年（489）时，阎惠瑞精心选用大同石材为这位事迹颇丰的太皇太后造太和佛像以表纪念。当然，北魏佛教造像形式多样，石窟之外尚有金铜铸錾。无论采用何种材料，皆足以证明北魏佛业之盛。

北魏选址营建城郭，跋涉了一个由草原文明向农业文明过渡转型的艰难途程。太武帝开创定型的"北魏平城坊"，不仅设有掌管牛、马、驴、骡等牲畜的"驾部尚书"，同时设置管理南北两边州郡有关事务的南部尚书与北部尚书，这是针对游牧民族与汉人生活习俗而设置的"一国两制"模式。据文献记载和考古发现，北魏平城依层级，分为宫城、外城和郭城三个板块。北高南低，故宫城在北，外城和郭城依次绕宫城之南。宫城是皇帝理朝及皇亲国戚起居之所。外城周长20里，郭城周回30里。郭内"悉筑为坊"，安置臣民。整个城市气象严整，布局井然。鼎盛之时的平城，建筑规模之大、数目之繁多、布局之奇巧、规划之严整，在中国历史上绝无仅有。经过近百年苦心经营，北魏平城人丁兴旺，社会繁荣。北魏平城的巍峨建成，即是北魏汉化的坚实基础与力量象征。

另外北魏平城时代，生态环境天然如初，水源丰沛；但自20世纪50年代以来，御河干涸，文莺湖枯竭，大同地区河流大都消失。从昔日的曲水清流到今日的干枯堙没，个中原因值得我们今人反思。

第三章 万千绿枝一梢红

大同历史上最为鼎盛时期，即"一代京华，两朝陪都"，两朝中一段是北魏平城时代，另一段则是辽金与北南宋对峙时期。作为北朝之主要京城，及北方少数民族政治经济文化中心和佛教圣地，北魏平城的特点是城郭具有北方少数民族特色，突破了传统汉民族千篇一律近亲繁殖的都城面貌。而契丹贵族建立的辽朝和女真贵族建立的金朝，则续北魏王朝"香火"，相继把大同作为陪都称"西京"，构架了一座座佛教建筑。

溯源来看，大同在春秋时为北狄所居。北魏鲜卑人建都平城，其间有几十个民族约百万人先后迁居于此，包括山胡、屠各胡、卢水胡、丁零、乌桓、党项、氐、羌等族。隋朝统一，突厥人占据雁北之地；唐中叶，漠北兴起的回纥族入居大同之域；936年，石敬瑭割燕云十六州于契丹族，由此至元代末，大同为契丹、女真、蒙古少数民族建立的辽、金、元三朝圣地四百三十三年之久；明朝重建大同城，设其为防御蒙古瓦剌、鞑靼侵扰的九边重镇之一；由清而民国到解放，其间计约三百年。如此，以平城建制为端点，大同这片"代地"厚土，书写有上千年少数民族统治、居住、活动的历史。

现今的大同拥有诸多民族丰富奇异的历史遗存：云冈石窟是中华文明以及中西文明多元多样多彩融合的见证，是以拓跋鲜卑氏为代表的草原民族，融合西域、中原，以及古代印度雕刻艺术留下的大美创造；华严寺、观音堂彩塑，浑源大云寺建筑，是契丹、女真族的美丽指纹；关帝庙正殿建筑、浑源永安寺、大云寺壁画，出自蒙古人手笔；九龙壁飘动着明王朝雄姿英发的风影……

第四章　流动与凝固之间

云冈石窟，是北魏王朝于平城武州山南麓顺山势而凿的一座雕刻艺术丰碑，时称灵岩石窟寺，"东西三十里，栉比相连"，被金代学人赞为"国家之宝，仙圣之宅"。云冈不仅见证着5世纪北魏王朝信仰佛教的满腔热忱和经济文化的高度繁荣，且由于皇家主创，整体布局统一合理，各个洞窟有机连贯，每尊造像前呼后应，秩序井然，可谓意若贯珠，像如合璧。

云冈石窟完整地把一个王朝百年大业、精神风貌、意识形态、社情民俗，形象化艺术化地缩影、镌刻在一壁岩石之上。云冈石窟早期造像的内涵深蕴是历史象征化：五个帝王的雕像，以五座里程碑的意义，讲述着关于一个伟大王朝的传奇故事。在中期造像的倾向是政治现实化：象征拓跋氏的汉化，正向纵深迈进。秀骨清像、褒衣博带的主流中，夹杂着拓跋氏牧野狂放的草原情调。到了晚期则是民间生活化：民间乐舞、百戏杂技……象征北魏汉化与民族融合已呈瓜熟蒂落、水乳浑然之势。

作为北魏佛教艺术黄金时期的巅峰之作，云冈石窟不仅以"云冈模式""云冈范式"的划时代意义，引领着东自辽宁义县万佛堂石窟，西迄陕、甘、宁各地的石窟，甚至远处河西走廊西端、开凿历史早于云冈的敦煌莫高窟，而且标志着佛教中国化本土化伟大进程的开启——包括佛经的翻译、教义的诠释、艺术的创新与拓展，以实现三教融合、民族融合、帝佛融合、佛教民间化普世化的理想。走进云冈，从呈凝固状态的石头中聆听蕴藏无数文明的流水般的旋律。

第五章　民族融合圆舞曲

汉晋南北朝时期，以云冈为见证的平城文化，增开一条以贸易为主的茶马古道。茶马古道可追溯至北魏早期。拓跋珪发万人开山凿路，修筑东起中山（今河北平山）、中穿北岳恒山、西迄平城的"中山直道"，架起一条500里长的"高速公路"大通道。后以平城为枢纽，与漠北、西域、黄河中游、河北平原、东北等地通达商贸，甚至北越长城，中经蒙国，穿过西伯利亚转抵欧洲，新辟一条线路更为遥长的北部"丝绸之路"。

民族融合，是北魏立国建政之基，强国富民制胜法宝。特异地域环境，北魏平城时代渐然形成的民风民俗、生产生活方式，北魏国家管理模式，多元宗教信仰，深深染化着大同这片多民族相融的土地。据陈寅恪所言："北朝胡汉之分，不在种族而在文化。"版图伸缩，政权延更，都不足以代表民族融合最后解释权。唯有文化，尤其核心价值观趋向认同，才是民族团结、国家统一的终极力量。宗黄帝之根，续秦汉之制；挽东晋之衰，托大唐之盛；统北方之一，融华夏之脉。因而北魏王朝，说到底是多元多样优质文化联袂创造的产物。

第六章　隋唐中国草色序幕

东西魏、北齐周、隋与唐，皆脱胎于北魏。黄仁宇指出"拓跋族是隋唐王朝的先驱"，已成为目前史学界的共识。

拓跋鲜卑"轩冕周汉，冠盖魏晋"，卓越为草原民族的集大成者。以马背和草原为摇篮的拓跋鲜卑，曾是一个文化底蕴贫乏的游牧民族，但他们却有一种好学善学、精进不懈、灵活变通的传统"推寅"（认真钻研）精神，不仅把先进汉族作为民族学习的榜样，而且索性寻根问祖到黄帝那里——"魏，轩辕之苗裔"。以黄帝后代自诩，并将南朝指为非正统的异族"岛夷"。

后来，孝文帝与冯太后从田亩、官爵，到语言服装发起的太和改革运动，不仅是拓跋鲜卑漫长汉化的深刻概括，也是晋末以来北方各游牧民族汉化潮流的系统总结，同时又是北魏跨入洛阳时代的一次力量灌注。北魏太和改革，被史学界誉为古代三大改革之一，发生在中国封建社会两个高峰之间的连接地段，即从汉帝国到唐帝国的过渡，它以一次社会性深刻变革，力挽中国封建社会之衰亡，奏响封建社会华丽一幕——大唐盛世之序曲。

可见，唐人是汉人与代表五胡人的鲜卑人的混血儿，北魏是中华文明的第二个源泉，隋唐则继之，并与汉文明交融，创造出黄金般优质的胡汉文明。秦汉中国与隋唐中国，实为两种色彩迥异的文明与文化。从燕瘦环肥这两种不同审美标准、兰花与牡丹这两种不同人文象征中亦可看出：秦汉文明是纯度很高的大汉文明，隋唐文明则是胡汉交融的新型文明。

第七章　水珠散落亦成圆

北魏出于管理之需，将秦汉之里创建并改称为坊或里坊。里坊从规模体量、形制格局、功能机制，到管理体系，在北魏时已十分成熟完备，开始扮演深刻影响中国城市建设发展走向与风格的领衔角色。里坊制对北魏首都平城管理的直接意义在于：划片而居，分类安置；以晨钟暮鼓为号，定时启闭关合坊门。北魏发明的击鼓鸣冤规制即源自以鼓声传令启闭坊门之创意。

唐坊则是中国里坊制发展的鼎盛时期，却与秦汉里坊没有构成直接源流。一是秦汉之"里"尚属初级形态，未演进到"坊"之层面，不足以形成"里坊"管理机制与完整系统。二是唐因北魏制，正如唐王李氏血统主要来自拓跋鲜卑氏，唐坊原始版本取经于北魏，抄袭于"北魏平城坊"和北魏洛阳坊。唐长安城，原版为隋大兴城。都城设计者，乃"好学""多伎艺"的鲜卑人宇文恺，其父宇文贵与杨坚之父杨忠一样，皆为西魏十二大将军。宇文恺所规划的大兴城，几乎就是北魏平城草图的照抄复制。

"北魏平城坊"城建与管理模式，不啻是中国都城发展史上的一个华美亮相，中经洛阳移植放大，一石激起千层浪，水珠散落亦成圆，对后世产生了剧烈影响，乃至令朝鲜半岛分布着的高句丽、百济、新罗等国家都接受了深远引领。

第八章　梨花院落溶溶月

中国现存最古老的四合院在大同，大同四合院深藏着"北魏平城坊"极为丰珍的历史文化信息。穿过大同四合院幽幽曲径，走进北魏平城里坊深深庭院，或许可以找到一把打开北魏王朝大门的钥匙，领略和感受到那个神秘王朝乃至中国中古时期的经济业态、生活方式、文化脉搏、社会气象。

大同所建四合院于气象古朴中蕴藉着丝缕贵族气质。一壁二门，三砖四瓦，五脊六兽；一进院，二进院，三进院，穿心院，东西跨院；明椽明柱，百样影壁，千般门楼；诗行一样排列的瓦当和猫头滴水，花样翻新，绝无雷同。

四合院与街衢肌理相连，浑为一体。处处闹市，市市繁华。作为一座千年移民之都，一个历史商贸大都会，大同自古物流集散，商贾如云。五湖四海、形形色色的民族，带来大批林林总总展现各自地域风情和民族特色的货物。

大同四合院，横断面阅读是一页"人房共存的活态历史"，放眼纵观是"北魏平城坊"历史乐章的绵绵余音，然而我们对其研究却近乎是一片空白。

第九章 繁星异彩凌霄汉

大同四合院有着丰富生动的民俗风情。在民居群落中，名人故居、富商宅第、官员府邸错杂散落其间。著名的如狮子街36号"巩氏大院"、帅府街赵宅四合院等。北魏平城坊和大同四合院，走出一个个英伦光鲜的人物，他们被亲切地称作"北魏平城坊和大同四合院走出来的男人女人"。其中，有诸多少数民族的英豪伟俊，巾帼女杰。如北魏中郎将于烈、北齐鲜卑族娄昭君、辽国萧太后等。

大同既为民族融合传统之地，四合院院主遂成分复杂，五湖四海，千人百面。但从这里走出的男人和女人，不论平凡继而伟大，抑或伟大依旧平凡，都深深眷恋着生于斯长于斯的故乡大同。

第十章 可爱深红爱浅红

大同这片神奇土地，自古苍茫中有明媚，粗犷中有文雅，"礼兴乐盛，修文辉武；讲六代之宪章，布三阳之风雨"，创造过一道道斑斓华炫的文学艺术景观，史书文献、民歌乐府、书法壁画等各绽异彩。

著名的《魏书》《水经注》《洛阳伽蓝记》《齐民要术》《颜氏家训》，皆为功在当时、惠泽千秋的历史文献，记录和见证着北魏大开放大融合大交流时代的飞影流华。

北朝民歌是中国文学史园地里一朵瑰美奇葩，从中可闻到当时北方民间多民族的吐纳呼吸。北朝民歌以《乐府诗集》所载"梁鼓角横吹曲"为主，歌词作者尤以鲜卑人为主。北朝民歌中最为著名当属被中国诗歌史并称为"双璧"的《敕勒歌》与《木兰辞》。音乐的河流，在大同这片土地上古老地歌唱着。北魏乐府之所以繁荣，一是草原民族好歌善舞，音乐是其生活之魂；二是音乐可谓佛教脉搏，跳动着佛教的生机活力。诵经实为唱经，寺院庙宇无处不梵音；三是北魏平城，曾为西域与北方与中原乐舞交汇中心。《龟兹乐》《于阗乐》《西凉乐》《疏勒乐》……都曾交响于北魏平城，汇成一片乐舞的海洋。

中国书法衍繁到北魏，墨云蒸腾，奇峰叠翠，炫出一道魏碑奇观。魏碑亦称魏楷，其承汉隶，启唐楷，与晋朝楷书、唐朝楷书并称三大楷书，彼此竞相开放，浓芳袭人。魏碑实乃汉文化与鲜卑文化融合的结晶，也可谓游牧边塞文化撞击中原华夏本位文化的产物。平城作为魏碑发祥之地，精品灿烁，俯仰可拾。书画同源，北魏书法独领风骚，其壁画亦堪称一绝。

文化是社会历史一种深层次沉潜力量，没有文化的支撑、托举与引领，北魏何以立国一个世纪，辽金如何霸主数百年。对北方少数民族的文化持以发掘深究而不是忽略与漠视，是摒除傲慢与偏见而负责于历史的应有姿态。

第十一章　大同山河大同天

塞上大同山河异，铁骨铮铮铸传奇。大同人的风骨气节，被一场场狼烟战火冶炼锻造得分外鲜明独特。打开"土木堡"之变与多尔衮"屠城"惨烈画面，清晰可见一府义士、满城忠烈的冲天豪气。岩石般棱角分明的面孔，古铜铁血的面色，箭楼佛塔般不朽之身影。大同风骨蒸腾在北岳恒宗的云霞里，镌刻在长城沧桑的丰碑上，闪烁在云冈石窟的光芒中……

在大同沧桑的城垣里，集中而完整地保存有华严寺、善化寺、法华寺、清真寺、九龙壁等多处历史含量与艺术价值极高的名胜古迹，中国鲜有，世界罕见。在工业文明的暴风雨冲击下，大同逆风而立，溯流而上，修护历史遗存，复原古城形貌，让一座曾经辉煌的古城，拂去烟尘，重现人间。以御河为界，河西复现古都，河东挺拔新城，所谓"一轴双城，古今兼顾"。如此，大而类异，同则和美，大同理想终将实现。

（任鑫莘 缩写）

山西文坛十张脸谱（节选）

陈为人

　　　　颁奖词：陈为人的《山西文坛十张脸谱》，选取当今山西十位成名作家，讲述他们的人生与文学之路，富有典型性。作者不是一般地叙述每位作家的创作成就，而是以新的价值观剖析作家，表现出作者的独立精神和评判姿态。材料翔实，叙述传神，地域文学史面貌一新，是一部有价值的传记文学作品。

夜半钟声到客船
——李国涛先生印象记

1. 停泊在枫桥边

李国涛先生退休后，写过一篇《说老年情怀》：

　　这两年自觉老境迫人。

　　……近来有朋友问我，于老年情怀有何言说，我想了半天，一下子也说不清。如果用简单的话来概括，或者有一句古诗同我的感受倒是相近。那句诗就是"夜半钟声到客船"，出于张继的《枫桥夜泊》，名气很大。

我不知道用这句诗来说明我个人的感觉有什么明显的道理，至少在心情上，在情绪上是一个很不错的概括。它澄澈、冷静而且肃穆。

　　我想到杜甫在晚年的诗里常写到舟船。当然，杜甫入川以后接触的舟船多了，是一种生活写实。但是可不可以也理解为一种心境的描摹呢？从"孤舟一系故园心"到"白首扁舟病独存"，主要在写心情。我读他的《登岳阳楼》时，还很年轻。"亲朋无一字，老病有孤舟"，那时候就使我受到震动，我是从写实的角度理解的。写这诗时杜甫56岁。他58岁去世，最后一首诗的题目是《风疾舟中伏枕书怀三十六韵奉呈湖南亲友》。好像杜甫把舟船作为老年生活和生命里程的一个象征了。我的年岁慢慢大，对这种象征的体会也渐渐深。

　　人生不就是在一条长河里漂动的孤舟吗？你可以放棹，可以划桨，可以撑篙，但急流大大超过你的力量，你不知道止于何处。谁能知道？多少不可一世的大人物也是如此，小人物又当怎样？

　　所以我觉得一条船，能静静地泊到枫桥或者另一个什么桥什么渡什么岸，那很幸福……

　　多少智者哲人"英雄所见略同"，都用一个"在路上""在旅途"的概念来表达对人生过程的体验。美国诗人艾伦·金斯伯格有句诗："人生是把命运驶入没有航标的河流上。"是一种漂泊，一种颠簸，一种"中流击水浪遏飞舟"，一种"随波逐流看风撑船"？

　　"行走"具有某种象征的意味。于是，就产生了何时"车到码头船靠岸"，对命运归宿的猜度、迷惘和窥探，有了对"安全着陆""好人一生平安"的期盼。

　　"流连的钟声还在敲打我的无眠，尘封的日子永远不会是一片云烟。月落乌啼，总是千年的风霜；涛声依旧，不忘当初的夜晚……"

2. 破书与断砚

李国涛出身于徐州世家，借用鲁迅笔下人物阿Q的一句话："我们家祖上也富！"李国涛说："我家前两代都是读书人。那时候他们有闲钱有闲时间又有闲房间，三闲，所以也就买书，买书之外又买字画、碑帖，想当收藏家。在我印象里，好像主要财力都花在砚石上，藏砚。日本人入侵以后，我家收藏损失大半。后来人事沧桑，几经变故，到解放后，几乎什么都没有了。"

李国涛在《破书与断砚》一文中，描写了这些"破书"的下落和砚石的命运：

大约在1955年前后，家里的经济极窘。我已经到外地工作多年，不大知道详情。后来听家里人讲，母亲和婶母商量，说：一堆堆的破书，放都没处放，虫蛀鼠咬，水浸霉烂，留着有什么用呢？卖了吧！确实也对，今后还有什么人去读那种倒霉透顶的线装书呢？但是你不读，别人也不读，卖给谁？决心好下，实行困难。终于也没卖出。

又过了一阵，徐州市某文化机构听说家里还有些古书，竟主动上门来联系。来人大略看了看，现在想来也许是热心文化事业而并不十分内行的人吧，说：买下。什么价呢？300元，统统买下。家人一听300元，大喜，遂即成交。50年代的300元，顶一个小学教师一年工资，于家庭生活补助甚大。好事好事！约定日子，开来一部卡车。破烂书装了满满一卡车。买书的人大约是看上了那套《二十四史》。那《二十四史》由大小不等的精致木匣子装起，二十四个匣子合起来，成为一个完整的书架。版本不算讲究，是百衲本。我家本来也没什么元椠宋版之类。此外，还有木匣装的也是极普通的书，大部分属于摆在客厅做装饰品的，据我的记忆，有《金石萃编》和《渊函类稿》，也许还有其他的，如《李

· 185 ·

文忠公奏稿》之类 。那部装书的卡车可能不大，或者车帮很浅，书装到后来竟还剩下三五十部，约半小架。装书很累人，来装书的人便说，算了吧，剩下的不要了。

因此，有一年我回家，见四壁空空，只剩了半架书，家里人便告诉了我以上经过。

关于那些藏砚的命运，李国涛做了这样的记载：

20世纪70年代末或80年代初，我又一次回到老家。我的妹妹住在以前堆过旧书的旧居里。那旧居只剩一个破院，三间破屋，她当时的境况已是彻底的城市贫民。

我去看她。看她一贫如洗的光景，我有些心酸。闲谈一番之后，她拿出一块砚石来，说："二哥你看看，这旧砚台你有用吗？"我看看，旧砚台上有许多泥垢，上面还有铭文，也被泥糊住看不清了。我把砚台放一边，准备带回去洗一洗再看。我问妹妹："咱们家……哪里还有砚台呢？"她笑着指指床下，说："垫床腿的。""垫床腿？"我大吃一惊。你好阔气呀，用这种东西垫床腿！

徐州市内低洼，十分潮湿。床腿桌腿，永远有半尺都是湿漉漉的。徐州居民的桌腿、床腿的下半截就常常腐朽不堪。为了延长这些木器的寿命，便在床腿、桌腿以至椅子腿、柜子腿下垫砖头、瓦片或石片。那块石砚不知在什么时候，在怎样一种情况下，担当了垫床腿的任务，它在床下经过了多少个春夏秋冬，都无从知道了。现在它又突然出现，据说是在夏天翻晒床铺，重新垫砖时偶尔发现了它。一块石砚，它如果自己有知的话，该生出几多感慨来呢？

……看那砚质倒像是块端砚，铭文上也有"端州石室"之类的话，想来应是。至于新坑老坑、上岩下岩之类的讲究我就完全不懂了。

……这时便从木架上取下那一方砚台，用清水洗去积尘。洗去之后，放到案头，这时我才发现那砚台是断的。砚台从中间裂一小纹，小纹极细，不仔细看不出，但确实是断了。当然还没有从上裂到下。我想，这怕不能用了。裂纹里并没有墨痕，它一直在床腿下，久已不闻墨香矣。我要一用，墨汁渗入，那裂纹一定明显起来。或者我会把裂纹弄得更宽，以至断裂。朱筍河先生作铭的砚，毁在我手里，我有点不忍。

砚为什么会断？床腿压的。

……我现在再看那砚心，并没有被墨研得凹下，不像《红楼梦》里引用的诗句"古砚微凹聚墨多"，可见这砚一直没怎么使用。正因如此，我怀疑它是假古董。它难道一制成就专门垫床腿吗？不会。再看砚上擦痕条条，极明显，很深，很粗，可以想象它在床下与其他石块相摩擦相碰撞的情况，那样子可以说惨不忍睹。就算是假古董吧，也毕竟是砚，怎该如此呢？

中国的传统文化，素来有状物寄情触景生情之说。当我们了解了李国涛先生的经历和命运之后，我们能感受到，李国涛先生在对古籍贬值和砚石命运的平静描摹中，内心却翻腾着一代知识分子对命运的慨叹！

李国涛先生前半生的职业是教师；后半生的职业是编辑。大概可以说，李国涛倾其满腹笔墨毕生精力，都担当着"垫床腿"，为别人做嫁衣裳的角色。

3. 吃对虾品出的滋味

人的一生有许多回忆，那都是刻骨铭心的生命碎片。李国涛晚年的记忆衰退得很明显，我在与他的交谈中，提起许多别人对他记忆犹新念念不忘的

"大事"，他都淡然一笑说："我不记得了。"然而，他"吃对虾"这样一件小事，却是不厌其烦地多次与人忆及。

李国涛说："20世纪50年代初，我在山东泰山脚下教书。那时，早餐顿顿有对虾。难道一个穷山脚下一个穷学校这般阔气？当然不是，时代不同了，事情当然不一样。那时人口少，捕捞也不多，虾的个头大还便宜，谁也不当回事。那时各种食品之间的比价和现在也有极大的不同，咸菜一碟2分钱，酱油鸡蛋一个5分钱，酱油煮的对虾是1角钱一只，也就是说一只对虾顶两个鸡蛋。对虾的价钱低于猪肉。在学校吃早餐的人，有三分之一只吃咸菜，三分之一的人加一个鸡蛋或两个鸡蛋，三分之一的人吃一个对虾。我家境比较富裕，每月伙食费十二三元，算是讲究的了，十次早餐我总有五次吃对虾。1957年我由山东调到太原教书。我来太原以后才开始'反右'。我山东学校原来的头，一心想把我弄成右派，转来许多大字报，其中有那么两条就是关于我吃对虾的事。一条说，他总爱吃对虾，资产阶级思想；一条说，他吃对虾时把头扔下不吃，资产阶级思想，右派作风。当时我看到这样的大字报，真是有苦难言有冤难诉有怒难发。现在看来，简直就是笑话。可在当时，却一一都是罪状，给人的思想压力很大。为这事我受了好多次批判，直到把问题提到阶级立场的高度。我自知我爱吃对虾，从来都是把对虾的头尾吮吸得干干净净才扔掉，我怎么会发疯把虾头扔掉呢？虾头好吃，我爱吃；就算我不爱吃，又犯什么罪？那时候我还记得这份大字报作者的名字，后来忘记了，好像也不是什么很要好的朋友。后来到了新时期，我见到一位同我要好的同志讲，当时领导要求他写大字报，直到拍桌子叫他站稳立场，揭发问题。所以他也写了。他说：'我不写我怎么过关呀？'我想也对，要换个位置我也会写。实际上我在太原不是也给别人写过类似的东西。这时我才觉醒到，其实那个为吃对虾的事给我写大字报的人真是个好心人。当他不得不写点什么的时候，他就写这种事情。虽然这事不真，却伤不了人。即便伤了人，总也不是政治硬伤，伤得不重。何况他也许真看到我在早餐桌上扔过对虾头，这也说不定。这么一想，我觉得我对1957年那位写大字报的人还是应该心存感激。他没有在政治问题上作伪证写假材料，他也算得是个好人了，那时候，好人难做呀！"

任何深入心灵深处的"历史事件"，都会"随风潜入夜，润物细无声"地幻化为潜意识，影响一个人的思维模式思维逻辑。由此确立一个人的生存意识和处世方式。

据张石山回忆：当那场严酷的政治风波尘埃落定，李国涛最终得一个"免于处分"的政治结论时，竟然情不自禁地发出了笑声。

这是一种如释重负的笑？恐怕也是一种自我解嘲的笑。笑命运之荒诞不经，笑人生之怪异无常！也许这笑中，还有一丝庆幸，还有一丝"阿Q"式的苦涩与辛酸。一个出身豪门富家，与生俱来就被列入另册，又戴着一顶"臭老九"的帽子，无疑是历次运动的"老运动员"。作为这样一个角色，却能在一生绵延不断经历的险恶政治风浪中有惊无险逢凶化吉全身而退安全着陆，这还不让人"偷笑"？笑得神秘叵测！

法国哲学家柏格森，写过一篇《笑的研究》的文章。他以哲学家的深邃，对笑有着独到的洞察和丰富的想象力。他从人的这一再不能寻常的表情里、从那面部肌肉一瞬间的抽动中，捕捉到人内心深处的无限隐秘，揭示出这一审美感觉的某种滑稽性。柏格森说："笑是人的一种矫正反应，是理性对把人与机械混同的反抗，是对人性的再次肯定。"

4. 世味如茶，杯中已空

李国涛说："人的年岁大了，逢年过节回首往事，往往有人生如梦大梦一场的感叹。"

苏轼在《后赤壁赋》里，描绘了一个仙鹤道士幻化的梦；"庄生晓梦迷蝴蝶",庄子也写过一个"蝴蝶梦"。是梦中庄子变成蝴蝶,还是世间的庄子原本就是蝴蝶所变?是道士变作仙鹤升华而去,还是仙鹤变道士来人世点化?

李国涛说:"'大梦谁先觉'是《三国演义》里刘备三顾茅庐时听诸葛亮念的诗句。说不出来怎么才算真正的'觉','觉'大约是指看透悟彻的意思。我不知道我到底算不算'觉',也不知道别人谁'觉'了谁没有'觉'。后一句是'平生我自知'。我已经活了一个多甲子,大概是可以说真正知道自己的平生了。"

李国涛在《老年赋》中写下这样的文字:

> 杯中已空。
>
> 你对着夕阳或深宵的残烛,仍然可看出醇酒的当年色泽,深红浅紫也罢,浓绿淡黄也好,一一清晰。甚至当年溢出而留在杯外的痕迹,也宛然。当年怎么让它流了出来?真正可惜。不过你现在已不再心疼,反正也是饮完的杯子,你不过是再欣赏一下这个杯子和它上面的残迹。这杯子透明,任你端详。这时,连夕阳的光,或那烛影,也渐渐暗淡下来。你觉得这杯子也可随时扔出手去。不过你没扔,却仍然细细地看着它,甚至闻一闻杯里的余香。

李国涛在《世味如茶》中,还有这样的文字:

> 鲁迅写过三首悼诗,其中有句云"世味秋荼苦"。……鲁迅那时才30岁刚过,已感到世味之苦。他不嫌世味太薄,薄还是淡,淡薄而已。世味是苦的,还嫌薄吗?
>
> "世味秋荼苦","荼苦"二字来自《诗经》。《诗经·邶风》有云:

"谁谓荼苦？其甘如荠。"荠是野菜中的佳品，春初生，清香可食。荼是苦的，至秋则叶大而密，更苦。

　　然而荼是什么？迄无定论。有一说倒说得好，有文字学上的根据，就是：荼即茶。古无"茶"字，后由"荼"变来，字音字形都变了，意之所指还是那种东西——茶。所以，不管叫什么，都苦，也都香而有微甘。

　　……不论鲁迅嫌苦也好，不论周作人说爱其苦也好，都是由于世味是以苦为底味的。

　　李国涛在《说老年情怀》中还说了这样一句："老人的滋味像泡过三汤的茶，还有一点色，却没有什么味。有味，也是小苦，小苦之外并无甜意，却带一点涩。"

　　李国涛先生无疑对人生持一种乐观的态度。这是一种超脱飘洒的境界。然而，我从李国涛的文章中，还是读出打翻了五味瓶，"别有一般滋味在心头"。

　　当今，与共和国同生共死的文人学者的晚境，大概都会有一种苦涩感。

　　李国涛作为一位资深编辑，当我在写山西作家人物系列，与李锐、成一、张石山、钟道新等谈到他们的成长历程时，不时都会闪现李国涛的身影。作为一个有见地的文艺理论家文学评论家，李国涛在鲁迅研究、小说文体方面都有专著；还写过不少慧眼识珠推出新人颇有影响独具创见鞭辟入里入木三分的评论文章。然而，每当我夸赞李国涛旧日的文章时，他总会感叹一句："好不到哪去，你不能离开当年的时代背景。"

　　知人者明，自知者智。

　　把生命的华彩乐段锦绣年华，许多都耗费在写"遵命文学"，应时应景文章上，大概成为这一代文人学者永久的心病心疼。怀一腔"千古文章未尽才"的遗憾与惆怅。

5. 成一身后的身影

今日的成一，著作等身，是新时期以来颇有影响的作家。一部泱泱80万字剖析晋商兴衰的《白银谷》，更成为其经典之作、传世之作。

然而，成一的成名作（抑或处女作）《顶凌下种》，当年得以发表，却有着一段戏剧性的命运。

那还早在1977年，我借调在《汾水》编辑部（《山西文学》前身）看稿。我们几个小说编辑是按地区分片看稿。我分的是省外来稿。

有一天，李国涛把一份稿件交给我说："你把这篇稿子看一看。"

我一看是省内忻州地区来稿。我不明白李国涛意图何在？

李国涛说："你看过后把你的意见告我。"

这篇稿子就是成一后来获1978年全国首届短篇小说奖的《顶凌下种》。成一的《顶凌下种》是自然来稿。那时候稿件分两种情况：一种为重点组稿，约请名家名篇为刊物增色；另一种是从众多自然来稿中沙里淘金，发现苗头，培养新作者。

《顶凌下种》是成一的处女作。当年，成一还在原平县委办公室工作，是一名业余作者。《顶凌下种》当然称不上是成一最好的小说，现在回过头来看，借用"顶凌"而播种，来寓意反抗极"左"思潮的主题，也带着"四人帮"时期文学创作的痕迹。但在当年浩如烟海的自然来稿中，《顶凌下种》透出一股与当年的写作手法截然不同的独特风格。特别是语言，雅致、优美，富于文学化，还带点学者气。其中有些细节的安排，比如男主人公因名字相同，竟把自己的亲生父亲绑到乡里等一系列细节，几十年后仍深深留在印象中。成一毕竟出手不凡，显示出与众不同之处。

我把我的想法如实告诉了李国涛。李国涛说："你把你的想法写个稿签吧。"

这种反常，使我有些云里雾里不知就里。

李国涛让我看了一份原始稿签。原来成一的《顶凌下种》由忻州地区的责编报到小说组长处，意见发生了分歧。小说组长认为此稿不可用，已经批示了做退稿处理。责编不甘心，才又把这一情况告诉了时任编辑部主任的李国涛。

李国涛对我说："你与我的看法基本一致。我们也不能说哪个人有眼光没眼光，文学上的鉴赏，从来是见仁见智，有不同看法也是非常自然的事情。多让一个同志看，多一份把握。"

李国涛说："你看成一给编辑部的稿子，从来都是抄写得工工整整。一般人的稿子上，写错了字或者在誊清过程要修改什么字，都是划掉后直接写上去。而成一是精心地剪一小块纸贴上，再写上修改的字。从这个小细节中，就可看出成一创作态度的认真和严谨。这是一个值得关注的作者。"

当年，刊物在每年都会组织一期小说专号，以集中发排若干重头作品，李国涛力主《顶凌下种》发了1978年小说专号的头条。

对人命运的慨叹，人们常爱用"假如"一词。我常常会想，虽然不能说因为有了伯乐才有千里马，但假如当年没李国涛这一伯乐，成一的创作之路又将会是怎样一个面目？《顶凌下种》的发表和得全国首届小说奖，无疑对增强一个作者的创作自信心，有着非同一般的作用。李国涛并没有邀功讨好地把这一细节告诉成一。我不知成一知道后，会做何感想？

若干年后，李国涛对我说："实践证明我们坚持采用这篇稿件是对的。如果这样的一篇好稿在我们手里遗漏了，发到了外省去，那是我们一个做编辑的终身遗憾。"

6. 钟道新说：李国涛那双眼睛很"毒"

钟道新以其智慧写作闻名文坛。他的小说《股票市场的迷走神经》《非常档案》等长篇小说，成为富有文学含量的畅销书作品；他编剧的《黑冰》，在影视界掀起一股"钟台词"风，成为影视文坛"两栖明星"。

钟道新曾对山西的另一个作家毛守仁说："李国涛那双眼睛很'毒'。"

钟道新与我谈起过他走上文坛的经历。钟道新说："我的第一篇小说《继承》，是投给《山西文学》，燕治国看完给我写封信。他说，你的小说可以改，有闪光点……，改了一次，燕治国说还得改，我都改得没兴趣了，是李国涛说，就这样可以发了。我写的第一篇小说就这样于1981年发了。……1983年，我一次给他们两篇，《交接》《青山遮不住》，李国涛说都好。小说两篇一次都发了。这对一个青年作者是破例的。后来我写了《风烛残年》，在宁武开会时我和李国涛讲了，他挺激动，说你写得真不错，是你的真情流露。《风烛残年》是我小说里写得最好的一篇，写我母亲的，李国涛给我写了一个特别长的编者按。"

由此可见，李国涛的所言所语在钟道新心目中的影响和分量。大概正是出于这一潜台词，钟道新才说出李国涛的眼睛很"毒"。

李国涛向我说起过他当年处理钟道新《交接》和《青山遮不住》两篇稿件的情形。

李国涛说："钟道新一次写来两篇小说，下面报上来，说选用其中一篇吧。我看过后，很明确地在稿签上批了一句：两篇都可用。后来就在同一期上发了。在这之前，只有马烽的《无准备的行动》和《有准备的发言》两篇小说是同一期发出来的。这是对新作者的一种鼓励，也是一种肯定。从钟道新一开始投寄来的小说，我就觉得这是一个风格独特、很有潜力的作者。编辑部发现一个新作者，是件非常令人兴奋的事情。"

钟道新早年的文友，也可说是钟道新在工厂时的顶头上司冀文明讲过这样一个细节：钟道新最初写的小说叫《打赤脚者》，先后寄到北京、上海等全国性的大刊物，结果都被退了回来。这对钟道新是极大的挫伤极大的打击。钟道新几乎准备罢笔改行。是《山西文学》重新给了他在文学道路上走下去的勇气。

我对钟道新说了一句："是黄金总会闪光。"

钟道新马上反驳说："你这说法不对。不是金子就闪光，它金子是一大堆沙子中淘出来的，淘尽狂沙始见金。这里边有运气。你碰得人恰好对……你打击两下，像我这种人，肯定干别的去了。属于灵活的人，不会死谋一条道，一条道走到黑。"

笔者在钟道新的文章中还看到这样的话："他并不是很看重才能，人谁没有一点才能呢？就是走卒贩夫之流也有。关键是有没有舞台，英雄无用武之地，照样窝了你的经天纬地之才。所以他常说，是因为伯乐，千里马才成其为千里马。"

钟道新又说："物弃物用，其实全在人的一念之间。只能说你碰得人对。你碰上了'四人帮'，就是一冤假错案；你碰上胡耀邦，就给你平反昭雪了。韩非子讲过一个和氏璧的故事。同一块玉，怎么一会儿是一钱不值的石头，一会儿成价值连城的宝贝？那深山老林里埋藏的金子多了去了。"

钟道新还说："古人有诗云，'生平不识藏人善，逢人到处说项斯'。识宝不识宝，这里面不仅是个鉴赏水平的问题，更有一层复杂的人性因素在里面。"说着钟道新含蓄地笑了。

钟道新的这番感叹，可说是从一个侧面说出了一个作家对李国涛的评价。

7. 汪曾祺请李国涛写序

作为文学后进或晚辈，心念李国涛提携举荐之恩，请李国涛为其新书写序作评，倒也不足为怪。然而，可称之为一代小说宗师的汪曾祺请李国涛为自己的小说集《矮纸集》作序，却是令人颇费猜度。

汪曾祺在《文友》杂志1994年第8期上发表一篇题为《〈职业〉自赏》的文章，其中说了这样一段话：

有不少人问我："你自己最满意的小说是哪几篇？"这倒很难回答。我只能老实说：大部分都很满意。"哪一篇最满意？"一般都以为《受戒》《大淖记事》是我的"代表作"，似乎已有定评，但我的回答出乎一些人的意外：《职业》。

山西的评论家兼小说家李国涛，说我最好的小说是《职业》。

高山流水觅知音，汪曾祺寻找到了李国涛这一知音。
汪曾祺在《矮纸集》的题记中说：

陆放翁诗云："矮纸斜行闲作草，晴窗细乳戏分茶。"我很喜欢这两句诗，因名此集为《矮纸集》。"闲作草""细分茶"，是一种闲适的生活。有一位作家把我的作品归于"闲适类"，我不能辞其咎。但我并不总是很闲适，有时候甚至是愤慨的，如《天鹅之死》。

李国涛马上在为汪曾祺《矮纸集》所写的序中有共鸣回应：

集名甚妙，反映出汪先生写作时一贯心态。不过，读到陆游诗句，我却以为还有一联似乎更能同集子的编法相应，即"此身合是诗人未？细雨骑驴入剑门。"如名为《此身集》倒也不错。不过陆放翁吟此诗时的得意，汪先生也许不愿取吧。

这是一篇一万多字的长文。李国涛说：小说就是回忆。是经过"一个较长时间的沉积过程"的心灵酝酿。"指陈年老酒的意思"。文中，李国涛先生除了对汪曾祺的人生经历进行了感悟感受外，还对汪曾祺小说文体的描述兼而论及。然而最终，由于出版方面的原因，这套《跨世纪文丛》用了谢冕的总序。汪曾祺又把李国涛的文章以"跋"的形式收于集后。伯牙摔琴谢知音。

此例是否又从另一方面印证了钟道新那句话：李国涛的眼睛真"毒"！

8. 马烽与李国涛的情义

马烽在临终前不久，曾给诗人马作楫一信。信中有这样的字句："……说起来，人的一生相交无数，可真正能倾心交谈的又有几人？有些话我也只有同你和李国涛说说。"

李国涛多次提起和引用桓温之言："卿喜传人语，不得复语卿。"李国涛的嘴一向很严，从不传播"小道消息"和背后议论人。

由此可见，马烽是将李国涛引为知己的。

李国涛的评论向来知人擅论，好处说好，坏处说坏，不藏锋芒。他对马烽小说的评论已经尽见文字，我不再赘述。我说说李国涛对马烽画的评价。

李国涛说："马烽是当代重要的小说家。他的小说我都读过。我研究过马烽的小说。这些年他写得少了，倒喜欢起挥毫笔墨，作起字画来了。他的字我不敢恭维，以为太拘谨，或者说是呆板，钢笔字毛笔字都如此。马烽说，他初到延安，在没开始小说创作以前，他学的是美术专业，天天在街上写标语，做宣传鼓动。我想，也许是写标语把字写成'美术字'的样子了吧。但他的画却有点意思。我是在1997年前后才注意到这一点。马烽写小说讲究写实，画画也讲究写实，在写实中富有寓意。有一年，马烽画了一幅新画，画面是两盆大大的仙人球。仙人球上生出几株长箭，上面开着白色大花。题字最妙，写了'刺儿头上起白云'。经历了'文化大革命'的马烽，痛恨死了那种'头上长角，身上有刺'的造反派人物，画此画大概有所寄寓吧。马烽还画过一幅郑板桥式的《竹》，上面题字：'节节高宁折不弯腰'。这大概不妨看成是马烽的人生座右铭。马烽家的房前有一个小院，院里种了不少豆角、黄瓜、西红柿之类，还种了丝瓜。马烽似乎对丝瓜情有独钟，画过好几幅丝瓜。马烽说，丝瓜好啊，瓜嫩的时候，可以炒菜上席，等到长老了，又能给人搓背擦身。丝瓜从小到老对人都有用。马烽还在他的画上题字：'嫩瓜能佐餐，老䉤可洁身。'在马烽的晚年，我常去他家看望。都住在一个院里，早晚见面，想同他闲坐闲聊，山西人叫作'谝高兴'。那几年，马烽画了不少画，不时有新作替代旧作。马烽每有新作，我总要品头论足一番。我记得我评论马烽小说的时候，没有评他的画那么兴高采烈，原因很简单，因为我对画是外行，他作画是业余。而且是口头评论，没有文责，只有高兴。马烽谝起来兴头不比我小，他说话又幽默风趣，令对谈者笑口常开。他不是相声演员，不能甩出'包袱'而自己不笑，他也同我一样哈哈大笑。他说话多了，尤其一大笑，还有点气喘。但他高兴，真是'谝高兴'越谝越高兴。"

李国涛还专门为此写过一篇文章：《画里画外马烽》。这大概正是两位老人"心有灵犀一点通"的共鸣之处。

9. 从评论家到小说家

汪曾祺在提到李国涛时，冠名"评论家兼小说家"。李国涛的小说，得到了小说名家的认可。

李国涛这样说到"自己是怎么写起小说来的"：

> 我写作的阶段性很强。正如人们嘲笑没有恒心的笨伯，说他们像黑熊掰棒子，掰一个丢一个，永无积累。
>
> 1989年以后，我停止了研究和评论的写作。可是，不提起笔写点什么，心里觉得空荡荡的。写什么呢？我想到写小说。
>
> 平心静气一想，其实自己不是一个写小说的材料，阴差阳错，因为

当了多年的编辑，接触了许多作家，看过许多原稿之后，也便附庸风雅，胡乱涂抹起了小说。打个比方说，就像一个药罐，里面煎熬过各种草药，从天冬、地黄、甘草、贝母，到人参、牛黄、犀角、灵芝，免不了沾上诸种药味。现在药罐经年不使，药味散去，又加清水煮上三过，还有什么呢？空空一个砂罐而已，用以煮粥烧肉都无不可。这才是药罐的真面目吧？

这倒颇有《文心雕龙》所言："观千剑而后识器，操千曲而后晓声"的意味。

李国涛不愿借用自己原本评论家的名声，起笔名"高岸"，以自然投稿的方式，把写成的小说投向各种文学刊物。谁曾想，竟然一举中的并且百发百中。从1989年到1993年四年中，竟写下长、中、短篇小说80多万字。这真让有些一世为文的小说家汗颜。

山西文坛乃至中国文坛都发出惊呼，需要研究"李国涛现象"！

当我与李国涛谈起他的小说时，李国涛嘿嘿一笑："那就是一种'玩'的心态。一种消遣。写来试试。"

10. 无情的文学史名单尚可添几人

从2005年起，我开始撰写山西作家人物系列。在与山西诸多成名作家的言谈话语中，大家总会不约而同地说，你应该写写李国涛。

我采访李国涛先生，说要写写他。李国涛先生一笑：我有什么好写？！

李国涛在悼念一位文友时写下："一个人，至于在文学史上，能否被提到一句两句，三行两行，那就由不得自己，也不必去念叨。杜甫说：'千秋万岁名，寂寞身后事。'后事，谁人料到？"

李国涛还写过《无情的文学史》《名单尚可添几人》两文。其中有这样的文字：

　　近十几年来，首先是有人提出了重写文学史，继而提出重写学术史。本来，鲁郭茅，巴老曹，排定几十年，读者不易接受新的"史实"。另方面，每一位有成就的或自认为有成就的作家，也都不能不关心自己可否在现代文学史上占个位置，是一章一节，还是三行五行，或只把名字一提。这种关心是值得尊重的。但要实现，也大非易事。这可不像开个作品讨论会再发一篇报道那么方便。游国恩编《中国文学史》提到八十位左右；中国社科院编的，提到七十多家；《辞海·文学分册》提到一百零三家。大体说来，都是一百人上下。所谓"清代"，从顺治元年（1644）到鸦片战争前一年（1839），共一百九十五年，取整数说，就是二百年。二百年，一百位作家，诗人词人小说家散文家都有了。争一个小位位也难呢。哪一位屁股大的一蹭，不就把你从座位上蹭下来了？文学史再无情不过，勃然大怒或赔笑脸，它都不睬。您熟悉的评论家和史家，到时候也都不再有权威为您说话。

　　但凡为人一世，在这个世界上走了一遭，人生苦短，大概都会存有"赢得生前死后名"的心理潜意识吧？

11. 为李国涛"正名"

在《山西文学》1982年第2期上，李国涛写下这样的编稿手记：

　　编了徐学波的这篇《大名》，我很兴奋，止不住要写下几句。常看本刊的读者也许记得，去年11期上有一篇《勇气》，就是这位作者写的。当时，编入《新苗与园丁》栏里。现在的这篇，当然仍应算是"新苗"，但是，却是一株眼看着往上蹿的新苗。

　　我很欣赏这位作者向生活深处的努力开掘。难得他在极平凡的生活中看到不平凡的方面，在细微的小节中看到劳动者的崇高和自尊……

　　鲁迅说："选材要严，开掘要深。"向生活的深处开掘，首先要选到值得开掘的材料。这篇小说选材就不随便，很"严"的。不是什么重大事件，然而绝非琐屑扯淡的无聊事。写得也颇得章法，开头几句闲闲道来，从容有趣。以后写到队长和科长的大名和小名，你以为是顺笔举例吗？不是，是很有用的伏笔，在结尾时才显出作用。写袁师傅是重点。先写"聋子"的小名广泛使用，以致使他的大名无人知道，他自己也不知道自己是"袁师傅"。这是很好的铺垫。于是，结尾的一场"正名"之争，就显得很有声势，使读者受到震动，看到一个普通劳动者的崇高的灵魂。

　　字里行间，可以看出李国涛在发现一个新作者苗子时的兴奋。李国涛不止一次地说过："作为一个编辑，当发现一个有潜质的新作者时，往往比阿里巴巴发现了四十大盗的宝藏还要激动和兴奋。"

　　徐学波最终没有成为一个小说家，后来，徐学波弃文从商，没有在文学的道路上走下来。也许他辜负了李国涛先生当年发现他时的兴奋和期盼。二十多年后，有一天，徐学波提出要请李国涛先生吃"谢师饭"，说要偿还二十多年来一直藏于内心深处的心愿。徐学波说："我从李国涛先生身上学到的不仅仅是如何为文，更主要的是学到怎样做人。"

　　也许连李国涛先生自己也没想到：二十多年前他评论别人小说《正名》的一篇文章，二十年后空谷回音，最终成为状写自己。我们应该为李国涛先生在山西文坛的默默耕耘而"正名"。

中 短 篇 报 告 文 学 奖

煤矿农民工

皇甫琪

颁奖词：《煤矿农民工》的作者皇甫琪，长期工作在煤矿企业，非常熟悉矿山生活。他以饱含感情的笔触写出的这部作品，真实地表达了煤矿农民工的生存状态以及他们的心理诉求。整部作品细节生动鲜活，极具现场感和真实性；语言质朴老到，所刻画的几个人物各具个性，是一部现实主义的报告文学力作。

从20世纪的70年代到现在，我一直生活和工作在煤矿。作为曾经的煤矿工人，我应该把这个特殊的群体真实的生存状态告诉人们。

田二平

田二平当了八年的农民合同工。我看到他时，他已住了近半年的医院，正在中医科接受治疗。

去年10月，田二平上班时被皮带挂倒，当时觉得没受伤，在等车时突然不省人事，醒来时已躺在了矿务局医院的病床上。做手术的几万元费用都是在农村种地的姐姐们垫付的。

手术后大姐找到矿上，要转工伤，矿上说田二平患的是高血压、脑出血，自己犯的病，只能走医保。

田二平成了半身不遂。他的合同今年3月到期，医保待遇在4月也要终止。38岁的他还是光棍一条，原本盼望合同到期能够转正，改善境遇，没想到老天爷不照顾。

时至今日，他还待在医院里，问题仍未解决。

田二平的二姐

田二平的大姐叫田反珍，二姐叫田拖珍。二姐告诉我，他们把材料递上去后，书记说矿上要私了。大姐要一百万，他们光是说二平合同期满可以结算三四万，从此再没露过面。劳资科打电话来，说把田二平转到再就业了，你们知不知道？他们当然不知道。

三次挨打的大姐

得知弟弟出事，田反珍拽上老公和姑娘，拦车直奔医院。二平得马上做手术，医院让交钱。她没带钱，另外，她认为单位应该负责。她出去找领导，但没人承认。田反珍哭着求大夫先做手术，边说边磕头，感动了医院的领导。

单位没留一个人一分钱。手术后她去矿上找了两次，没有结果。队里七八天后才给她弟弟办理了医保手续。那次手术，花了28950元，实际报销17953.83元。

春节前她找过三次矿长。第一次，她跟着领导进了食堂，被一个高瘦保安一把抓住，连拖带打。她摔倒在地，又哭又喊。之后，她找采区区长要钱。区长借给她两千，收下了她打的借条。

有一回找矿长时，她趁保安不注意，溜进了办公室，矿长发了火。劳资科的人把她叫去问情况，他们竟不知道弟弟出了事。

田反珍说，矿上给过他们4000块钱，春节时又救济了2500元，总共6500块。

矿上要解除合同，又咬住不能报工伤，要私了。她说，连看病带照顾，少说一百万。矿上给结算三四万，她不答应，也没在离岗体检通知单上签字。

第二次找矿长时，在楼门口就让保安拦住了。她抱着孩子冲到楼上，却被一个保安摁倒在地，从楼梯拖了下来。情急之下，她打了110。

过了春节，她到矿调度找矿长。她寸步不离地等了一天，后来被七八个中年保安按倒在地，举到空中，从三楼举到一楼，丢在地下。这阵势，把她吓得尿了一裤子。那天有上级领导来矿上，如果有人告"御状"，就会破坏单位形象。田反珍首先应该怪自己等待矿长等的不是时候。

再陷困境

田反珍找到了省农民工法援站，要用法律讨个说法。她已从市人社部领到了工伤认定表，但又出了问题。表中有一栏要求提交两人以上工友的证明材料、身份证复印件、联系电话。田二平出事时，旁边有两个工友。田反珍找到他们，一位写了证明，但不愿提供身份证复印件，另一位则不愿作证。他们还在矿上，怕受牵连。

迄今为止，西山煤电农民合同工工亡和1—4级伤残人数加在一起，超过了300人。

左家军

左联刚1989年来矿上当农民轮换工。

左家的三个孩子个个出众，没有一个在煤矿谋生，让许多人羡慕不已。

在农民工中，左联刚的技术比较全面，因此出去打工很吃香。他自信地说，技术就是财富。离矿时，矿上结算了8万，他说情愿不要这8万，而是能转正。

左联明是他的哥哥，1988年当了轮换工。他来矿不久便领来了妻子儿女，在洗煤厂附近买了间小平房。女儿嫁了洗煤厂的工人，儿子左先进到矿上当上了农合工。合同到期后，他去外地煤矿干了几年，现在在社区当起了保安。

左先进2002年来到矿上，他赶上了转正。为了让儿子顺利转正，父母想尽了办法。

这里的小平房都建在铁路北面的山坡上，住着清一色的农民工，他们都在第一线。

那天晚上，我住在左先进家。

许多人家没有厕所。原来的公厕被铁路上给拆了，人们解大手成了问题。

来煤矿打工的不外乎两类人，靠种地无法养家的，没文化只能靠卖苦力的。虽然下坑危险，但只要肯吃苦，就能有一份相对稳定的收入。因此招工指标的价格一路飙升。

有人给我讲过一个故事。一矿去某地招收农民工，来了个老太太，指着跟她来的人告诉负责人把谁招上。老太太说完了，名额占去一大半。有人悄悄问招工的，老太太是谁？那人悄悄回答：矿长的娘。

炮楼人家

3月6日，我去白家庄矿，看到了阎锡山时期的炮楼。

住在炮楼里的是2003年来矿的轮换工，名叫赵福。

在门口，我看见了这家的女主人，叫尚丽君。

赵福选择煤矿，也是为了解决生计问题。按规定，今年他们这批轮换工应该转正。

房子是来矿第二年买的，有20平方米。炮楼里原来住过人，现在成了他们的储藏室。

那天赵福上早班，5点半就走，晚上12点后才能回来。第二天下午上晚班。

说到丈夫，尚丽君一脸的自豪。赵福能吃苦，心也细，领导对他放心。她说，白家庄现在搞得很好，她最大的愿望就是丈夫顺利转正，儿子尽快成家。

沁县之行

6月18日，我来到沁县吴太宏家中。

吴太宏说，他们同矿上的焦点是养老金问题。要解决争端，先要确认身份：他们究竟是轮换工还是合同工。前者离矿时执行回乡补助，后者是养老金保险。

他同矿上签订的合同，标题是"西山矿务局农民合同制工人劳动合同书"，还有两份合同续订书。

他多次上访无果。

农民轮换工与农民合同制工人的界限是1992年6月30日。从续订的合同日期看，吴太宏最晚在1993年1月1日转为合同工。

西山数千名农民工频频上访，大部分人要求终止合同后享受养老金保险的待遇。

我看到了他给领导的信。信里引用了劳动合同，提出了诉求的法律依据，要求重新确认原始合同。

吴太宏穿的衣服是别人给的，袖子短了足有两寸。

农民工代表——武建宏

采访武建宏，是在一个陌生的地方。

2007年合同到期后，他就开始了上访，到现在一共参加过八次听证会。

第一次听证会在2007年12月初，信访局局长说一周后答复。第二次会上，信访局的人说已经责成西山解决，这需要一个过程。听证会后，他们进京走访。国务院法制办的李副主任是山西人，详细解释了劳动法中的有关条文。

第三、四次听证会，信访局领导老调重弹。

武建宏的材料都不放在家里，已经有过一次万一了。2008年春，有两人去了他家，以他的名义向他爱人要走了所有的材料和文件。那天下午开听证会。对方律师在辩论中败下阵来，×副局长却散了会，要把武建宏撵回老家去。晚上，×局长对他说，光解决你个人的事，不要多管。他没有接这抛来的橄榄枝。后来，西山的领导都同他谈过话，口吻如出一辙。

说到上访，武建宏感慨多多。这事来自内外两方面的阻力，有人怀疑他被收买，对他疏远。现在的情况对他们不利。他们不是在和矿上、局里，而在和法院打官司。堵了迎泽大街，让人们包括领导对农民工有了看法。但他们不会放弃。

在同武建宏交谈的过程中，我能感觉到他的睿智、精明。说到进京上访，他基本上赔不了钱。

采访接近尾声时，武建宏说，一处长讲过：只要省委省政府说话，（解决）这二三百人就不算个啥。

郝旨荣的命运

7月1日晚，我拨通了郝旨荣的手机。次日，冒雨去古交采访。他是马兰矿上访农民工的代表。

郝旨荣说过，下雨天，家里也下，连个钻的地方也没有。他住的是别人的房子，老家盖的房因为还债卖了。进了院子，我看到了雨给这个家庭带来的麻烦。屋里除了床、写字台和桌子，其余的家具都属于房东家。

郝旨荣说，我这人命苦。7岁父母离异，上学遇上"文化大革命"，当兵赶上大裁军，下坑碰上改革用工。农民轮换工，其实就是临时打工的。不过从1992年起，我们按照《西山矿务局实行农民合同制用工试点办法》，终于修成正果，成为合同工。然而，企业在结算时仍按轮换工对待，我们领到的是回乡补助。从那时起，我们开始了艰辛的上访之旅。

在上访的同时，还得打工挣钱。合同终结后，我去了马兰矿外包队，外包队解散了，又去了二矿，因未遂事故离开了。后来出了事故，不能再干重活了。之后又辗转去了几家煤矿。2010年去了贵州，在一家煤矿共同承包了一个工作面，却出了工伤，欠下外债，只好把老家盖的房子卖了。盖房子的贷款也一直还不上。再加上身体不好住了几次院，花了不少钱。在贵州，又陷入了传销陷阱，连回家的路费都是借的。今年，我先后去了四趟北京，为上访借8000元的高利贷。现在负债累累，最为困难。

饭后，我离开了郝旨荣家。

雨，还在哩哩啦啦地下。

再赴沁县

再赴沁县，是去采访两个人，一个叫桂书生，一个叫王土新。

得胜沟的书生

桂书生住在故县镇得胜沟村。他的院落让我掀起了波澜。正房之外，没有配房、围墙、厕所，大门用树枝替代。

同来的工友，桂书生都不认识了。他的女人郭二萍说，他的脑子坏了，记不住了。这个平凡的农村妇女，用男人的胸怀和女人的坚韧撑起了这个风雨飘摇几近倾倒的家。他们有一双儿女，都在外打工。说到供不起儿女上学时，桂书生插了话，似乎又恢复了思维。

因工伤导致患上癫痫的桂书生已经跟废人差不多。发病时，他什么也不知道。苏醒后，浑身少气无力。桂书生怎么也不相信自己患上了羊角风。在省城一家医院他才知道，头部受到重击后极有可能引发癫痫。他在井下让顶板砸过，还让倒了的单体支柱砸过。可矿上的大夫们没有一个透露过这个。

他知道自己这个样子，连累了妻子和孩子。在矿上时，夫妻俩曾经设计过美好蓝图，可自从工伤以后，家里的情况一年不如一年。

桂书生曾在烧柴火时失去了知觉，躺在灶火门口，手烧得满是燎泡。他还跌倒在生着火的铁炉子上，把耳朵烫了个疤。他牵着牲口去耕地，却直挺挺地躺在了耕过的垄沟里。

桂书生是集"工农兵"于一身的人。他复员后去了煤矿，属于十五年的农合工，前后出过两次工伤。离开镇城底矿，是因为发了病不能再工作后被提前解除合同的。之后，矿上再没支付过一分钱。现在这个家，用郭二萍的话说，正陷在泥滩里。

说到桂书生的离矿结算，郭二萍提到了一个人的帮助。那人叫华建国。我跟他进行了长谈，当记者的他从头至尾参与了这件事。桂书生去矿上领回乡补助金，被告知已经领过。华建国找到劳资科，要求分管工作的副科长查清。在查的过程中，他发现钱确实被领了，而且是以本人名义，但没有日期。在集团公司领导的督责下，劳资科发了补助金。有知情者透露，那位副科长不止一次冒领过农民工的钱。

他还向领导汇报了另一件事。有位姓杜的农民工，向安监站揭发了他们掘进队严重违章。队长断然否决，私下摆平了此事，又威胁小杜说，以后不要让我在矿上看到你！华建国找领导帮忙，领导写了条子，让小杜的矿长给他调换单位。可矿长不愿惹事。从那时起，小杜就回老家种地了。

收废品的王土新

返回县城，我们去了王土新的住处。

王土新1992年来到镇城底矿，连续出了两次事故之后，回了老家养伤。几年后再回矿上，单位不要他了。

王土新住在家属楼前的一间小平房里。他每天回来，捎带捡些柴供做饭用。王土新有两个儿子，他来城里就是为了孩子们的前程。他没有特长，就选择了投资小、没什么风险的行业——收废品。

次早醒来时，5点整。我联系他，准备采访。王土新骑着一辆旧车来了。我们朝他家进发。王土新指着脚下的街道说，这条街是我老婆扫的，一个月给200多块钱。

5:50

路边一家小快餐店门后立着一个蛇皮袋。王土新说，我回家蹬三轮车去，这家有废品要卖。

6:03

王土新来了，骑着一辆半旧的三轮车，换了身衣服。他这样的车我头一回见。车把下面竖着焊了根铁管，插着秤杆。

6:15

结束战斗。

王土新的女人也起来了，在房子里生火。他一边摆弄收来的废品，一边跟我闲聊。他是以收为主，嫌捡垃圾丢人，一般不捡。

6:35

在后边一间平房的门口，女主人搬出了纸箱，里边是孩子们不用了的书和抄本。王土新把书塞进蛇皮袋里，墩一墩，把袋子口挽回来，抽出了秤。

6:40

王土新从路边第一家院内提出一捆纸，付了8元，又找出了几角零钱，硬塞到女主人手里。

6:45

王土新指着那家的男人向我介绍：他可是我们这儿的名人，咱们应该到他家看看。他叫栗四文，是沁县盲人曲艺团的主要成员。他们家的年总收入在万元左右，人均两千。他19岁开始学艺，现在是沁州三弦的传承人。

7:14

王土新一开始看的那家的女主人起床了。在她家院里，王土新一边往蛇皮袋里塞酒瓶，一边拉家常。

他说起了"断圪堆"的事。男主人说，王土新是个厚道人。

王土新把蛇皮袋扛上了肩，大概七八十斤。

8:36

废品收购站在北关紧邻庄稼地的圐圙里。此刻的王土新在等待收获，他四处瞅瞅看看，不时捡起东西摆弄。收购站已经有两个人了。

9:17，王土新的废品全部处理完毕，他一笔一笔核对过了。把钱装进口袋后，他满意地说，今天不错，挣了三四十块。

9:28，我结束了对王土新的采访。临走时，他微笑着说，哥，慢点。王土新一声哥，让我热泪盈眶。

（姜卓 缩写）

吉庄的三户人家

郭万新

颁奖词：作品讲述了朔州市吉庄村颇具代表性的三户人家的生存状况、命运沉浮及精神追求，从一个侧面反映了改革开放三十多年来农村的变迁，表现了在现代化、城镇化进程中，乡村底层民众所面临的冲击和抉择；同时，又对农村未来发展的走向做了展望。

山西省朔州市朔城区神头镇吉庄村，从明代起始，是一座边防的兵营，极具塞上特色。我们走进其中的三户人家，感受一番属于中国的草根式的简单传奇。

一　薛二白："小龙女"再嫁

2012年的元月5日，一支送葬的队伍走向村外的墓地。死者李文富，当年是包产到户后的第一位万元户。人们发现，在他的丧礼上没有长子存如。

而存如的媳妇薛二白，眼泪潸然零落。回首往昔，恍如一梦。她的家庭出身不大完满，18岁许聘了一家亲戚，因为年龄告吹了。接着与邻村的一位后生订婚，但迷信说法不宜婚配，结果再次告吹。

吉庄村公认的头一个万元户，正是李文富。李家的光景在吉庄村一举夺魁。存如大名叫李玉刚，焊术精良，而且吃苦超乎常人。母亲为薛二白相中的恰是存如。

薛二白21岁嫁入"乡村豪门"，存如也还令她满意。第二年，薛二白生了大女儿"李薛青"。第三年，李文富给儿子儿媳分了家。薛二白小两口另外独立盖起三间大瓦房。小两口手头的积蓄不够，还向乡邻借了不少。

家虽分开，加工厂却不分。平时两家日常花销可随时支取，年终再行分红。但是薛二白家的转折苗头从1990年开始了。

李文富的加工厂开始出现颓势，竞争的出现也挤轧着利润空间；数额不小的赊欠，存如爷俩也是讨债无方。

存如1990年出资购买了一辆二手的依法牌卡车。不久存如又花七千多元购买了第二辆二手的依法牌卡车，而且有了合伙人林建国。林建国有执照，存如修理过硬，两人搭配得心应手。

过了一两年全国煤炭市场陷入疲软，林建国也跟存如分道扬镳。存如雇了两位司机，而他自己坐镇联系业务、索要外欠。两车的小故障不断，并且各自翻车一次，存如日子过得焦头烂额。

那年端午节前夕，存如消失了。

薛二白没当回事，当晚存如没有回来。事实是，存如一走，影踪全无。

李文富关门歇业，回家鼓捣田地。丈夫失踪，薛二白也没有报警，债主讨债把车斗卸去相抵。失去了经济来源的她，将家中的摩托车、自行车、缝纫机变卖维持开支。她还得母亲帮着耕作，而老人却早早病逝，仅62岁。

存如离家八年时，李元说有人在内蒙古武川县城看见过他。薛二白和小叔子赶去武川，但没结果。在儿子准备补习的暑期，薛二白又赴武川，但满腔希望再次化作泡影。

薛二白陷入绝望。到2010年，还是没能等到存如回来。她彻底死心，决定再婚。经人介绍后，樊三栓入赘到薛二白家，让她有了依靠。儿子李薛金让薛二白跟樊三栓办理结婚手续，但薛二白拿不出来离婚证。

2011年，李薛金大学毕业后，李文富患了肺癌，只想见存如一面，孙子回来才让他稍感慰藉。丧礼时，薛二白分摊了5000元，小叔子却悉数退还。

2012年，薛二白的外债基本结清。儿子也要正式工作。开春时她在院内栽了一株玫瑰，在大门两侧栽了蜀葵。

二　李清的"围城"

李旭是李清的祖父，他的传奇始于20世纪30年代。此人和吉庄村老财李会锦合伙开办了票号，名曰"同义源"。同义源被有名的国民政府县长纪泽蒲算计，到头来关门倒闭。

李旭一直心怀不甘。土改运动结束之际，李旭全家分到了村东南中等田地四五十亩。李旭把田地看作投资本金，他带领全家将大部分土地种上槟果。李旭全家苦心培植四五年，果树开始挂果，但赶上集体化，果树主人变成全体社员。李旭的心血近乎打了水漂，加入大集体后槟果年年丰收，而李旭家分果子时与所有乡亲一视同仁。

李旭没有过抵触情绪，平静地接受了集体的安排，在"大跃进"的前夜，走完了人生的全程。

那时候，家中窘困。1978年，19岁的李清应征入伍，1984年初复员回家，只能在大队部借宿。

当时还有一辆集体用的东风牌卡车没有到户。1984年大队要商量卖汽车，社员都想争先买下。他到司马泊家借来8000元，交给村里的会计，再到石窑院，立刻让外甥女婿把车开走，然后才到大队告知李朴。

李清用汽车给大队拉煤，但赚钱不多。1989年寒食节时，村里羊倌老二被车压死，李清赔了3.8万元。李清发狠，再次贷款买回一辆汽车。进入新千年，乡村运输业无以为继，李清把汽车卖掉，还有三四万元的结余。

到了2003年的年初，村委会要换届，李清被李仁义说动了心参选，但面临的挑战是老村长李忠友。

李清报名参加海选，得票最多。预选给了他自信，他也感觉蛮有把握。不过，李日增还没有放弃。李清没把他当作威胁，也没有刻意去拉票。李清拿到460多票却没有过半，还要竞选。

次日再选，李清却出局了。

李清感觉他在村里再也抬不起头来，负气离开村子进城打工。到了2008年，林建国招呼李清回去帮着组织施工，李清才回到村里。林建国的父亲叫林满，当了半辈子村干部，最终郁郁离世。在李清鼓动下，林建国决定参加竞选。

2009年初，林建国担任了支书、村长。李清也竞选了村委委员，兼任了副支书。到了2012年开春，林建国连任。李清再次被选上副支书兼副主任。

"再干一届，好歹我不想干了，见好就收，给村民留一个好名声。"李清把心里话交给林建国。他想安安逸逸耕种自家田地。

三　最后一套骡车

李全营2012年为儿子在神头电厂的商业街买了一套街面房。

李全营是一位奇人。他一共弟兄三人，少年时就在生产队劳动，1983年，李全营结婚了。妻子阎存英成为李全营最得力的帮手。

李全营买下生产队的一辆马车，为神头二电厂工地送石头。神头二电厂竣工后李全营的运输业歇菜。李全营决定替别人干农活，按劳取酬，逐一记账，年终结算。他的"生意经"很简短："给乡亲们做活，首先要做好；做不好，以后连路也走不开。"2000年后，李全营每年能挣到三四万元。

竞争在所难免。李全营送粪的数量下降；机械化的异军突起也抢占了李全营一定的份额。但他走出了一条独有的商业化道路。

李全营夫妇节俭成性，但该花钱还是花钱，添置秸秆粉碎机、玉米脱粒机，减轻人工劳动；他家很早申请了电话，近年又配置了手机。

2011年，神头电力城街道改造，临街的门面房计划向社会销售。李全营的女儿李金花买了两套。儿子李鹏闻讯后，说他也有经商的打算，老两口慷慨取出12万元让儿媳妇一次性付清房钱。

2012年李鹏就拿到钥匙，5月份开始装修。李全营则完成着手头的营生。他固然还像小后生一般虎虎有力，但他知道自己终有一天会在街道上淡去。

（樊萌 缩写）

为善的涑水

任育才

颁奖词：作品着眼于水利事业、着笔于闻喜县治水人，描绘了一幅波澜壮阔的干部群众治水图，生动地再现了全县上下对水资源保护工作强烈的自觉和自为，刻画了一系列个性鲜明的治水人形象，敬畏之心，治水之责及艰辛努力，跃然纸上，令人为之动容。

一

涑水在这里流过了多少岁月？改过多少回道？给桐乡带来多少福？给闻喜带来多少害？谁也说不清。

涑，水名，起绛山，客闻喜，经夏县，过运城，绕临猗，至蒲州入黄河。龙非甘泉不饮，莲非甘泉不生，故桐乡成蛟龙之乡，闻喜呈一代莲风；此水暴，常作恶。

顺治九年、康熙元年、乾隆十年皆有它作恶的历史。涑水的事几乎演绎成半部"闻喜县志"。官民不知用了多少方法治理它，皆没有制服。

治水者可安国，兴水者可富邦，人类的历史几乎就是一部治水史。新中国成立以后，屡治涑水，但仍不能治根。1956省委书记主张在中游、吕庄村的南边修建一座水库以调涝蓄洪。到1960年春，吕庄水库大坝合龙，终于变桑为沧。从此，那一河圣水开始行善。

但南北2600条壑沟，每到雨季，千沟滚水。忽一日，老天哗地提起天河往下倒，一丈多高的黄水举起万万个挑战的旗帜呐喊着，铁路、庄稼、房屋、水井、电杆、电缆、牲畜无一幸免，这就是1977年"7·29水事"。

改革开放以后，吕庄水库变沧为桑了——水库变成了庄稼地；四大湿地、神泉、大渠小河消形匿迹……吃水也困难。闻喜县委做出决定——南水北调。

然闻喜人民扛不起这"人定胜天"的巨大的压力，半途而废了。而开垦荒地使土质沙化，沙场成了新的经济增长点。

《佛经》云：水乃母之乳、地之脉，乳脉尽，大地死。又云：前者为因，后者为果，天理如斯。

二

2007年7月19日，宽厚、多思寡言、一身书卷气、性情若水的屈宝臣接任闻喜县水务局局长。

早在郭家庄时，屈宝臣就凭着一杯柿子酿的"花儿酒"，为郭家庄镇赢得台商投资。

进入新千年以来，在屈宝臣治下，革命老区陈家庄重新散发魅力，被中央命名为"爱国主义教育基地"……陈家庄人称那文文的、若水一般的屈宝臣是"文拳无敌"。

李尧林知道，闻喜之长在企业，短在于水。望着山北如饥似渴，山南哗哗白流，这是拿着白花花的银子往下倒呵……年轻的李尧林能算透水的价值。而水务局任红霞的论文——《闻喜水资源现状及供水对策探讨》告诉他，石门引水能为闻喜解渴。

三

裴良杰、李尧林感到压力的沉重，他们需要一个帮手。县里遂将屈宝臣调到水务局局长的交椅上。

2007年10月18日，闻喜召开盛大的中条山"石门引水工程启动会"。县长李尧林要把石门引水工程全权授权于屈宝臣。李尧林告诉屈宝臣，把这件事干好了，你们水务局就能登上"封神榜"，你若把水引过来，我李尧林尊您为"屈公"！

屈宝臣双眼一热，接过了"尚方宝剑"，成了只有进的路，没有退路的"过河卒"。

四

屈宝臣刚坐上交椅的第11天，发水了！

原来，涑水上游下了一场暴雨，种满庄稼的杨家园水库，没经过这种考验，北副坝承受不了巨大的压力，出现裂缝。没有急过的屈宝臣这回急了，命防办保管员装上4万条编织袋，全体奔上大坝……大坝势如山崩，背编织带的村民像一条曲折的龙，但坝外的那朵喷涌的莲花却越喷越高。幸而武警官兵来了，下水寻找到了地裂……那朵开放强劲的大莲花才渐渐地减弱，终于不流。

这就是《闻喜水务》上记载的2007年"7·30水事"。

五

十一年前的今天，同样在杨家园发了洪水，是周期轮回还是巧合？若再过十一年，难道再演一场这号戏？

走进水务局十一天的他碰上十一年前的这件事，两对"11"排在一起，是"1111"，像陷阱里尖锐的竹签。屈宝臣说，我这把椅子上长满了竹签，这咋坐。

原来，涑水河道有违章建筑，树木丛生，挖沙现象猖獗，有些岸段变成宅基地了；六座水库，均有病险，但管这六座水库的各乡镇只求水利，不管水害。要想彻底解除病险，只有收回库权，统一管理。屈宝臣说，闻喜水事，要有霸权观念，否则后患还会发生。

在水务局全体人员大会上，屈宝臣说，你们放开手脚干，"干出成绩是你的，戳出窟窿是我的"。

六

屈宝臣命张发狮请省、市专家对六库坝实施鉴定，又命杨少俊整理出《病险水库的治理规划》，争取省、市资金及"国拨资金"，并对涑水河道、堤防、淤地坝、尾矿坝、塘坝、边山峪口诊断一遍，决计"修复生态"。我们不能改变昨天，但能把握今天，彩排明天。

水污染是文明的污染，水消失是文明的消失。我们该重视了……

资金到位后，太原招标代理公司和发包人组织来到吕庄水库的大坝现场上。2008年春，山东菏泽黄河工程局等三家中标。吕庄水库除险加固工程领导组"开工令"签订后，大坝上机器轰鸣，千车运动。

七

2008年春，屈宝臣运作回一笔"国拨资金"，用于坑东集中供水工程和沙渠河流域治理。

李尧林、屈宝臣等来到中条山的深处、沙渠河的源头——大峪村。迎接他们的是一群黑不溜秋的山里人，那书记村长赵志刚扔出的话比石头还家伙：我大峪村石头多，憨憨多，光棍多，蛇蝎多；牛不多，羊不多，猪不多，女人不多。那屈宝臣插话说你就不会多养些猪羊？赵志刚答："你这人就没长眼吗?！你眊眊！山是干的，水是流的……山地只能种一料，你说养猪养羊，我拿屎养！咱大峪村就是这怂样，你们当官的，愿意管就管，不愿意管去屎！"——赵志刚这一席话砍得那个姓屈的半天砍不出一句话来。

屈宝臣遂用国拨资金、省市配套的资金，给大峪栽国槐、栽刺槐。然后在田家沟建一座水坝压上金鸡山，这样可自流灌溉五百亩，能回茬一料玉茭。有了秸秆，猪羊就多了。2008年工程完成之后，赵志刚请《闻喜报》总编在坝上写了一通碑，以谢党恩！

从此，大峪一带传言，那"姓屈的"天生就是挨日骂的货料，你越日骂得厉害，他给你的钱就会越多。

八

涑水河闻喜段有三段"肠梗阻"，两岸垃圾、楼房皆向河心逼去，再往西几乎被淤塞完了，只露出半个桥眼。

闻喜南关桥被收入《中国名桥大典》，乃大云寺方丈可良僧于明嘉靖年间所建，又名"可良桥"。屈宝臣说："咱把疏浚工程做好，让可良桥继续为闻喜人民服务。""清障"工程、"洗渠"工程便启动了。

此后县委、县政府又豁开了涑水河的全程治理工程，屈宝臣实行起了"强权政治"，该拆迁的房子拆迁，将污水送至下游污水处理厂还清后放还涑水，在晋丰至东吴段建三座溢水桥。这一浩大的工程开辟了涑水河史上的"根治涑水"的大战场。

九

中条山引水工程开山炸石，全面铺开。那位屈宝臣端坐在长满竹签的椅子上，惴惴小心，如履薄冰……同时开始运作磨盘岭上绿色覆盖工程及后宫垣上的集中供水工程。

闻喜有几个不"安全"的高氟区，那水喝了让人落成"鬼剃头"。屈宝臣想，若将后宫垣上的优质水一路压下来，这些问题就都解决了，但集中供水，矛盾多。那屈宝臣，熬夜熬出鹤眼的红……晚上，出了一条噩耗——城关镇新生村一百五十余人集体饮水中毒啦。涑水河的黑水经过三十年的渗透，已与两岸的地下河联网！

屈宝臣在后宫垣上打六眼超深井，并征地十亩建起"南垣集中供水站"，同时建设塑料U型渠网浇灌田亩。好像观音，将柳枝蘸上圣水，轻轻一点，念一道咒语，说变就变了。

十

屈宝臣问计于工程师郑晓峰、王华平："怎样能不再在老地方栽树了？"工程师回答：

"闻喜属于大陆季风气候，春季栽的树会旱死，秋季栽的会越冬冻死，更重要的是苗木的死活与栽树人的利益没有直接关系。如果谁栽归谁，百年不变，一切问题就都迎刃而解。"

屈宝臣听后微微点头。

水保站长陈安俊给农民做示范——塑膜覆盖鱼鳞坑，膜间开条缝，就能集一平方米的天雨，还能起到催生作用且不生杂草。按此方法，果然栽一棵，活一棵。

分管农业的副县长杨仕伟觉得有理，就大规模实施"土地流转"，将白土沟白坡白岭承包给农民，把它们变成绿坡绿岭。

十一

任村一直是个"烂杆村""捣灶鬼村"。

省水利厅水保局副局长王彦平遥望着那一岭一岭的木林，山风起处，波涛翻滚。顺着一条铺满花草的幽径向深处走去，仿佛踏着五线谱上的音符走进新时代的旋律里……遥望峪堡，三面临沟，一面是路，像个葫芦，进去难出来，所以日本人不进峪堡村，而屈宝臣进来了，屈宝臣给打了一口深井。百姓之赞，缘路而拾，遂为立碑。

十二

刘从社培育苗圃三百亩，种国槐、种刺槐等不怕苦、不怕死、有保尔·柯察金精神的树。屈宝臣拍拍任有生的肩膀说："你是任村的一盘龙。"那"龙"一经表扬就沉不住气了："屈局长，你总知道8葫芦枣吧，运到东南亚，能换外汇！只要给我钱，我就能把这个'烂杆村'变成生态村！文明村！暴发村！"

局长说："这是好事，但我兜里'现务时'没有这个项目的钱。"

那退伍兵指着碑说："不给咱布袋里塞钱，你还想当什么屈公碑……你就'不老害'？"他脚在碑上踢了几踢，大家哗地大笑起来。王彦平说屈宝臣："你赶紧巴结任村人吧，再不你那'屈公'二字就危险了。"从此，那屈公欠了任村一笔钱。

十三

闻喜一山，名曰焦山，焦山之民额上熬出了字。焦山生穷风，自古以来就产石器、石匠，其他不产。

谣云："官庄的莲菜峪口的蒜，黄芦庄的金条插一片"——金条就是黄色的芦苇。此事引起国家重视。1987年，中国水利部对此地水予以鉴定，它含稀有元素，为中国独有，于是成立了焦山"关公牌"矿泉水开发公司。那泉再后来就像尿尿一样慢，公司不开了，"小井"渐涸，焦山告急。听说水务局来了一位屈局长，就一起来找"新龙王"。

经半天颠簸，屈宝臣被簸到焦山。下山后，把"惊堂木"一啪："传杨少俊！赵锁忠！"发话道："明天，你二人给我上焦山！找不到水，你们就不要回来了！"

如今客到焦山，焦山人的第一件事是："来，先喝他一口屈公水。"从此，焦山的前途光明了，那水那草又回来啦。

十四

2009年春，闻喜水务局水保站被评为省水土保持先进集体，闻喜县连续六次荣获全省"禹王杯"的殊荣……

记者俞增明问县长李尧林，听说闻喜产生了一个峨眉岭派？李尧林答："是。"

"……繁荣的文化必定使经济实力更加雄强……强盛的政治局面必使经济、文化比翼双飞……三家融在一起将会为闻喜的快速发展带来巨大的推动力……"

李尧林说："涑水河道修复之后，将形成具有闻喜特色的'涑水文化带'……"

西范引水上北垣工程，以"鬼修城"为中心向四方延伸渠网浇灌北垣11.02万亩田地，此工程是一项利在当代，功盖千秋的义举。

2008年10月10日，山西省"国家农业综合开发水保项目现场会"在闻喜县召开，参会人员来到下阳沟流域实地参观，大家异口同声："艺术品！好样板！"

北京召开了"全国农田水利基本建设表彰大会"，副总理回良玉出席并讲话，表彰了一百家水保样板，其中就有闻喜县……大会印制了"光荣册"，上面印了闻喜县的三张照片。那不正是共和国的"封神榜"吗？

后　记

闻喜县的各项事业在裴良杰、李尧林的麾下蓬勃发展，水利事业在屈宝臣的手里齐头并进。许多矛盾与问题一到这位年轻的局长手里，就像在茶几上移动花儿酒杯一样推杯走盏——幽柔而诸香不露头——文拳无敌，凭的是内功。

屈宝臣的座右挂一轴画——山巅一舟，载一老僧，那僧渴极，仰天饮泪……右上方题两行小字，云：

要知前世因，今生受者是；

要知后世果，今生做者是。

（温晓慧　缩写）

儿童文学奖

六二班的故事

陈寿昌

颁奖词：陈寿昌的《六二班的故事》，语言清新质朴，人物形象真实亲切，在平实的叙述中关注儿童天性，通过寻常的故事倡导新的教育理念，是一部非常有意义的少年儿童素质教育读物。

一　新来的班主任

育仁学校是一所十年一贯制的实验学校，从小学初中到高中一条龙。学校的大门平常是不开的，只开旁边的小门。只有放学的时候两扇大门才打开，同学们从大门涌出，那些最淘气的准是六二班的。

放学的时候众多家长等在校门外接孩子们回家。在学校不远处的一个小卖部里，一个年轻人正饶有兴趣地看着这些孩子们。几个女同学来小卖部买东西，钱没带够，年轻人帮她们付了所缺的钱。此时，三个骑自行车的男同学像发了疯一样向校门口冲来，其中一位叫李小刚的男生因为车速太快，撞倒了老大娘骑的三轮车。车斗里装的豆腐、青菜、酱油瓶子等都碎了一地。老大娘要求赔钱，他们都没带钱。小卖部里坐着的年轻人出面掏出10块钱帮孩子们解决了问题。

这三个同学正是六二班的。六二班是学校出了名的乱班。没有老师愿意当这个班的班主任。主动要求担任班主任的老师叫赵为民，出身于书香门第，是刚从师范大学毕业的硕士研究生。赵为民老师一出现在六二班立刻赢得了同学们的好感。原来之前小卖部里的那个年轻人就是赵老师。赵老师让同学们用小纸条分别写下自己的优点和家庭地址，并且把各人所写的优点在课堂上一一宣读，鼓励同学们成为国家的栋梁。赵老师的另眼相看使同学们感动。

二　赵老师的课受欢迎

六二班的早自习非常乱，赵为民老师进教室后却没有处罚打闹的同学。赵老师经过考虑，把这天的第一节课改成了班会。他利用提问题的方式，充分发挥孩子们的主动性，鼓动他们把教室打扫得干干净净。

打扫完教室后，赵老师要求同学们讲好个人卫生，同学们积极响应。赵老师针对同学们对生理知识的好奇，分别向男女同学们讲解了男女生理解剖图，还讲了相关的生理知识，同学们很兴奋。赵老师讲生理知识的事情传开后，其他班同学都很羡慕六二班。

赵为民担任的是六二班的语文老师。这天上的新课是毛泽东的《清平乐·六盘山》。赵老师声情并茂的授课方式把同学们深深吸引住了。上《苏州园林》这篇课文的时候，赵老师想让同学们得到更深的体会。于是他带领同学们来到了仿江南风光而建的颐和园后山。苏州河两岸的风景建筑使孩子们着迷，他们玩得兴致勃勃。赵为民乘兴把同学们召集到一起，把《苏州园林》这一课简明扼要地进行了讲解。同学们完全被园中的完美神韵和精深的内涵所折服，现在再听赵老师这么一讲，理解得更加深刻了。赵老师的课受到了同学们的欢迎。

三　小狗皮皮

李小刚吃完晚饭待在家里百无聊赖，他从家里出来决定去找好朋友王川，在路上闲逛的时候，他看到了一只残疾的黑色小狗。看着小狗可怜的样子，经过思想斗争后他把小狗抱到了家里。

他妈妈是个特别爱干净的人又是个特别怕狗的人。他决定把小狗悄悄地抱回家，不让妈妈发现，等到明天再做打算。最终还是被爸妈发现了小狗，爸妈要求他扔了小狗，他舍不得，去找同学王川。他们决定今晚把小狗放在王川这里，明天带到教室养起来。

上历史课的时候，小狗吓到了教历史的女老师。赵老师于是把下午最后一节课改成了班会，出乎同学们意料的是，班会主题是说狗。通过让同学们谈对狗的认识，赵老师引导同学们要爱护动物，并让李小刚向历史老师道歉。他们决定暂时先把这只残疾小狗在校园养起来，等它恢复健康了再送走。这只被同学们命名为皮皮的小狗在洗完澡后焕然一新。赵老师带领同学们在学校东北角的小树林里给皮皮搭了个窝。

同学们齐心协力照料着皮皮。每天放了学，六二班的同学有事没事都爱到关小狗的地方玩玩，逗逗小狗。皮皮在同学们的照顾下逐渐健康起来。虽然舍不得，但和赵老师事先有约定，同学们也不得不把健康的皮皮送走。

四　扩大的班会

王小霞在班里人缘很好，心地善良，经常助人为乐。有一次她因为扶一个盲人叔叔过马路获得了意外的奖励。那个盲人叔叔原来是市电视台"奥运伴我行，争做文明人"摄制组的人演的。王小霞成了他们的幸运观众，获得了很多奖励。

　　王小霞非常怕人到她家里去，因为她有一个长相丑陋的母亲。虽然她非常喜欢自己的妈妈，但她怕同学们看到她的妈妈。有一天她的书落家里了，她妈妈到学校来送书。妈妈丑陋的面孔使王小霞非常难堪。赵为民了解了王小霞妈妈的情况后，决定在班里举行一次有关什么是美的主题班会。老校长认为想法很好，要把班会扩大为全校性的大会。大会的内容是让王小霞的妈妈吴霞讲述自己的经历。

　　吴霞以前是家具城里的营销员，有一次在带放学的王小霞回家的路上看到家具城起火了，她奔进去救人，救完几个人后王小霞也跟着进来了，她急忙又去救小霞，一根着火的大梁掉下来压倒了她……

　　小霞没受伤，她妈妈也被抢救过来了，但却毁了容。为了孩子，吴霞坚强地生活着。在居委会的帮助下，吴霞当上了小区的清洁工。

　　吴霞的事迹感动了操场上的所有人，王小霞也不再为母亲的"丑陋"而难堪了。

五　公路在那儿拐了个弯

　　洪志远是班里的小不点，学习成绩优异，知道的事特别多，人称"小博士"。他经常给同学们讲述他所知道的东西。洪志远的家是一个典型的工薪家庭，父母都是普通的工人。前几年妈妈下岗了，全家的生活就靠爸爸那点微薄的工资收入维持。不久，洪志远的爸爸也下岗了，他们的生活陷入困顿。为了寻求工作机会，洪志远的爸爸到处奔波。后来他盘下了一家便宜的门面开始干洗车行生意。洪志远经常帮助他爸爸洗车。

　　孙壮壮无意间看到洪志远在洗车，于是，洪志远洗车的事很快在班里传开了。同学们都想帮助他家。星期天，几个同学在孙壮壮的领路下，到了洪志远家的洗车房。他们为了帮忙招揽生意，想出了许多办法，但是并不起效果。为洪志远家增加生意，他们决定在一个公路拐弯处弄脏来往的车辆。李小刚不小心用石头击中了一辆小汽车的窗玻璃，玻璃裂了，几个人赶快跑掉了。他们约好谁都不能说出去，但王小霞还是把这件事告诉了赵老师。赵老师通过开班会的方式，教育了同学们，并商量出了解决的方法。他们以六二班的名义登报向被李小刚砸烂玻璃的车主道了歉，并决定以在洪志远家免费洗车的方式向他赔偿，再用班费补给洪志远家的洗车行。车主后来找到学校来了，表示不要赔偿，并且表扬了六二班的同学们。车主表示要带领朋友去洪志远家洗车以帮助洪志远。

六　黑肺

在六二班，几乎每个人都有绰号。王小霞叫"白雪公主"，孙小萌有"五谷道场""六丁目"的绰号，孙壮壮大伙都叫他"熊猫"。

有一次上体育课，王小霞和孙小萌一起去上厕所。操场上的厕所是那种半露天式的，男女同学上厕所虽然不见其人，却可以闻其声。王小霞和孙小萌听到男厕所里绰号"烟囱"的钱涛和绰号"烟杆"的周开放的对话，确定他们是在抽烟。学校早就明令禁止学生抽烟，但他们还屡教不改。王小霞和孙小萌气不过，要他们写检查给赵为民老师，不然就举报他们。他们没有写检查，赵老师也最终知道了详情。

赵为民认为对一个小孩子来说，认识不到抽烟的危害，是在心灵上打不上印迹的。第二天，他在班上布置了一道课外作业：每个同学都要写一篇有关香烟的报告，给他们两周时间。

六二班的同学们开始行动了。孙小萌约上王小霞去了郊区的敬老院，采访了99岁寿星老奶奶长寿的秘诀，其中之一就是不抽烟。李小刚和王川来到了图书馆，找了相关书籍列出了吸烟的危害。钱涛和周开放去香烟店统计了各品牌的香烟及价格。孙壮壮整理出了一篇有关香烟的历史和香烟中的有害物质的材料。

赵老师以此组织了一次主题班会，最后带领同学们去医学研究室参观，让大家看到了由于吸烟导致的黑肺，同学们深受震撼，深刻认识到了吸烟的危害。

七 小神仙智斗神鼠

王川的外号叫"小神仙"。他特别钟情于算卦，在班里以能掐会算著称。有一次王川"算"出下午有雨，使得同学们对他心悦诚服。但事实因为患有风湿性关节炎的奶奶前一天腿疼。赵老师也找王川算了一卦，并借机向同学们解释了算卦的"玄机"，教育了同学们要相信自己不要相信鬼神。

有一天，校门外来了个用"神鼠"算卦的50多岁的男人，周围一群人在看。放学后，同学们簇拥着小神仙王川去"斗法"。钱涛仔细观察后发现这神鼠原来就是他妈妈医院常用来做实验的小白鼠。

看到算卦人骗了一位老奶奶，同学们决定设计揭穿算卦人的诡计。第二天，王川借口自己的手机丢了，要算卦人算。算卦人拿出小白鼠算卦的时候，王川把怀里的猫捧出来，老鼠见了猫开始不受算卦人指挥，胡乱奔走了。算卦人急忙去救"神鼠"，"神鼠"却已无影无踪了。王川他们凯旋。

八 图书角

李小刚的生日是阴历闰年二月二十九，得等三年才能过一个生日。李小刚的爸爸决定在小刚生日那天去书店给小刚买书，这正是小刚求之不得的事。去了书店之后，爸爸给李小刚挑选的都是学习资料，而小刚喜欢看课外书。父子起了争执，最后达成一致，买了三本文学书三本学习的书。

第二天，同学们了解了李小刚过生日的情况，在你一言我一语中决定相互借阅课外书。赵为民老师提了一个建议，想在班级成立一个图书角，同学们把多余的书捐一两本，方便同学们借阅。并决定以后每个同学过生日，都以班上的名义送给他一本书。赵老师买来了书柜摆在教室后面，在同学们的参与下，图书角很快筹办起来了，赵老师还给同学们教了如何进行图书分类。同学们还决定把这个图书角一届一届地传下去，使读书活动也一届一届地继承下去。

九 云雾山中

孙壮壮为自己的身体肥胖而发愁，他从妈妈的肚子里一降生，就是个小胖墩，胖人大都比较懒，小壮壮更是懒得出奇。从小，孙壮壮就受到家人的宠爱。

孙壮壮各科成绩都很好，唯有体育很差。赵为民和体育老师就孙壮壮的问题研究了好几次，把孙壮壮的父母请到学校，做了一次认真的交谈。孙壮壮的父母开始为儿子的肥胖担忧。他们决定让壮壮开始节食并且增加运动，但是在奶奶的宠溺下并不见效果。

孙壮壮突然在周日失踪了，他父母遍寻无果，最终报警。赵为民老师也发动了同学们提供线索。洪志远说他把壮壮坑了，因为孙壮壮特别想减肥，变健美，洪志远就哄他说云雾山中有一个黑风洞，吃了里面的冰柱，身体立马就能减肥，变得苗条起来。

最终判定孙壮壮去了云雾山。县里在山门前成立了一个搜救临时指挥部。通过电话卫星定位，多次探寻后找到了一个孩子，但却不是孙壮壮。他说孙壮壮摔断了腿，让他拿手机来有信号的地方求救。警察在这个孩子的带领下找到了孙壮壮，并将他送往医院。

先找到的小男孩叫吴吉，是县城第一小学六年级的学生，家里只有爷爷一个人和他相依为命，爷爷得了一种怪病。他是为了给爷爷找灵芝进的山。

十　我家有黄金

孙壮壮一直和吴吉保持联系，后来吴吉和六二班的同学成了好朋友。同学们去看望吴吉的时候了解到了他家的生活非常困难。爷爷得了癌症，房子面临着拆迁。六二班的同学们已经把吴吉定为贫困山区手拉手的对象之一，每个星期他们都会派人来和吴吉一起学习，一起玩耍，帮助吴吉做各种各样的家务。

同学们了解到吴吉爷爷不愿意去城里治病的原因是家里没钱时，都想办法想帮助吴吉家。

其实吴吉爷爷是有钱的。在吴吉太爷爷去世前，吴吉爷爷被父亲告知自己家里有一罐黄金，不到万不得已不能用。他一直坚守着没用那罐黄金，到现在，老房子要拆迁，他要让人知道这是吴家的财产，即使上交国家，也应该是吴家的光荣。

爷爷想把这笔黄金以吴吉的名义捐献给国家，捐了黄金后国家会发给他们一笔奖金，有了这笔奖金，再加上拆迁费，也够吴吉活半辈子了。爷爷嘱咐吴吉要用这笔钱好好上学，学好本事，也好在社会上安身立命。吴吉很吃惊，虽然不懂爷爷的心思，但他会照爷爷的话去做。

吴吉把家里有黄金和爷爷决定要把黄金捐献的事情告诉了六二班的同学们，班里顿时炸开了锅。捐献黄金那天隆重又热闹，捐献之后，爷爷就去世了。六二班的同学们在赵老师的带领下，帮助吴吉料理了爷爷的后事，经过协调，吴吉转学到实验学校上学了，六二班从此又多了一名成员。

十一 老师您不能走

同学们观察到赵为民老师这段时间一副心事重重的样子。六二班的成绩已经名列前茅，校长也表扬了六二班，赵老师还有什么忧愁的呢？经过多方打探，同学们认为赵老师是在为找对象的事情发愁，大家都不由得为老师着急起来。同学们决定给老师找对象，并商量好了标准。

后来发现，赵老师早就有了女朋友。原来赵老师是因为他要去读博士了而忧愁。这可把同学们急坏了，他们不想让赵老师走。孩子们去求老校长不要让赵老师走。老校长耐心对孩子们进行了疏导，孩子们的内心开始有些矛盾了，他们既不想让赵老师走，又不想影响赵老师的前途。李小刚提议说能不能等他们毕业了，再让赵老师去读博士。

闻讯赶来的赵老师非常感动，带领同学们回到了教室。已经放学了孩子们还不愿意回家，他命令孩子们收拾书本回家，孩子们极不情愿地走出教室。一路送孩子们的赵老师觉得孩子们沉默不语的样子很好笑，说："同学们打起精神，干吗搞得这么悲壮，好像生离死别似的。"孩子们勉强露出笑容。

赵老师扬起手臂说："有什么情况，咱们明天再说。"赵为民到底去没去读博士？这个呀，还得去问他们班上的同学们。

（任杰 缩写）

影视戏剧文学奖

西口情歌

燕治国

颁奖词： 燕治国的电视剧《西口情歌》剧本，再现了半个世纪前山西北部农民为了摆脱贫困而共同的人生选择——走西口情景。对个人来说，那是一段悲怆、凄迷的冒险传奇；而对每一个家庭和村庄而言，却意味着情感、风俗、道德理念的撞击。这些，在这部作品中都得到了深入、准确的演绎。剧中的人物鲜活生动，个性突出，风土人情浓郁，是一部在艺术审美境界和历史认知层面上，都有一定分量的优秀作品。

第 1 集

库布齐沙漠上涌动着正在回家的走西口汉子，嘴里唱着山西小调——"树叶叶落在树根底，亲人总算回口里。双膝膝跪下单膝膝起，酒盅盅满酒迎候你……"

杨满山用独轮车推着重病的母亲去县城接走西口的父亲。同时，刘马驹也用牛车载着蒲棒母女去接蒲棒的父亲，即马驹的舅舅。两家在路上相遇，蒲棒请杨母坐上牛车。

蒲父等走西口汉子纷纷下船，之后从船上抬下的一具具棺木，一群迎灵的人便跪下号哭。

马驹买了两包杏瓣儿给蒲棒母女，母女边吃边等。精瘦的"没人疼"一把抢走一袋杏瓣儿，使劲往嘴里塞，被马驹一顿狠揍。心善的满山救下"没人疼"。

满山在人群中打听父亲的下落，有人说王府的二奶奶看上了他爹，有的说他爹死了……杨母气得晕了过去。蒲父告诉满山，他爹没回来，但是口外有人给他家捎了钱。满山愤怒之下把银票撕碎，推车带着杨母和没人疼回家。杨母因悲伤和颠簸病情加重，火山村的父老乡亲皆来宽慰杨母。满山对于父亲仍是质疑多于思念。

第 2 集

新年，大家都在准备年货。锁田唱着"阳婆儿上来云遮住，瞭不见妹妹墙挡住。村里头起了一层雾，瞭不见妹妹泪罩住……"经过马驹家门口，被马驹辱骂，但锁田仍然把羊腿放在马驹家的门口。满山和"没人疼"也在家中笨手笨脚地包饺子过年，饺子没熟，杨母就在病痛和臆想中结束了生命，临终前嘱咐满山一定要找到他的父亲。

杨母墓前，蒲棒提议马驹和满山、"没人疼"三人做干弟兄，于是三人结拜。

初春，蒲父带着满山、马驹、"没人疼"踏上了"走西口"之路。渡头上传来山歌："头一天，住古城，走了七十里整……"

第 3 集

满山三人进入古城，在地方军阀吴大帅开城门关城门的游戏中，满山凭借着一身力气把几百斤重的大铁门拉开又关上，令吴大帅青睐有加，赏10块大洋。三人拿到大洋，在古城小饭馆中大吃一顿。

地痞张二麻烦盯上了满山的赏钱，向满山兜卖千里寻父吉祥如意符，被路人王忠义识破。满山最终还是用一块大洋买了如意符，同时，拿出一块大洋给王忠义的母亲治病。

晚间，三人到古城外一家破庙歇宿。直到第二日古城门打开，蒲父才与满山三人汇合。四人一同走进库布齐沙漠，一阵沙浪袭来，蒲父又与三人分散了。

"没人疼"昏迷时，张二麻烦趁机抢走了他身上的大洋。"没人疼"内疚弄丢了钱，身上的干粮也被沙浪卷走，便去小镇李财主家偷鸡，却被喝酒路过的二麻烦看见。二麻烦向财主家告密，三人被迫在李家帮工抵债。

第4集

李家大少爷对满山三人极尽侮辱，马驹忍无可忍，趁夜溜进李大少爷房中。大少爷在惊慌中被烛台刺死，马驹回去叫醒满山和"没人疼"，三人连夜奔逃。

三人在茶棚里机智地躲过李家家丁后，又继续赶路到一座小镇。满山和马驹在镇上找活，却被强行征入军队。"没人疼"溜进粮库中偷吃生米，被关在库房四天没水喝，满嘴燎泡，奄奄一息，被吴大帅的七姨太救下。

蒲棒唱着歌在南山坡上干活，无意中看到马母给锁田送饭。红柳挑着货担走来，杏叶也从她家的地走过来，田野上响起三个女孩子的歌声：

> 花骨碌碌碌碡满场场转，嫁人不嫁走西口的汉。
> 瓷碟碟舀水好担心，寻男人不寻走西口的人。
> 野雀雀飞在山顶顶上，寻上个走口外的没想望……

第 5 集

满山和马驹被抓入吴大帅的杂牌军队，军队不发武器就要上阵打仗，新兵大多都在上阵前一天的晚上逃走。满山和马驹在逃跑中走散，满山落下山崖，重伤昏迷，被红鞋嫂的女儿棰棰救回店中。

蒲父租了蒙古人的户口地种粮，闲时与道尔吉老爹切磋曲艺。二人把汉族山曲儿和蒙古族情歌糅合，形成一种新调：蒙汉调。满山与蒲父在红鞋店重逢，满山也租下了红鞋嫂的户口地，一边种地一边寻父，同时也寻找走散的马驹和"没人疼"。

马驹被流弹击中，在沙漠中迷了路。饥渴之际，马驹遇到侯老板的骆驼商队，伙计小栓给马驹水喝，但悭吝的侯老板不肯收留马驹，马驹只能一路跟着侯老板的驼队。

第 6 集

土匪胖挠子率众抢劫红鞋店，满山将其赶跑，胖挠子发誓要把满山一刀两断。蒲父告诉满山要想知道心里想着的事，就去找梁老板。满山便到包头打听父亲和两个兄弟的下落，棰棰暗自跟着满山去了包头。包头街上有各式样的招工点，满山在这里碰到了梁老板。精明的梁老板并没有告诉满山他父亲在哪里，只让满山回去种地，他自然会去找满山。

虚弱的马驹一直跟在驼队之后，一匹驮货的马陷进鼠洞里，马驹帮忙将马救了出来。于是侯老板才雇下马驹，但只给一半工钱。

二麻烦在鄂尔多斯周围的蒙古村庄高价售卖货物，歇宿在红鞋店却涎皮不给店钱。听闻满山租了红鞋嫂的户口地，便将纳木林灌醉，哄骗纳木林签下土地出让10年的协议。

第7集

"没人疼"被七姨太收留，七姨太为了争宠，让"没人疼"去偷吴大帅放在大太太处的作战计划。大太太丢了计划，遭到吴大帅一顿毒打。七姨太计谋得逞，答应"没人疼"求吴大帅给他找个差事。

蒲母深夜纺线，昏倒在纺车旁。蒲棒带着母亲去县城看病，医生嘱咐道病人不可来回奔波，最好住在城里，看病方便些。蒲棒就去找红柳，正遇上红柳父亲的债主找上门。红柳为了躲债，与蒲棒一起去马驹家，马母此时也面临着村里二老汉的骚扰。于是红柳留下陪伴马母，性格直爽泼辣又勤快的红柳帮马母挡去很多是非。

第8集

鄂尔多斯原野，满山对着肥沃而宽敞的土地，心中一片开阔。棰棰陪伴满山，对满山的爱慕也表现得更为明晰。

知县金子川巡视河曲县，掉进马驹挖的闪闪窖里，乡亲都来看热闹。金子川祭文塔，邀请喇嘛三爷拜祭。因马母热情招待金知县，金知县便授给了马母节妇的牌匾。喇嘛三爷原来是鄂尔多斯的三王爷，因爱慕婢女其其格，被老王爷赶出府，成了喇嘛。

第9集

梁老板很欣赏满山搭建的棚房，满山则质问梁老板捎给他家银票的主人是谁。梁老板坦言是巴彦王府的娜仁花格格，并邀请满山帮自己修渠，却始终不告诉满山他父亲到底在哪里。梁老板带着满山来到鄂尔多斯王府，王府由二奶奶掌管。梁老板向二奶奶献上礼品以及租金一千万大洋，并询问二奶奶能否告诉满山他父亲的消息。然而，二奶奶有所顾虑，觉得梁老板不该带杨满山来王府。

二奶奶向梁老板问起了其其格，其其格即红鞋嫂。二奶奶对王府三王爷宁愿被老王爷赶出王府也不愿意抛弃其其格而娶自己一事始终不能释怀，但却认为如果槌槌是三王爷的孩子，就应该让槌槌回王府。

马驹正往马槽里添加草料，小栓一路上与马驹相互照应，共同忍受着侯老板的压榨和虐待。

第 10 集

侯老板带着马驹去"好地方"找相好的妓女小翠。马驹初到烟花之地，既兴奋又窘迫，最后落荒而逃。小翠的笑语嫣然，风情万种，让马驹更加思念蒲棒。第二日，马驹摸黑去了小翠的楼上，送给小翠一个花肚兜，小翠却把肚兜扔给了婢女。

蒲棒与杏叶等扛着镢头回家，杏叶无意中说出了马母把二老汉推倒的事。蒲棒急忙赶到姑姑家，看见二老汉正躺在马母门口装死讹人，二老汉的儿子儿媳在门外高声咒骂。蒲棒据理力争，锁田与红柳也及时赶到，红柳说出她与县衙有交情，二老汉一家听了才灰脸离去。

红柳劝马母与锁田正式成亲，但马母仍然顾忌马驹，不敢答应。红柳把马母接到县城，锁田送别。

王府二奶奶与梁老板商量在红鞋嫂和纳木林两家的户口地里修建水渠，同时增加税收。梁老板和满山都劝二奶奶不要强制增税。

第 11 集

梁老板和满山回到红鞋店，棰棰喜悦地迎接，红鞋嫂特意做了梁老板喜欢的羊肉烧卖。梁老板与满山一边吃饭一边商议去找满山父亲，棰棰听到满山要离开后伤心地骑马出走。满山一路追到了棰棰救他的那座山崖顶上，满山向棰棰发誓一定回来，二人定情。

七姨太给"没人疼"谋到了包头警务所的差使。"没人疼"穿上制服，威风凛凛。胡枣让"没人疼"闭上眼睛，轻轻地亲了他一口。

马驹跟着驼队去包头，先后遇到了蒲父和满山。土匪胖挠子埋伏抢劫侯老板，被满山发现，侯老板和马驹逃过，满山因此受重伤。二奶奶请正骨师巴特尔为满山治疗，满山再次询问父亲下落，二奶奶不答。满山伤好后回到红鞋店，棰棰正在户口地给工人送饭，饭不够，满山给工人们和面扯山西"一根筋"。

第 12 集

马驹跟着驼队回到河曲县城，在首饰店给蒲棒买了一条银项链。去找蒲棒的路上遇到红柳，红柳带马驹回家。马驹在红柳家洗了澡，红柳把马驹的衣服洗干净，开心地闻了闻。蒲棒接受了马驹的项链，两人一起去马驹家看望马母。路上经过避雨窑，马驹把蒲棒拉进避雨窑，抱起蒲棒放在土炕上。蒲母适时出现，蒲棒跑回家中。马驹气愤回家，遇到马母正在招待帮自己家锄地的锁田等一帮男人，怒火乱烧，打伤了工人和锁田。

第二天，马母提着东西到蒲棒家去说亲，蒲母拒绝。马母离去后，蒲棒与母亲争吵，蒲母气晕。

梁老板带满山去后套，二人来到杨家废渠，茶棚主人告诉了满山他父亲的事。当年，杨二能在巴彦后套挖渠，得到巴彦老王爷和娜仁花格格的支持，娜仁花格格即鄂尔多斯王府二奶奶，格格喜欢杨二能，杨二能却始终没有回应。直到有一年黄河发大水，退水渠被冲垮，杨二能跳下去堵水口，最终被洪水冲走。

满山找到父亲的灵柩，并发誓继承父亲事业，先在后套修好杨家渠，再到鄂尔多斯修造杨家河。

第 13 集

满山赶着父亲的灵车走向安葬走西口汉子的讨吃窑，梁老板一路随行照护。二人找到摸鬼行者，将灵柩存放妥当后，满山回到红鞋店秋收。

二麻烦想要强占纳木林的户口地，满山时时提防。二麻烦找雇工去红鞋店放火，被满山打跑。二麻烦又到王府去诬告满山在蒙古人的户口地私建房屋，二奶奶的侍女阿利玛及时说破，二麻烦被赶出王府。

棰棰用牧民传歌的方法找回了在草原上放牧的纳木林，道尔吉、蒲父等流浪艺人也回到了红鞋店。大伙去找二麻烦，二麻烦知道大势已去，改换嘴脸，阿谀讨好。一等众人离去，夜里就雇人提前收割粮食，随后逃之夭夭。

满山一边收粮一边向梁老板学习修渠，粮食收完后就为运灵柩回家做准备。一天，满山在包头市场买东西时碰到巡逻的刘警官，即"没人疼"。

河曲县黄河边，金子川、贺师爷等官员来迎接走西口的汉子，并献糜祭河神。蒲棒母女站在戏台旁边焦急地眺望，但并没有等到要等的人。

第 14 集

河曲县署旁新建起一座大河书院，贺师爷领着几个孩童朗读。蒲棒搀着母亲往西门外去接亲人，蒲父依然没有回家。

茂密的沙蒿林中，五六个蒙面土匪挥着鬼头刀吼着蒙语围着满山、蒲父和赶车人。胖挠子打不过满山，却在蒲父屁股上剜了一朵白莲花，满山以牙还牙，给胖挠子屁股上也剜了一朵。三人顺利穿过沙漠，到达古城，在王忠义家换药歇息。满山邀忠义和自己一起修渠，忠义跟着满山来到河曲县。此时，蒲母已奄奄一息，临终之前，将蒲棒许给满山，满山给蒲母跪灵。

侯老板的驼队在戈壁滩行进时，被胖挠子包围。胖挠子把马驹和小栓等捆住手脚，扔在沙漠中等死，带着侯老板和财物回老巢。解开绳子的马驹救出小栓和老胡，三人一路跟着胖挠子的骆驼队。当夜，胖挠子与侯老板争执并掐死侯老板，马驹趁机杀死胖挠子，夺下手枪，并且一鼓作气，把土匪的老巢一扫而空。

第 15 集

满山终于将父母合葬在一起。忠义极力劝说满山履行在蒲母面前的诺言，并且拿出满山给他母亲看病的一块银圆给满山和蒲棒办婚礼。满山爱慕棰棰，但又不能不顾蒲父的恩情和蒲母临死的遗愿，左右为难。

马母在新年中没有马驹的任何消息，蒲父再一次劝说马母嫁给锁田，马母断然拒绝。

满山最终与蒲棒成亲，洞房之夜，满山只是面壁而坐。第二日，满山与蒲棒回门，蒲父却因为丧妻，早早地去了口外。满山与蒲棒在家中包饺子，寒夜中，两人心结打开，圆房。

包头，马驹粮行门前张灯结彩，包头镇晋商商会乔会长也被请来训话，马驹穿戴一新，来往接送客人。

鄂尔多斯草原，棰棰带着二娃请了一群雇工给满山租的地钉上杨家的牌子，她满怀期待地等着满山回来和自己成亲。

第 16 集

马驹接替了侯老板，好上了妓女小翠。从小翠处回家，马驹醉得落下马，无意中发现了一连串的鼠洞，知道关外会有鼠疫，于是豁出血本囤积粮食。

满山在过年期间与蒲棒一起修整院子、买米、挑水，二人还跟着贺师爷在大河书院识字、学蒙语。县长金子川听闻满山千里寻父，送给满山"孝为人本"的牌匾。开春，满山带着忠义、大牛辞别蒲棒重走西口。临走前蒲棒买了一对玉坠，让满山送给棰棰，并告诉满山她已经怀了他的孩子。满山和忠义等来到古城，吴大帅把陕蒙交界宽50里的黑界地用来种鸦片，强制征兵，满山等不愿种鸦片，被吴大帅狠揍，扔出城外。

鄂尔多斯，红鞋店焕然一新，大家都在等满山回来和棰棰成亲。棰棰和纳木林去找张二麻烦讨要租金，二麻烦却告诉纳木林他已经买了纳木林的地，并扬言要到神木衙门去告纳木林。

第 17 集

纳木林去鄂尔多斯王府找二奶奶帮助惩治二麻烦，二奶奶却希望纳木林将他的土地交给自己，因此纳木林愤然离开王府。二麻烦买通了神木衙门的差役去抓纳木林，棰棰挺身而出，鞭打差役，衙差遂把棰棰和纳木林一起绑在垦务局。

　　满山等人走到库布齐沙漠时与回家的马驹擦肩而过，随后遇到阎锡山的军队征兵。满山与阎军王总办在包头有一面之缘，王总办听闻满山要修渠，鼓励满山好好干。

　　蒲父来到红鞋店，惭愧地告诉红鞋嫂满山已经娶了自己的女儿。满山也随后来到，正欲向棰棰道歉，却听闻棰棰被抓走，便与忠义、蒲父等前去救援。棰棰终于见到了日思夜想的满山，也知道了满山娶了别人。她伤心欲绝，狠狠地抽了满山一巴掌后策马飞奔，来到户口地，把自己辛苦钉上的杨字木牌拔掉。满山紧随而来，揪心地劝解。红鞋嫂也骑马来找女儿，她告诉棰棰她们母女都是蒙古族人，棰棰的真名叫乌兰花，蒙古族人的心胸比海宽，不能因此而生怨恨。棰棰随母亲离开，满山痛苦地坐在地上。

第 18 集

　　马驹带着小栓回家，渡黄河时动情地回忆自己的母亲和蒲棒。他来到红柳家门口，红柳告诉他蒲棒已经和满山成亲了。马驹难以相信，飞奔到火田村，见到了怀孕的蒲棒。马驹愤恨难平，猛地抱起蒲棒扔到炕上。蒲棒挣扎喊叫，邻居赶来，马驹咬牙回家。马驹心中的怨恨全部爆发，把锁田赶到黄河边，要把他推入黄河。红柳带着马母和小栓等人追到，马母忍无可忍，将马驹父亲临死前让马母嫁给锁田的遗言说出后跳下了黄河，锁田也随之跳下，马驹和红柳等赶忙奋力把二人救上岸。马母至此对马驹心灰意冷，决定和锁田在一起，不再回刘家。马驹终于明白母亲的委屈，跪在锁田屋前恳求原谅，马母和锁田一起回了刘家，贪图刘家财产的二老汉被这一消息气死。马驹与红柳成亲，但依然忘不了蒲棒，发誓要找满山报仇。

　　棰棰离开红鞋店，陪伴莎日娜在后山草原放牧。梁老板带着满山再次来到王府，与二奶奶在税收和重修王府等问题上发生争执。喇嘛三爷回王府领香火钱，众人都希望乐善好施的三王爷管理王府。

第 19 集

二奶奶请达拉特王爷商议增加税收和重修王府之事，达拉特王爷也不赞同，二人不欢而散。刘警官来到红鞋店找满山，二娃因愤恨满山抛弃棰棰，告诉他满山死了。

二奶奶因为与六旗王爷协商不成，一气之下，收拾行李回巴彦王府去了。达拉特王爷带领王府众人逼迫喇嘛三爷掌管王府，抵抗鼠祸，喇嘛三爷在"蒙古人的名义"下屈服，重新成为鄂尔多斯王府三王爷。

满山去马驹粮行找马驹道歉，被伙计踢打出来，于是回到后套正式拜梁老板为师。梁老板教学严厉，满山、忠义等都谨记梁老板说的："人命关天，水火无情"，满山最终把陶浩漫的难题解决。梁老板带着满山等去见股东，股东们害怕再次遭到像满山父亲那样的损失，谈判陷入僵局。关键时刻，二奶奶赶来支持修渠。棰棰来到满山挖渠的工地，梁老板热情接待。忠义再次劝说满山当断则断，棰棰只能落寞回家，由于忠义热心护送，棰棰开始对忠义改观。

喇嘛三爷把纳木林的土地从张二麻烦手中拿回来，并知道了自己的女儿是棰棰，兴奋地骑马去找棰棰，正好碰上和忠义一起回来的棰棰。晚间，忠义在棰棰家的户口地测量，却遭到马驹派来的人的殴打。忠义重伤，得棰棰照护。

第 20 集

杨家渠修复工程正式开工。槌槌带着父亲三王爷来后套帮助满山，满山却在槌槌到达之前被马驹带着老胡、小栓等人用枪打伤了腿，装进麻袋扔下黄河。槌槌以为满山死去，伤心欲绝。

怀了孕的蒲棒在背炭的时候摔倒，众乡亲赶来救护，马母带着怀孕的红柳来看望。红柳试探蒲棒，蒲棒明言她与马驹清清白白，并将马驹送给她的银项链送给红柳。

二麻烦领着神木衙门的差役牛头儿一干人回来报仇，牛头儿畏惧王府三王爷，不敢上前。张二麻烦使用激将法，让牛头儿向梁老板等人放了牛腿炮，梁老板为了救大牛而被炸死。

满山衣衫褴褛地回到红鞋店，在师父的墓前发誓要带领忠义、大牛和槌槌修渠，完成师父遗愿。

第 21 集

满山责怪自己辜负槌槌，发誓一定要给槌槌找一个好丈夫。大牛看不惯满山与槌槌之间的纠缠，声言如果槌槌不走，自己就离开。第二日，槌槌悄然离开。

红鞋嫂给满山送来蒙古包和食物，刘警官也终于找到了满山。刘警官告诉满山他掌握有马驹杀人的把柄。

大牛和忠义去红鞋店找槌槌，槌槌却没在店里。二人找到王府，才知道槌槌带兵去了包头。

蒲父在马驹粮行与马驹发生争执，被赶出来，正遇到带兵前来的槌槌，棰棰派兵照顾蒲父，并告诉满山她将同忠义成亲。满山回红鞋店，给二人举行盛大的蒙汉婚礼。新婚之夜，满山来到梁老板的墓前，悲喜难言。

第 22 集

马驹去警务所找刘警官认罪投案，把当年受到侯老板虐待，胖挠子掐死侯老板以及自己带着老胡和小栓抄土匪老巢的事全部坦白，承诺有罪自己一力承当，并拿出一百大洋给刘警官成家。工地上，一群雇工排在一口大锅前领饭。大批没饭吃的民工来满山工地抢吃的，满山为此发愁。

刘警官用一百大洋娶了胡枣，暗自邀请满山和马驹来西口饭店喝喜酒，三兄弟相见，恩怨纷纷。满山希望马驹卖粮食给自己，马驹打开粮库，让满山自己扛粮食，一百袋结一次账，价钱比市面上便宜一成。满山艰难地扛完了一百袋，粮食在运出之前被马驹调换，工地上的人吃了粮食都不断地呕吐、拉肚子。棰棰带着卫兵来到马驹粮行，揭露马驹的恶行，老胡和小栓也失望地离开马驹。二麻烦暗中窥探满山与马驹之间的恩怨，让马驹和自己联手报仇，被马驹赶出来。

第 23 集

二麻烦冒充马驹破坏满山运粮的车队，挑拨满山与马驹的关系，同时煽动河南、河北的大批难民来到满山的工地。满山用来挖渠的钱粮都被难民吃得一干二净，后来的难民没吃的，就在工地上乱砸，因此杨家河工程搁浅。

马驹粮行被封，马驹终于知道是张二麻烦在暗中搞鬼，把二麻烦捉到一口黑洞中，让他再也害不了人。身心交瘁的马驹与满山重归于好。

守在黄河边的蒲棒和红柳都没有等到自己的丈夫。傍晚，蒲棒在黄河的一艘船上生下儿子杨家河。

杨家河工地一片狼藉。所幸大牛将开销的账单都完好保存，众人去包头垦务局申领补偿。王总办能够拿到政府的170万元赈灾款，却瞒着满山说政府只发放13000元赈灾款，同时要求占有杨家河工程的四成股，满山无奈妥协。

满山和大牛为了回家，去煤窑背炭挣路费。忠义和棰棰买了火车票，四人坐火车到了宁武关火车站。

第 24 集

满山带棰棰、忠义等回到火田村，终于和自己的妻儿团聚。蒲棒真诚地对待棰棰，二人涣然冰释。村里的人听说红鞋店的棰棰来了，都热情地邀请棰棰去吃饭、唱曲。

马驹在红柳生产的时候回家，给儿子取名刘家和，寓意家和万事兴。

垦务局霸占了杨家河工程，并四处捉民工开垦、丈地。满山带着忠义等回工地，棰棰先回红鞋店，遇到垦务局强制征用店中的蒙古包，棰棰愤然出鞭，却被两个垦务员合攻。蒲父及时赶来救了棰棰，自己却当场丧命。

喇嘛三爷联合六旗王爷向山西督军通报王总办的恶行，督军派特使来到鄂尔多斯，王总办被抄家，杨家河工程重新回到满山手中。

马驹粮行开始为满山修渠供应粮食，小栓、刘警官等人护送蒲父的灵柩回乡。

第 25 集

杨家河工程正在紧锣密鼓地进行中。喇嘛三爷病逝，临终前见到其其格，诉说爱意。棰棰掌管王府，成为乌兰花公主。

侯老板的家人告马驹强占家产，马驹粮行摘匾。马驹将剩余的东西悉数资助给满山修渠，在他父亲和锁田背煤的大青山煤窑背煤三年。刘警官为了满山和马驹与七姨太闹翻，带着胡枣去帮满山修渠。

三年以后，杨家河主渠初见规模。满山和“没人疼”去大青山找马驹，兄弟三人再次团圆。

十年以后，杨家河渠基本竣工，沿渠望去，田畴绿野，牛羊成群。满山成为人尽皆知的杨老板，与各路客商都有生意往来。满山、大牛、马驹、“没人疼”、胡枣等乘轿回到故乡。在火田村陡峭的坡顶上，满山终于看到了自己的妻儿，一家人终得团圆。

（陈静 缩写）

浴血雁门关

张卫平　王国伟

颁奖词：电影剧本《浴血雁门关》，是一部反映雁门关下抗日军民为了支援忻口战役而与日寇展开一场特殊战斗的作品。剧作成功地塑造了几个不同性格的人物形象，真实地再现了那场战斗的重要意义，表达了爱国主义、英雄主义的正能量。

连长王发祥和指导员李进率先爬上一座残破的烽火台，后面跟着通讯员李小虎。李进和王发祥展开地图蹲在地上查看，李进指着地图上的一条路线说："北同蒲铁路和平型关的道路已经被我军炸毁，现在，这条雁门关公路是日本鬼子从大同往忻口运输物资弹药的唯一交通线了。"王发祥紧接着说："我们阻断了这条路就等于掐断了忻口日军的输血管。"远处的山头上，一只狼在仰头长啸。一条血气方刚的中年汉子身背猎枪，手里拎着几副打狼的铁夹子，他就是杨振武。

日军多田大尉和十几个日本兵监督着村民们清理被炸断的公路上的石头。白野少尉挥舞着皮鞭不住地催赶着村民搬运石头。多田满脸狐疑盯着跟在他后面的村长李德寿，问："这是谁干的？"李德寿满脸赔笑道："这绝不是咱们村里人干的。"此时，又一段公路被炸毁，多田气得脸颊青筋突起，断定一定是八路干的，抽出军刀，命令立刻搜山。

埋伏在灌木丛中的警卫连整装待命。村长李德寿召集村里人替皇军修路，遭到了乡亲们的冷眼，鄙夷他当汉奸。日本兵渡边雄二端着枪在灌木丛中搜寻，突然陷入套狼的陷阱，哥哥雄一跳进陷阱把雄二拖了出来。

一个日本兵踹开杨振武家的院门冲进院子，杨振武的妻子闻声从屋里出来，日本兵看到李秀清，淫笑着朝她扑去。两人周旋很久，李进赶到枪毙了日本兵。山谷里传来枪声，杨振武拎着火枪步伐飞快地在乱石杂草间奔跑。身后，三个日本兵穷追不舍。杨振武与日军搏斗，日军中弹扑倒。不久，三名士兵的尸体在雁门岭下找到了，木村上士还不知下落，民兵继续搜行。日军木村的尸体展在石碾子上。旁边放着狼夹子。多田从木村尸体上拿起带血的砍柴刀。砍柴刀的刀柄上同样有个"杨"字的印记。多田看了眼被夹伤腿的渡边雄二，那副套狼的夹子上同样打着一个"杨"字的印记。

白野领着日本兵端枪围着七八个被绳子绑起来的孩子。多田问："这个东西你可认识?"李德寿摇摇头。多田非常恼火，摆了摆头，白野抬手开枪，一个孩子倒下。李德寿痛苦地闭上眼，围观的乡亲们愤怒地向前涌。多田愤怒地说道："最后问你一句，是谁家的?"李德寿的脸抽搐着，没作声。日军哗啦哗啦地拉起了枪栓，对准了孩子们。李德寿绝望地说："太君，别开枪，我……我知道，我知道。"李德寿带着多田和日本兵沿着村里的巷子走来。走到杨振武家门口，他迟疑了一下，便拐进另一条巷子。他的脚步沉重且微微颤抖，李德寿在自家门口停下脚步，面颊在剧烈地抖动。多田和白野把目光投向院门，院里李母抱着孙子喜子坐在屋檐下，妻子翠兰紧张地站在李母旁边。多田确认道："是这家吗?"李德寿咬着牙沉默了片刻，用力点点头。多田咬牙切齿命令道："给我进去抓! 烧，把他们统统地烧死!"日本兵把翠兰、婆婆、喜子撕扯着推进了屋子，把一捆捆柴火扔到门板和窗户上。白野划着一根火柴扔向柴火堆，大火顿时在房屋上漫延起来。李德寿瘫坐在院门口，亲眼看到大火熊熊燃烧的房子肝肠寸断。这时渡边雄一跑进来报告多田："我们的军车在黑石沟遭到八路的伏击。"

战士们兴高采烈地欣赏着缴获的战利品，村民怀锁跑来向连长哭诉李德寿家出事了。一曲凄凉哀婉的唢呐曲突然在雁门关的群山峻岭中浩浩荡荡地响起。唢呐声中，杨振武和乡亲们都默默无声地围在李德寿周围。乡亲们悲痛地相互簇拥着并决心协助八路军杀小鬼子。

多田和颜悦色地看了看面前的李德寿，并赏赐他十块银圆。日本兵荷枪实弹地看守着村民修路。李德寿忙前跑后地招呼着村民们。多田对李德寿很是信任，并要大大奖赏李德寿。这时，渡边雄一匆匆跑过来报告多田："两辆运输弹药的军车掉进山沟里去了。"搬运石头的杨振武和身边的怀锁对视了一眼，会心地笑了。这一切都在他们的计划之内。接下来，他们又计划另一桩大事，振武的二姑从广武捎来信，说是日军又从大同运来了大批的军用物资和弹药囤积在广武城堡里。他们准备攻下广武城堡。

王发祥一把握住李德寿的手说："德寿同志！贺炳炎团长和廖汉生政委已经知道了你家里的事，贺团长让我代问你好。"简单的问候完以后，转入正题，王发祥告诉了李德寿攻打广武城堡的计划，并希望他能帮忙。李德寿听到"同志"这样的称呼万分激动，问道："我能帮上什么忙？"王发祥把计划和他讲了一遍。李德寿胸有成竹地说："现在多田那家伙对我很器重，这事不难办。"

李德寿拎着两瓶代县有名的三关老酒从外边走进来，多田正在桌子边查看地图。这酒专门来孝敬多田的。多田眉飞色舞地接过酒，李德寿向太君请示道："有件事我想跟您说说，不知道合不合适。"多田说："你尽管说。"李德寿说："后天就是雁门关庙会，每年这个时候各村各户都要唱戏闹红火。这些天大伙儿路修得不错，太君对他们也挺好，村子里的人想请个戏班子来唱戏，跟咱大日本皇军来个联欢，最好能把广武城的皇军也请过来，大家一起乐和乐和。"多田听到这个提议觉得很不错，立马就答应了，并嘱咐戏班子一定要请好。

院子里，战士们正在训练。怀锁刚才送来情报："李德寿已经说服多田在庙会上搞联欢了。"戏班子在村里的古戏台上装台，搬运戏箱。王发祥和李小虎匍匐在公路边观察地形，等广武城守军的汽车开过去之后，在这一带埋下地雷，让狗日的小日本有来无回。李秀清负责挂灯笼，漆黑的城堡，这灯笼一挂，杨振武他们就知道鬼子物资仓库的方位了。一切准备工作都就绪了。古戏台上松油火把通明，村民和日本兵把戏场挤得满满当当，台下的日本兵目瞪口呆地看着戏班子精彩的表演。城堡下，杨振武、田顺率抓住绳索顺着城墙攀缘，到了城墙上。他们用匕首抹掉了一个又一个的日军。古戏台上锣鼓家伙敲打得正酣，白野隐约听到爆炸声，广武城守军军官大惊失色发现是广武城出事了。广武城堡里火光映红了半个天，爆炸声震天响。这一下子，忻口的小鬼子没子弹打、没棉衣穿、没粮食吃啦！夜色中，军车渐渐驶入雷区，几声剧烈的爆炸声，两辆军车燃起了大火。

山口少佐气急败坏在院子里踱步，他说道："八路，土八路！马上派兵给我搜山，把雁门关所有的山头搜一遍，彻底消灭这股八路军！"白野察觉他们之中一定有奸细，断定这奸细就是李德寿。于是将李德寿关起来拷打。王发祥一群人决定在最佳时机救出村长。这时接到贺团长、廖政委那边传来的通知："日本兵在21号要重兵保护大同运往忻口的弹药运输车通过雁门关，请务必予以阻击。"王发祥、李进和杨振武等人开始研究作战方案，多田和白野也在谋划这次的重大任务，他们决定找出第二条可以从雁门关到忻口的路。这时，他们想到了李德寿对这一带熟悉，于是去找李德寿，并下令没有多田大尉和他的命令，任何人不准接触李德寿。这时，李秀清端着饭菜来给李德寿送饭。白野摆了摆手，让她进去。坐在炕上的李德寿把一小片麻纸舔上唾沫贴在一个茶壶的底下，用眼睛看着那茶壶，并叫李秀清再倒壶热茶来，李秀清心领神会，白野却丝毫没有察觉。

李秀清回到灶台悄悄从茶壶底下摸出小字条，把字条塞进杨振武爱犬脖子上的铃铛里，大黑狗听话地跑回家。杨振武展开的字条：雁门岭。王发祥、李进带领着全副武装的战士们埋伏在雁门岭，李德寿带领日本队伍行走在沟底，山口少佐和多田大尉跟在李德寿身后，浩浩荡荡的日军和百十辆军车尾随其后。王发祥和战士们严阵以待，密切注视着沟底的情况。远处传来轰隆隆的汽车声，是鬼子来了，他们做好战斗准备，可是德寿村长还在队伍里面，王发祥面容焦虑地不作声。这时，李德寿突然扯着嗓子唱起来，山口少佐感到有些不对劲，白野掏出枪，一枪打在李德寿的腿上。李德寿艰难地站起来，看着走过来的多田，蔑视地对着多田笑着。多田握着军刀怒视着，李德寿猛地扑上去，军刀穿腹而过。王发祥咬了咬牙，大声地呼喊："打！给我狠狠地打！"一颗颗手榴弹顿时雨点般地扔向沟底，被击中的军车浓烟翻滚。中弹的日本兵纷纷倒地，山口被从山上扔下来的大石头砸中，当场毙命。白野被王发祥一刀劈在脖颈上，惨叫一声倒地。奔下山来的八路军战士与日军白刃相接，绞杀在一起。

　　被夕阳浸染成血色的雁门关城楼雄伟屹立。

（刘晓慧　缩写）

文学评论奖

伟大的中国小说

王春林

颁奖词：王春林的《伟大的中国小说》，以国际著名学者哈金提出的"伟大的小说"为标尺，从"文革"叙事、乡村常态、日常生活、悲悯情怀四个层面，对贾平凹的长篇小说《古炉》做了深入细致的解读。文章视野开阔，论述到位，激情丰沛，是当下文学评论中的一篇力作。

一部"伟大的中国小说"

说读完《古炉》，我的审美直觉告诉自己，贾平凹一部较之于《秦腔》《废都》更为杰出的长篇小说诞生了。由《古炉》，我联想到了五六年前中国小说界关于"伟大的中国小说"的文学论争。就个人的审美直觉而言，《古炉》可以被看作是当下一部极为罕见的"伟大的中国小说"。贾平凹终于寻找到了悲悯情怀这样一种新的可以统摄全篇的叙事理念，有效地克服了《秦腔》中的叙事分裂状态。所以，《古炉》应该被看作是一部具有强烈经典意味的"伟大的中国小说"。

"文革"叙事

首先应该注意到，这是一部典型的"文革"叙事小说。与其他小说相比较，《古炉》可以被看作是对"文革"的透视与表现最具个人色彩、最具人性深度、最具思想力度的长篇小说，是一部可以与西方文学相对等的堪称伟大的"文革"叙事小说。

《古炉》格外真实地写出了"文革"这场民族苦难悲剧的惨烈程度。贾平凹通过对小山村解剖麻雀式的描写而揭示中国的"文革"故事，既是"一个人的记忆"，也是"一个国家的记忆"。惨烈至极的武斗故事，占了小说的四分之一。武斗的根本特点可以用来诠释小说的基本特征，即揭示"文革"是怎样在这个小山村中发生的，这样的中国最底层乡村怎样就使"文革"的烈火燃烧起来。贾平凹的特殊之处，在于他深刻地揭示出"文革"的发生发展与人性的内在联系，以这样一种方式把古炉村也就是中国的惨烈"文革"面貌表现出来。

通过霸槽形象的刻画，贾平凹深刻地揭示出了"文革"在古炉村发生的人性原因。家族间的恩怨争斗、家族利益与个人权力间的缠杂制约在"文革"中的表现，男女间的情感纠葛对"文革"潜在发生的影响，在小说中都得到了淋漓尽致的艺术表现。"文革"发生的关键原因在于，古炉村或者说中国早就为"文革"的发生准备了充分的人性与文化土壤，《古炉》对这一点进行了充分揭示。我们指认《古炉》是伟大的"文革"叙事小说，一个重要原因就在于它从贾平凹真切的个人记忆出发，对导致"文革"发生发展的人性原因进行了深入的挖掘与表现。

乡村常态世界的发现与书写

与其把《古炉》看作"文革"叙事小说，不如把它理解为一部对于中国乡村的常态世界有所发现与书写的长篇小说。具体来说，穿透"文革"而抵达人性层面就是常态书写。乡村世界中的人情伦理及神巫化特征，是《古炉》常态书写的核心内容。

贾平凹对乡村人情伦理的真切表现，集中体现在蚕婆、善人的刻画上。二人是古炉村仅有的四类分子，贾平凹在写他们被批斗的同时，充分揭示出他们在乡村世界中不可忽缺的重要地位。真正在精神层面上支撑着乡村世界正常存在运行的，正是蚕婆与善人这样带一点乡村先知色彩、提供乡村意识形态的人物形象。借助对这两个形象的刻画，《古炉》实现了对于常态乡村世界的一种发现与书写。

与人情伦理表现同样重要的，是对乡村世界神巫化特征的艺术凸显。《古炉》中最典型的描写是与太岁相关的情节。对于神巫化现象的描写，有人称之为"魔幻现实主义"。这只是西方世界的一种理解命名。在马尔克斯看来，《百年孤独》中神奇魔幻的事物，在拉美人看来都是真实的，他所做的无非是如实呈现。《古炉》也应做类似理解。离开了神巫化现象，古炉村的现实反而不完整。所以，从这个角度看来，贾平凹忠实地采用了现实主义手法。我们与其把此类描写称为"魔幻现实主义"，不如理解为对于乡村世界常态生活的发现与描写。

"日常叙事"

对于"文革"的艺术表现，《古炉》采用的是与"宏大叙事"形成鲜明对照的"日常叙事"的艺术模式。

从《后记》中不难发现，以"日常叙事"的方式呈示"文革"，是贾平凹自觉的艺术追求。他期待让读者"不觉得它是小说了，而相信真有那么一个村子"。他没有把视点完全放置在政治事件上，通篇都是日常琐事。能够把"文革"这一重大政治历史事件以日常生活的方式包容并表现出来，所凸显出的正是贾平凹超常的艺术创造能力。

"伟大的中国小说"必须是"一部关于中国人经验的长篇小说"。《古炉》完全可以被理解为一部充分表现了"中国人经验"的长篇小说。此种"中国人经验"，又可具体分为"文革"叙事和对中国乡村世界常态生活的发现与书写两个层面。这部小说的艺术书写方式也同样是充分中国化的。它在艺术上充分体现出了中国气势。这气势主要就落脚在构成小说主体的"日常叙事"上。原因在于，作为"中国人经验"之主体的乡村常态生活，只有通过日常生活中的细节，方能得到有效的艺术展示。

悲悯情怀

说到悲悯情怀，最不容忽视的两位人物形象，是狗尿苔和善人。

狗尿苔不仅承担着小说中视点性人物的功能，还是具有鲜明自传性的人物形象。他一方面脚踏着古炉村的大地，联系着芸芸众生，另一方面寄寓着贾平凹形而上的深入思考。狗尿苔的悲悯情怀，除了受到蚕婆与善人的影响外，显然与出身卑贱有关。贾平凹的悲悯情怀，更多地通过他体现出来。如蜂箱事件所体现的，就是善人向狗尿苔传授一种"我不入地狱谁入地狱"的自我牺牲精神。古炉村人在遭遇种种苦难与不幸时，出面支撑拯救者往往是狗尿苔。其悲悯情怀的另一个表征，是能够听懂动物的话，与动物平等交流。狗尿苔身上承载的悲悯情怀，在《后记》中也不难得到相应印证。

《古炉》可以因为悲悯情怀的具备而获得高度评价。正如小说所表现的，"文革"给古炉村造成了巨大的现实苦难与人性苦难。面对重重苦难，贾平凹不仅毅然直面，还通过狗尿苔以及善人、蚕婆等人物形象的精彩塑造表现出了如同释迦、基督那样突出的一种担荷人类罪恶之意。具备了此种殊为难得的悲悯情怀，《古炉》之思想艺术境界自然高远了许多。

　　有佛道思想的底子，能够把佛道思想巧妙地渗透在作品之中，这汉语小说自然会具有不俗的思想艺术品位。写出《古炉》的贾平凹，明显是能够真正领会佛道思想，并贯彻到作品中的作家。说《古炉》是一部当下时代难得一见的"伟大的中国小说"，与这种思想底色的存在有着极密切的关系。

（温晓慧　缩编）

中国文艺批评美学

侯文宜

> **颁奖词**：中国古代批评美学博大精深，"文气论"是
> 其中的核心课题。侯文宜在《中国文艺批评美学》一书
> 中，全面梳理、阐释了"文气论"的发展脉络、理论意
> 义、现代价值，是国内第一部系统研究"文气论"美学的
> 专著。作者的研究全面深入，资料丰富翔实，方法得当新
> 颖，是一部见功力、有价值的学术著作。

文气论作为中国传统诗学的核心理论和批评观，其轴心话语的时代已经
成为历史。那么，又何以值得在今天重新加以研究呢？论文在"引论"部分
中阐述了以下四点考虑：（1）试图对现代以来有关文气理解中流行的"语
气""气势""个性""风格"诸说加以重新思考，因为这些解释受到当时
唯物论、科学思潮影响而流于表层，不能体现文气论批评的哲学美学本根；
（2）试图还原批评学的研究视角与方法，从批评的角度探求文气论批评的审
美发生及话语形式、内蕴功能；（3）试图梳理文气论批评演变发展的历史
（关于文气发展的历史分期大陆著名学者郭绍虞和台湾学者朱荣智先生曾有探
讨，但着眼点多在文气观念的一般发展，这里从大宇宙生命美学出发，主要
着眼于文气论批评实践、历史哲学转型下"气"的审美批评构型，特别关注
其演变发展中的几个重要的历史纽结，即魏晋南北朝元气哲学语境下的"元

气"论文气批评、唐代尤其中晚唐佛学语境下的"意—气"论文气批评、宋元理学思潮语境下的"理—气"论文气批评、明清心学语境下的"神—气"论文气批评），以探究时代文化转型和不同历史时期文气论批评理论构型的变化、价值取向、审美标准及其异同；（4）期冀通过发掘文气论批评系统的理论智慧、宇宙生命本体论，为中西生命美学的比较和现代阐释提供基础。

论文的正文由上下两编、共六章构成，上编从美学角度对文气论批评的哲学渊源、属性与审美发生加以探讨，下编就文气论批评实践及发展演变中的主要历史形态进行了具体考察。每一章节的重点内容如下：

第一章：气论大宇宙生命美学——文气论批评的渊源与属性。首先就现代以来文气诸解的局限性予以反思和讨论，以郭绍虞、罗根泽等的研究为代表，旁及叶圣陶、夏丏尊、唐弢等的文气说，剖析了当时唯物论、科学思潮的时代语境对文气研究的影响，认为郭绍虞求"切实"的观点和"不旁涉哲学上的气"的方法论将文气的理解引向了疏离传统文化哲学的语气、个性、风格层面，导致文气论批评丰富底蕴的消解，进而结合近年学界思考提出文气论为"气化大宇宙生命美学"的属性定位。接着从"气"的含义和符号象征、三代史籍、《管子》、《周易》等考察了"气"所代表的生命意识和中国气论生命哲学，从庄、孟气论开创的生命哲学/美学图式论证了文气论批评的本原质性和哲学美学原理。

第二章：文气论批评的发生。从人到文的气化审美与理论自觉。对于文气说的出现，一般多泛论哲学之"气"的转化，其实必有直接的中介环节的过渡、转化和衍生，特别是文学本身的理论批评要求。首先秦汉时期从大宇宙观到人的"才性气质"论；其次是人物品藻中重"气"之旨的审美中介，尤其是刘劭《人物志》所造成的影响；再次还有艺术之间的互文性影响，这就是自先秦以来以气论乐的思想及曹丕的音乐修养；最后也是最重要的，是建安时代的大宇宙生命感及生命吟唱的文学活动、诗文审美交流与曹丕理论批评的自觉。从此，文气论批评形成了一个源流脉络清楚、前后连续不断的话语谱系（或理论批评体系）。

第三章：魏晋南北朝。"文以气为主"的批评形态。在中国文学批评史上，自曹丕文气说提出后"气"就成为文学批评的轴心话语，但围绕文气的诠释和批评取向，则不同时代观念不同。魏晋南北朝时期体现为"主气"的批评形态，这是由其精神特点、元气论哲学、文学审美共同决定的。罗宗强说："强烈的生命意识成了建安士人内心生活的中心"，生命的浑朴直写是这个时代的文学要求，如严羽概括的："诗有词、理、意兴。南朝人尚词而病于理；本朝人尚理而病于意兴；唐人尚意兴而理在其中；汉魏之诗词理意兴无迹可求"，"建安之作，全在气象，不可寻枝摘叶"。虽然从晋到南朝文学形态有所变化，但在理论批评上"主气"无疑占主导，因而，从曹丕《悼夭赋》的"气纤结以填胸"、《典论·论文》的"文以气为主"，到刘勰的"情与气偕"，再到钟嵘的"气之动物，物之感人，故摇荡性情，形诸舞咏"，呈现出一脉相承的"主气"说批评形态。

第四章：隋唐时期。"意主气辅"的批评形态。隋唐时期的情况与魏晋南北朝有大不同，从政治环境到哲学主潮、文化心理的变化，决定了审美意识和观念的转变。隋唐共同表现出对儒家教化和文道论的回归，从李谔、王通的文道论到陈子昂的"风雅不作，以耿耿也"、李白的"大雅思文王，颂声久崩沦"、杜甫的"别裁伪体亲风雅"，"兴寄"已取代"气"的地位；从古文运动前驱柳冕、梁肃的"文""道""气""辞"关系论到韩愈强调非"圣贤之书"不读的"养气"和"文以贯道"，文气论批评凸显出重"意"的整体转向。尤其是中晚唐佛学语境下发展起来的"意境论"更加促成对"意"的审美崇尚，最终由杜牧完成了"文以意为主，以气为辅"的理论概括。

第五章：宋元时期。"理主气辅"的批评形态不同于唐代由于佛学的空前兴盛传统气论被边缘化，宋代可谓"理学""气学"并行的哲学时代，而由于理学的主导和影响，带来文气论批评"理主气辅"的转向，从黄庭坚的"以理为主"到吴可的"理主气张"，再到刘将孙的"理主气辅"，堪为理论标志。值得注意的是，宋代文气论批评的发展呈现出多元特点，除理气论外，一条线是在回归曹丕、刘勰才性气质和风格论意义上的批评鉴赏，以叶梦得为代表；另一条线是韩愈文气论的延伸拓展，以三苏为代表，强调人格、养气对诗文气貌的影响。但新的创造和占主导的无疑是"理气"论审美，是为时代思潮和现实要求的反映。

第六章：明清时期。"神主气辅"的批评形态。如果说明清哲学在宋元哲学基础上出现了罗钦顺、王守仁、王廷相、戴震、王夫之等大思想家，"气化流行，生生不息""天人之蕴，一气而已"及"理气"论为文气论批评的发展营造了氛围，但在文学和诗学批评上却从明代茶陵派、前后七子一直到清代性灵、神韵诸派，都表现出对宋元"主理、作理语"的反拨和寻求文学审美的归位，从而在重"气"的前提下表现出由"主理"到"主神"的整体转向，到刘大櫆明确概括为"神为主，气为辅"的批评论。明清"神主气辅"的批评特点是多元素的审美凝结，如"神韵""神理""神理气味""神气音节"等等，体现了文学整体审美的生命感。而作为清代文气论批评高峰的桐城派，由桐城三祖到门下众学再到最后尾声的林纾，既有着终结性的集大成意义，但其保守僵化终为时代洪流所弃。

余论：后现代生态时代。中国文气论的当代性。总括上述所论，在文气论批评的发展演变中表现了从重"任气自然"到重"意""理""神"及技艺的变化，不同时代审美侧重不同，但一是"气""意""理""神"的历史贯穿性和关联性最终积淀为文气论批评的系统艺术指标（如姚鼐统括的"神理气味"说），一是"气"的恒在性形成了以气论文的批评阐释谱系。本文认为，说到底，文学是一个艺术性的宇宙生命结构（苏珊·朗格另有艺术

"生命结构"说），"有气而生，无气而死"是一切生命的规律，文气论批评的价值就在于对生命力和文学生机的张扬，同时文气论批评又是一种本体论的、独特的大宇宙生命美学。在这个意义上，本文认为中国文气论批评美学在当下后现代生态时代具有当代性意义，并提出两点建设性的意见：其一，进行中西生命美学比较研究，因为与西方生命美学的主体化、权利意志、非理性冲动等相比，中国生命美学体现了天人谐和、法自然与立文明相统一的精神境界，中西互观与对话，有益于当代批评美学的价值建构；其二，面向当下文学创作现实，关注实际批评需要，通过文气论批评的现代阐释和重构，使这一话语系统成为当代文学批评的活水资源。

（孙蓓佳 缩写）

被误读的论语（节选）

张石山

　　颁奖词： 学术界关于《论语》的著述非常多，但绝大多数离不开考证注释或学术研究层面。张石山的《被误读的〈论语〉》一书，以"片解"的方式，立足于自己对社会人生的体验，使《论语》回归到了民间社会、日常生活，达到了启人心智境界。

天下己任何尝择居处

　　【原文】子曰："里仁为美。择不处仁，焉得知?"

——《里仁篇·第一章》

　　《论语·里仁》篇第一章，非常简短。关键词就是"里仁"。

　　子曰："里仁为美。择不处仁，焉得知?"

　　杨伯峻先生的注译本是这样白话翻译的：住的地方，要有仁德才好。选择住处，没有仁德，怎么能是聪明呢?

　　在译文之下，杨先生特别对"里"字另外加了注释。说"里"字在这儿可以看为动词，当"居住"来解。这当然不错。那么，"里仁"就应该译作"居于仁"才是。但杨先生在具体的翻译中，偏偏却把动词"里"当作了名词，译作"住的地方"。这样翻译，恐怕是把"里"当作"居里、里居"，在字面上望文生义了。

于是，连同下面的翻译，把"择不处仁"中的"择""处"，也实解为"选择住处"。这样翻译，恐怕是不妥当的。孔子这段话，说的应该是择仁而处。作为发行10万册的译注本，杨先生的"择居"之解，确实违背了原文的本旨。

择居，择邻而居，最有惑人之处。古来有孟母三迁的传说，影响甚广。人们在儿童时代、少年时代，选择什么样的居住环境，包括接触什么样的邻居，近朱近墨，当然极其重要。那么，孔子的这段语录，莫非是专门教导家长们的了？为了孩子的健康成长，所以要注意选择住处，孔子的意思是这样的吗？

或者，孔子的意思是说，已经有了自主能力的青壮年，就要选择仁人为友、选择仁义之地居住？这样讲，可惜也不能通达。

假定天下果然有这样的一些地方，有仁人集中居处的"仁义里"，那么事情看似简单了，具体实际则会变得异常复杂起来。凡听信了夫子教导的人，都涌向仁义里，这儿能容得下无数的集附者吗？这儿的地价岂不腾涨。况且，别的地方怎么办？那些地方没有了人烟？还是只剩下坏人、不仁者来居住？天无私覆、地无私载、日月无私照，又该如何作解？

里仁，究竟何解？择而处仁，到底什么意思？《论语·述而》篇第六章，或可帮助我们来解惑。

子曰："志于道，据于德，依于仁，游于艺。"

君子们，目标志向在道，依居应在仁德。

故而，"里仁"章不可拘泥定解为择居。孔子的原意，不是提供一个选择住处来摆放身体的住房指南，而是指导士子追求仁道以安放心灵的圭臬。

当有了选择人生志向的理性，准备安放自我，聪明智慧的选择就是选择仁。择仁而居处，才是最美好的。

孔子周游列国，是要选择仁德之地吗？恰恰不是。他看到礼崩乐坏，知不可为而为之，欲要力挽狂澜、扶大厦之将倾。筚路蓝缕，餐风饮露，艰辛备尝而矢志不渝。孔子还曾经"欲居九夷"，有人说那些地方落后简陋，如之何？孔子岸然曰：君子居之，何陋之有？

所以，里仁，择仁而居，多半不是选择住处和邻里。应该是选择仁德来作为立身的依傍和精神之寄托。

那么，人们可能会进一步发问：里仁，择仁而居，这样抉择如何就是美的，并且是明智的？

当《论语》编辑行文至此，夫子还没有展开他的界说。

仁者，人也；二人也。人与人之间，部族之间，国家之间，应该以仁相处。仁者无敌，不是武功盖世没有敌手；恰恰是原本就没有敌人。人与人的和谐，人与自然环境的和谐，对谁都好。

为了这样的理想境界，自己首先选择仁德吧！做出这样选择的仁人志士，精神上将是强大的、愉悦的、美好的。

——或者还有一问：择仁而居，伯夷叔齐却是饿死了；孔子自己，一辈子都混得不怎么样；这又如何说？

子曰：朝闻道，夕死可矣。

为了心目中的理想，矢志不渝、之死靡他。孔子是这样说的，也是这样做的。

子曰：士志于道，而耻恶衣恶食者，未足与议也。

不能安于清贫，不可能"志于道"，大家原本就不是一类人。对之，夫子实在没有什么好说的。

不能择仁而处，焉能体会得到里仁为美！

谋道、忧道思虑深

【原文】 子曰："君子谋道不谋食。耕也，馁在其中矣；学也，禄在其中矣。君子忧道不忧贫。"

——《卫灵公篇·第三十二章》

《论语·卫灵公》篇第三十二章，子曰："君子谋道不谋食。耕也，馁在其中矣；学也，禄在其中矣。君子忧道不忧贫。"

上面这段《论语》，就字面来翻译，没有太大的难度。参看多家译注本，译文大同小异。比如张燕婴先生的译文，是这样的——孔子说："君子追求道义而不追求饭食。耕田，也常常忍受饥饿；学习，从中得到的是俸禄。君子担心学不到道义，而不担心会贫穷。"

"君子谋道不谋食。""君子忧道不忧贫。"千百年来，这两句话几乎已经成了士子们立身的格言、箴言。读书后学对之耳熟能详。

在《论语·里仁》篇第九章，孔子说过："士志于道，而耻恶衣恶食者，未足与议也。"读书士子有志于仁义大道，而又以吃粗粮、穿破衣为耻辱，早已不值得同这种人议论什么大道了。矢志追求大道，不计个人得失，视富贵如浮云，孔子是这么说的，也是这样践行的。他的许多学生，如颜渊、如原宪，也是这么做的。颜渊贫居陋巷，不改其乐；孔子殁后，原宪亡于草泽，不求干禄。他们践行了谋道不谋食的诺言，成了忧道不忧贫的辉煌榜样。

但在这章《论语》中，在上述两句格言之间，孔子的话，"耕也，馁在其中矣；学也，禄在其中矣"，读来比较费解。如果仅仅是简单地依文解经，极其可能造成误读，而曲解了孔子的本意。

这句话，就字面理解，仿佛俨然是以"耕"和"学"两相作比，其中有褒贬之义在。谋食而耕，偏偏难免冻馁；谋道而学，自然而然就能得到官位俸禄。比较的结果，优劣不言而喻。读书求道，原来是那样一件前途无量的美事；辛勤耕作而求温饱，则是那样充满风险。这样的说法，这样的思想，停留在简单鼓励士子青少年读书求学的层面；不过是"书中自有黄金屋、书中自有千钟粟、书中自有颜如玉"的劝学说教。多家译注本，对本章文字，不仅简单地就字面依文解经，抑且都主张与"樊迟学稼"一章文字互看。分明是在进一步曲解孔子，认定孔子鄙夷稼穑，无形间落入了批孔家所污蔑的"孔子看不起劳动人民"的窠臼之中。

试问，这果然是孔子的原意吗？孔子所终身矢志不移的大道，就是这样贡高自慢，就是这样鄙夷耕种、贬低劳苦大众的吗？如果是这样，有人猖狂批孔，又何足为怪。注释家们依文解经，授人以柄，只好放任批孔家大放厥词，而不能理直气壮予以一词辩驳。这样的结果，令人十分遗憾。

那么，孔子的原意究竟是什么？笔者反复揣摩，觉得孔子的原话另有深意。至少，它不是简单依文解经的那点表层意思。下面，笔者愿捧出自己的一得之见，以就教于大方之家。

君子谋道不谋食，身为士君子，士志于道，那么这句话说的就是君子的本分。通过谋道、求道、学道、证道的过程，最后达到君子忧道不忧贫，这是君子追求的境界。既然谋道为本分，君子所忧虑的就只会是大道不行，岂有他哉。君子志于道，原本就不谋食，那么最终也将不忧贫。不耻恶衣恶食，贫居陋巷而能不改其乐矣。

从谋道不谋食，到忧道不忧贫；从立志、践行，到达相当境界，一定有一个过程。士志于道，一定会遇到种种艰难坎坷与世俗诱惑。那么，士君子应该怎么办呢？孔夫子虑及于此，举例加以阐述。夫子看似随口举例，但绝不是随便说说的。他举凡"耕"与"学"两种情况，所谓耕读，并非特例，恰恰是人们最普遍的社会行为。

如果我们就字面作解，耕也，馁在其中矣；学也，禄在其中矣，仿佛耕与学，是对立作比的。耕，是那样不可靠；学，是那样轻易就能得到官位俸禄。这样作解，我们依然会落入前人解经的窠臼。君子谋道，竟然是那样的一个方便法门。既无须谋食，也不必忧贫。俸禄自然就在其中，黄金屋会不期而至。如果事实真的是这样，士君子对读书求道当是趋之若鹜，又何必孔夫子不厌其烦谆谆教诲呢？

所以，我们不能依文解经，就字面简单作解。孔子举凡耕与学，并非对立作比；而是并列举例，其中没有褒贬高下之意。

耕者，一定就不学吗？他们一定就是不读书、不悟道的群氓吗？恐怕不一定。陶渊明高唱"归去来"，"种豆南山下"，何尝不耕。诸葛亮躬耕垄亩，何尝不学。所以，君子有耕者、有学者。偏于耕者，同样可以谋道。那么，辛勤耕作，仍然难免馁在其中，这时怎么办？不应该辍而不耕，也不应该辍而不学。这里，举耕而言，馁在其中，如何安贫乐道，孔子说的是贫贱不能移的问题。

学者，一定人人都有出仕为官、得到俸禄的机会吗？事实远非如此。为了做官得俸禄，方才求学，恐怕在出发点上已经错了。这原本就是"谋食"，早已违背了君子谋道不谋食的本旨。如果志在求道，学而未达，即便有出仕的机会、官职俸禄送上门来，士君子也将不会迫不及待去当官。这儿，举学而言，禄在其中，如何抵制诱惑，孔子说的是富贵不能淫的问题。

《论语·公冶长》篇第六章，子使漆雕开仕。对曰："吾斯之未能信。"子说。孔子叫漆雕开去出仕做官。他答道："我对这个还没有信心。"孔子听了很欢喜。漆雕开得到了孔子的赞许，他对于禄在其中的态度，应该成为后学者的一个榜样。《论语·泰伯》篇第十二章，子曰："三年学，不至于谷，不易得也。"孔子说："读书三年（多年），还没有当官受禄的念头，真是难得。"

"贫贱不能移、富贵不能淫"。这才是孔子主张倡导的求道的正确态度。这样的君子，才能不谋食而不忧贫。

耕者，馁在其中而不惧；学者，禄在其中而不惑。

君子者，所谋者始终在道，所忧者始终在道。孔子思虑甚深，需要我们潜心领悟。其间哪里扯得上什么鄙夷稼穑、贬低劳动人民？

就这一话题引申开来，还能引发我们的一点有关思考。

——遥想孔子所处的时代，那时的所谓君子们，一定是一个相对特殊的群体，是有特定身份的若干人。

士农工商，处于首位的是士君子。士人、士，或是世家庶子，或是诸侯子遗，当然也有部分从底层冒出来的优秀分子。他们有相当的社会地位，有文化，读书识字；有家产，有土地。按照土地政策，可以拥有百亩之田，耕种纳税；再不济，也有私产五亩之宅。因而可以保障生存，保障最低生活。然后，能够读书求道，充实自己进而关注天下兴亡。

否则，陶渊明凭什么可以挂冠而去？凭什么能够高歌《归去来辞》？

陶渊明们拥有属于自己的土地。在这样的所有制基础之上，他们才可能拥有属于自己的权利和尊严。

有句话说：有恒产才有恒心。是不是这样？没有恒产的人，恐怕难有切身的体会。事实上，在公有制、国有制以及集体所有制的条件下，当代的士子、知识分子们，每个人的脚下确实没有了属于自己的一寸土地。大家没有恒产，几乎统统变成了受雇于国家政府的打工者。

在这样的情况下，知识分子如何保有自己的尊严和独立人格，值得探讨。

文人士子，不谋食则不得食，大家还能谋道不谋食吗？读书人不去打一份工，起码的生存将失去保障，他们还能忧道不忧贫吗？他们遇到了陶渊明们不曾遇到的严酷状况，他们无法高唱"归去来"。

此诚数千年以来未有之变局。

时下，正不知还有几人谋道、几人忧道？

道之所存，岌岌乎殆哉！

不知伟大的孔子思虑深沉，虑及此否？

君子跳井之辩

【原文】 宰予问曰："仁者，虽告之曰：'井有仁焉。'其从之也？"子曰："何为其然也？君子可逝也，不可陷也；可欺也，不可罔也。"

——《雍也篇·第二十六章》

《论语·雍也》篇第二十六章，记录了学生宰予与夫子的一段对话。我的阅读体会，感觉这是一道思辨题。

宰予问曰："仁者，虽告之曰：'井有仁焉。'其从之也？"子曰："何为其然也？君子可逝也，不可陷也；可欺也，不可罔也。"

杨伯峻先生的译文如下：

宰予问道："有仁德的人，就是告诉他：'井里掉下一位仁人啦。'他是不是会跟着下去呢？"孔子道："为什么你要这样做呢？君子可以叫他远远走开不再回来，却不可以陷害他；可以欺骗他，却不可以愚弄他。"

原文"君子可逝"的"逝"字，杨先生用"往而不返"之义。但"逝"与"折"古时通用，张燕婴先生的翻译就用此义。"君子可以被摧折，不可能被陷害；可以被行骗，不可能被愚弄。"

两种翻译，我看都可以。无害本旨，没有原则冲突。

作为古文翻译，一般说来，只是将文言译成白话。两位先生的译文当然都做到了。但对于宰予和孔子的这段对话，即便翻译是准确的，合乎翻译规范的，就字面来读是明白如话的，然而师生这段对话的本意或曰深意，我们通过译文却到底不得明白。宰予究竟是在探究一个什么问题？孔子究竟是在什么层面上回答了弟子的问题？对此，笔者认为有必要做进一步的探讨和开掘。

《论语·公冶长》篇，记录了"宰予昼寝"一段公案。笔者在前面已经就此写过一则文字，发表了一点看法。南怀瑾先生判断，"宰予昼寝"，可能是宰予身体不强，白天需要休息。南先生此说，我以为言之成理。

如果展开思路，作为探讨，"宰予昼寝"还有另外的若干种可能。我们知道，宰予是孔子高足，列为孔门十哲，与子贡两人都属于言语科。宰予所以列在言语科，也许并不是辩才无碍、言辞滔滔，而是对语言敏感，对之有独特的悟性。透过老师的话语表面，往往能举一反三，想得更深。他的白天睡觉，可能确实是在逃课，听懂了的就不再浪费时间；也可能是陷入某种冥思，对问题在做形而上的思考。

这样分析的话，那么宰予就是有思想、肯思考的另类学子。后面，到《论语·阳货》篇第二十一章，对于儒家视为天经地义的三年守孝制度，宰予都曾提出了独立的看法，与尊师孔子有过论辩。我们不妨说，宰予其人有思辨的爱好。对孔子话语、对经典的微言大义，喜欢深入思考，探微烛幽，而能进入到形而上的层面。

孔夫子对于这样一位略显另类的弟子，于予与何诛，不加批评责备。这当然显出孔子的包容精神和博大情怀。师生研讨学术，允许学生讲话。学生可以别出心裁，先生不怕奇谈怪论。

于是，宰予就向孔子提出了"君子跳井"的问题来了。

井有仁焉，一般的翻译都是说，井里掉下一个仁人。这样的翻译，将"仁"定解为"仁人"。那么，宰予就此提出的问题就令人费解。井里掉下人去，一般说来井上的人面对的是如何救人的问题。即便掉下去的是一位仁人，井上的仁者哪里会跟着跳井呢？如果我们认定，宰予的问题就是这样的，那么孔子的回答就给读者带来了新的纠结：孔夫子的回答，怎么会文不对题呢？

所以，我认为：从一开初，惯常的翻译就已经错了。井有仁焉，不是井里掉下一个人、一个仁人，而是井里有仁德、仁道的意思。

关于追求仁德、仁道，宰予说的是一种极端的情况。也是一种象征。作为追求仁道的人，假如有人说"井里有仁道"，那么这位追求者，应该不顾一切跟着跳下去吗？

求道，可以不计后果吗？追求仁道，可以奋不顾身吗？我们应该知不可为而为之吗？作为学生应该盲从老师吗？为着求道而不顾人亡身死，道之何存呢？所以，宰予的问题，不是跳井的问题，也不是救人的问题。他只是借用"井"来比喻象征，把问题推到极端。他提出的，是带有形而上意味的一个问题。或曰，是关于追求仁道的一点困惑。

我们对宰予的问题把握准确了，才能领略孔子回答问题的深意。

对于宰予的提问，孔子首先没有误读和偏解，所以不存在"文不对题"的问题。

孔子正气堂堂，从正面回答，何为其然也？怎么会这个样子呢？你举出的井有仁焉，首先就是个伪命题。仁德、仁道，堂堂乎于天地间，怎么会在你说的"井"里？有人说井有仁焉，这样的说法本身就是一个陷阱。君子仁而知，应该能够识破这个陷阱。所以，孔子下面进一步发挥道：君子可逝也，不可陷也；可欺也，不可罔也。君子求道，杀身成仁者有之，他可以被摧折，却不可能被陷害；君子可以被骗，可能被人"欺以其方"，却不可能被"罔以非其道"，不可能被愚弄。

这段《论语》的价值，在于其中的思辨意味。喜欢冥想多思的宰予，提出了一个近乎形而上的问题。他也许是在说：天下滔滔，到处礼崩乐坏，整个国家成了一口黑暗的陷阱，我们还要坚持追求仁道吗？

　　我们的孔夫子，矢志不移。即便四处碰壁，备尝艰辛，孔子与他的忠实追随者，知不可为而为之，坚守仁道，之死靡他。

　　不唯孔子生前，抑且在他死后，儒学，仁道，果然受到了太多的摧折。秦始皇和后来的秦始皇们，都曾经不遗余力焚书坑儒。坑，不就是井吗？挖坑活埋，惨无人道。

　　饱受摧折，而诗书尚在，坚持读经、奉行仁道的士君子杀而不绝。直到当今，就在此时此刻，我们还在思考两千多年前宰予提出的那个问题。君子可逝也，不可陷也。仁道可以任人诋毁，污蔑批判，它的光焰不灭，价值永恒。

　　该篇第十七章，子曰："谁能出不由户？何莫由斯道也？"孔子说，谁能够走出屋外不从房门经过呢？怎么会没有人遵循我提倡的仁道呢？

　　如果说，井有仁焉是一个假定的虚拟；谁能出不由户就是一个精彩的譬喻。

　　与其说，孔子有着大道不行的困惑；莫如说，孔子更有着大道必将风行的自信。